民国
演讲

MINGUO YANJIANG

为自由而战

民国演讲
第三编

陈独秀 等 著

中国文史出版社

出版说明

本丛书选取的六百余篇民国时期的演讲，来自社会地位、术业专攻、身后评价不同的近二百位民国人物，政界、军界、商界、新闻界、学术界、教育界、文艺界、民间团体等，无所不包，力求全面地呈现多元化的民国风貌。

本丛书涉及史料庞杂，文章取舍与编排依循一定原则，具体说明如下：

一、本丛书收录的演讲稿，时间范围从 1912 年 1 月起，至 1949 年 9 月末止。全套共分为十编，每一编均以时间为轴，依演讲者出生年月排次；以人物为面，按演讲发表时间排序。每位人物均附生平简介。

二、本丛书收录篇目以演讲为主，其他如宣言、广播稿、采访谈话、讲义以及当众宣读的论文、报告、答辩词等，亦有部分收录。

三、本丛书所选资料来源广泛，多为翻阅国家图书馆及各地方图书馆馆藏民国文献，如民国时期出版的各种文集、报纸、杂志等，经重新录入、点校所得。所收录文章有不同版本者，以出版（发表）时间较早或内容较全的版本为主。

四、本丛书所选之演讲者，均为在其所属领域具有代表性或典型性的人物，但限于篇幅、编者知识水平以及其他种种因素，尚有部分人物演讲未能收录。

五、对于生平演讲颇丰的人物，在筛选其文章时，编者在主题不重叠的前提下，尽量撷取背景、场合、受众不同，且较有内容价值的若干篇目，以求多方位地展现该人物的思想和主张。

六、鉴于本丛书的史料性，编者在进行编校加工时，以尊重原作为基本原则，对于严重违背史实、观点偏激、存在不当舆论导向的个别语句，酌情做删节处理，处理后并不影响原文主旨大意的表达。

七、由于民国时期语言文字、标点的用法与现在有所不同，为方便现代读者阅读，编者在尽量保留作品原貌的情况下，做了如下处理：

（一）繁体字改为简体字。

（二）原文竖排均改为横排。

（三）原文无标点或仅有部分标点的，由编者根据文意断句加标点。原文标点有明显错漏的，编者予以修改或增补。

（四）原文有明显错误、漏缺等情况的，由编者加“〔 〕”，并在六角括号中注明正确或增补的字，以供参考。原文有明显衍字的，由编者直接删改，以免造成困惑和歧义。原文不清、无法辨识且难以根据上下文推断的文字，用“□”表示。其他无从判断正误的情况，不妄作改动。

（五）原文不符合现代汉语写法的词语，如“澈底”、“那末”、“罢”（吧）、“底”（的）等，均按现代汉语习惯写法进行更改，并不影响语句原意。

（六）原文中的人名、地名等的译名以及相关专有名称，在不影响读者理解的情况下，原则上不改为现今通用译名；有碍理解的，由编者作注说明。

（七）凡未标“原注”的注释，均为编者所加。

本丛书卷帙浩繁，尽管尽心竭诚，力求取精用宏，然因我们能力有限，亦难免存在缺失疏漏，热望社会各界批评与指正。

编　者

2019 年 10 月

前　言

民国是新旧思想交替的时代，是中外思潮碰撞的时代，是政治风云变幻的时代，更是文化色彩斑斓的时代。

了解一个人，多是先听其谈吐；了解一个时代，自然也少不得听它的声音。于是，便有了这套“民国演讲”系列丛书——说民国与民国的说；声音的历史与历史的声音。

演讲，即是就某个问题对听众说明事理或发表见解，展示想法或愿景，归根结底是一种交互行为。从某一个角度来说，交互推动进步。人与物的交互刺激发明和创造，比如工具的使用及生产技术的革新；人与人的交互产生人文伦理和传世价值，激发人类去思考良知、理性和社会责任。演讲作为一种人与人之间的交互方式，既能将物质的也能将精神的文明成果集合并发散，承前并启后，抑扬顿挫，精准了当，让讲者内心燃烧，让故事迸溅火花，由是观之，可谓是顶高级的传播艺术。至今为止，这种艺术仍既是经典的，也是前沿的。

我们本着这样的认识和眼光，从瀚如烟海的故纸堆中，拣选出近二百位民国时期来自不同领域的出色人物，收录了六百余篇民国时期的各类演讲。其中一些人物的一些演讲还是第一次进入读者的视野，这样的瞩目当属来之不易。这些演讲作品中，既有关乎济世救国的拳拳之心，或王者之气，或匹夫之责；也有阐述百年树人的教育方略，或家长之情，或师长之意；更有充满文学之妙的作家才情，或指点江山，或陶醉草野。无论是叱咤风云，还是低吟浅唱，无论是逆势反常或是领情会意，无论是节日祝词还是庆生悼挽，都明确无误地引领读者进入了那个年代的景色深处，其中自有仰山之高，悬河之美。

操持数年，自知不免挂一漏万，也还是不肯罢手，一一敛来，旨在使一个时代的演讲作品得以归拢，得以装束，得以排列齐整地成体系地被集结，被收藏，被后人打量、阅读和品味。

既然说的是民国的人、民国的事，自然就回避不了民国的某一些人、某一些事——那些有过态度的和要过态度的、那些受待见的和不受待见的——人和事——也还是听听他们的说。我们通过斟酌与报备，予以选录和保留，以显示这份记载与收藏的确实与丰富。可以说，这是迄今为止收录量最大、编排体系最完备的一套民国演讲作品。

由于对民国时期文化的珍视与体恤，对于个别未能联系上演讲者后人的篇目，我们不忍轻易舍弃，只有将作品先行用之，望有关人士能够谅解，并在见到该书后及时与我们联系，以便奉寄样书和稿酬。

编　者

2019 年 10 月

目　录

CONTENTS

陈独秀

生平简介 …… 1

旧思想与国体问题 …… 2

近代西洋教育 …… 6

在北京大学开学式上的演讲 …… 11

在《国民》杂志成立周年大会上的致辞 …… 12

新教育之精神 …… 13

教育缺点 …… 19

五四运动的精神是什么 …… 23

劳动者的觉悟 …… 25

新教育是什么 …… 28

社会主义批评 …… 39

教育与社会 …… 55

工学生与劳动运动 …… 59

如何才是正当的人生 …… 63

女子问题与社会主义 …… 65

理发工会成立会演说词 …… 69
社会主义对于教育和妇女二方面的关系 …… 72
马克思学说 …… 76
社会之历史的进化 …… 88
关于社会主义问题 …… 94
抗日战争之意义 …… 115
我们要得到怎样的胜利及怎样得到胜利 …… 122
怎样才能够发动民众 …… 129
为自由而战 …… 134
民族解放与妇女解放 …… 136
抗战中川军之责任 …… 138
李大钊
生平简介 …… 140
“今” …… 141
庶民的胜利 …… 145
“少年中国”的“少年运动” …… 148
图书馆与中国教育 …… 152
今与古 …… 155
怎样做新闻记者工作 …… 160
青年的责任 …… 163
就孙、吴两氏统一中国的方策与《北京周报》记者的谈话 …… 165
社会问题与政治 …… 170
史学概论 …… 174
十八年来之回顾 …… 180

人种问题 …… 189
在列宁逝世二周年纪念大会上的演讲 …… 196
孙中山先生在中国民族革命史上之位置 …… 199
宋庆龄
生平简介 …… 207
东西方妇女联合起来，为改造世界而奋斗 …… 208
团结一致，努力实现三民主义 …… 210
国民党已不再是一个政治力量 …… 211
中国的自由与反战斗争 …… 214
实行孙中山遗嘱 …… 222
中国走向民主的途中 …… 226
孙中山与中国的民主 …… 228
打倒帝国主义，促进民族解放 …… 231
蔡和森
生平简介 …… 233
革命的根本问题 …… 234
胡愈之
生平简介 …… 237
学习鲁迅 …… 238
叶　挺
生平简介 …… 244
纪念新四军成立三周年 …… 245
史　良
生平简介 …… 248
妇女与民主 …… 249

张闻天

生平简介 …………………………………………………………… 253

论青年的修养 ……………………………………………………… 254

论待人接物问题 …………………………………………………… 275

陈独秀

(1879—1942)

生平简介

陈独秀（1879—1942），原名庆同，字仲甫，号实庵，笔名顽石，安徽怀宁（今属安庆）人。新文化运动的倡导者之一，中国共产党早期的主要领导人。早年参加反清运动，投身辛亥革命。曾留学日本。1915年9月在上海创办并主编《青年杂志》（一年后改名《新青年》），高举民主与科学两面大旗，掀起近代思想启蒙运动。1917年初受聘为北京大学文科学长。1918年12月与李大钊等创办《每周评论》。1920年初潜往上海，在共产国际的帮助下，首先成立上海的共产党早期组织，后发起成立中国共产党，成为主要创始人之一。1921年7月在上海举行的中共第一次全国代表大会上被选为中央局书记。在党的二大、三大、四大、五大先后被选为中央执行委员会委员长、中央执行委员会总书记、中央委员会总书记。1927年八七会议被撤销总书记职务，1929年11月被开除党籍。1932年10月在上海被国民党政府逮捕，判刑后囚禁于南京。抗日战争全面爆发后出狱。晚年贫病交加，1942年5月去世。

旧思想与国体问题[①]

1917 年 5 月 1 日

今日本会开讲演会，适遇国会纪念日，鄙人不觉发动一种感想，所以选择此题。鄙人感想非他，即现今之国会非君主国的国会，乃共和国的国会。方才李石曾先生演说《学术之进化》有云："政治进化的潮流，由君主而民主，乃一定之趋势，吾人可以怀抱乐观。"鄙人以为李先生的理论，固然不错，但是鄙人对于我国现在情形，总觉得共和国体，有无再经一次变动，却不能无疑。

自从辛亥年革命以来，我国行了共和政体好几年，前年筹安会忽然想起讨论国体问题，在寻常道理上看起来，虽然是很奇怪，鄙人当时却不以为奇怪。袁氏病殁，帝制取消，在寻常道理上看起来，大家都觉得中国以后帝制应该不再发生，共和国体算得安稳了，鄙人却又不以为然。

鄙人怀着此种意见，不是故意与人不同，更不是倾心帝制舍不

---

① 本文是陈独秀在北京神州学会发表的演讲。

得抛弃，也并不是说中国宜于帝制不宜于共和；只因为此时，我们中国多数国民口里虽然是不反对共和，脑子里实在装满了帝制时代的旧思想，欧美社会国家的文明制度，连影儿也没有，所以口一张，手一伸，不知不觉都带君主专制臭味。不过胆儿小，不敢像筹安会的人，堂堂正正地说将出来。其实心中见解，都是一样。

袁世凯要做皇帝，也不是妄想，他实在见得多数民意相信帝制，不相信共和，就是反对帝制的人，大半是反对袁世凯做皇帝，不是真心从根本上反对帝制。

数年以来，创造共和、再造共和的人物，也算不少。说良心话，真心知道共和是什么，脑子里不装着帝制时代旧思想的，能有几人？西洋学者常言道："近代国家是建设在国民总意之上。"现在袁世凯虽然死了，袁世凯所利用的倾向君主专制的旧思想，依然如故。要帝制不再发生，民主共和可以安稳，我看比登天还难！

如今要巩固共和，非先将国民脑子里所有反对共和的旧思想，一一洗刷干净不可。因为民主共和的国家组织社会制度伦理观念，和君主专制的国家组织社会制度伦理观念全然相反，一个是重在平等精神，一个是重在尊卑阶级，——万万不能调和的。若是一面要行共和政治，一面又要保存君主时代的旧思想，那是万万不成。而且此种"脚踏两只船"的办法，必致非驴非马，既不共和，又不专制，国家无组织，社会无制度，一塌糊涂而后已！

现在中华民国的政治人心，就是这种现象：

分明挂了共和招牌，而政府考试文官，居然用"上天下泽，履君子以辨上下，定民志"、"百姓足，君孰与不足"和"学则三代共之，皆所以明人伦也，人伦明于上，小民亲于下"为题。不知道辨的是什么上下？定的是什么民志？不知道共和国家何以有君？又不知道共和国民是如何小法？孟子所谓人伦，是指忠君孝父从夫为人之大伦。试问民主共和的国家组织社会制度伦理观念，是否能容这“以君统民，以父统子，以夫统妻”不平等的学说？

分明挂了共和招牌，而国会议员居然大声疾呼，定要尊重孔教。按孔教的教义，乃是教人忠君、孝父、从夫。无论政治伦理，都不外这种重阶级尊卑三纲主义。孟子道：“孔子成《春秋》，而乱臣贼子惧。”荀子道：“礼有三本：天地者，生之本也；先祖者，类之本也；君师者，治之本也。”董仲舒道：“《春秋》之法，以人随君，以君随天。”这都是孔教说礼尊君的精义。若是用此种道理做国民的修身大本，不是教他拿孔教修身的道理来破坏共和，就是教他修身修不好，终究要做乱臣贼子。我想主张孔教加入宪法的议员，他必定忘记了他自己是共和民国的议员，所议的是共和民国的宪法。与其主张将尊崇孔教加入宪法，不如爽快讨论中华国体是否可以共和。若一方面既然承认共和国体，一方面又要保存孔教，理论上实在是不通，事实上实在是做不到。

分明挂了共和招牌，而学士文人，对于颂扬功德铺张宫殿田猎的汉赋，和那思君明道的韩文杜诗，还是照旧推崇。偶然有人提倡近代通俗的国民文学，就要被人笑骂。一般社会应用的文学，也还仍旧是君主时代的恶习。城里人家大门对联，用那“恩承北阙”“皇恩浩荡”字样的，不在少处。乡里人家厅堂上，照例贴一张“天地君亲师”的红纸条，讲究的还有一座“天地君亲师”的牌位。这腐旧思想布满国中，所以我们要诚心巩固共和国体，非将这班反对共和的伦理文学等旧思想，完全洗刷得干干净净不可。否则不但共和政治不能进行，就是这块共和招牌，也是挂不住的。

若是一旦帝制恢复，蔡孑民先生所说的“以美术代宗教”，李石曾先生所说的“近代学术之进化”，张溥泉先生所说的“新道德”，在政治上是“叛徒”，在学术上是“异端”，各种学问，都没有发展的余地，贵学会还有什么学问可讲呢？

近代西洋教育[①]

1917年7月1日

今日之中国，各种事业败坏已极，承贵校诸君招来演说，鄙人心中想说的话极多，但是从何处说起呢？诸君毕业后，或当教习，或别入他校求学，大约不离教育界。现在就着教育事业，略说一二。

吾人提起“教育”二字，往往心中发生二种疑问：第一是吾人何以必须教育，第二是教育何以必须取法西洋。

第一种疑问，就是西洋也有一派学者，主张人之善恶智愚，乃天性生成，教育无效的。但是此种偏见，多数学者，均不承认，以为人之善恶智愚，生来本性的力量诚然不小，后来教育的力量又何尝全然无效。譬如木材的好丑和用处大小，虽然是生来不同，但必经工匠的斧斤雕琢，良材方成栋梁和美术的器具，就是粗恶材料，也有相当的用处。教育的作用，亦复如此。未受教育的人，好像生材；已受教育的人，好像做成的器具。人类美点，可由教育完全发

① 本文是陈独秀在天津南开学校发表的演讲。

展；人类的恶点，也可由教育略为减少。请看世界万国，那教育发达的和那教育不发达的人民，智愚贤否迥然不同，这就是吾人必须教育的铁证了。

第二种疑问，乃是中国人普通见解，以为西洋各国不过此时国富兵强，至于文物制度、学问思想，未必事事都比中国优胜；简单说起来，就是不信服西洋文明驾乎中国之上，所以不信服中国教育必须取法欧美。方才贵校校长张先生（张伯苓）说："此时西洋各国学术思想潮流，居世界之大部分，吾国不过居一小部分，只合一小部分随从大部分，不能够强教大部分随从一小部分，所以我们中国必须舍旧维新。"鄙人觉得张校长这话犹是对那没有知识比较中西文明优劣的人说法。其实吾国文明若果在西洋之上，西洋各国部分虽大，吾人亦不肯盲从，舍长取短。正因西洋文明远在中国之上，就是中国居世界之大部分，西洋各国居世界之最小一部分，这大部分的人也应当取法这一小部分。所以鄙人之意，我们中国教育必须取法西洋的缘故，不是势力的大小问题，正是道理的是非问题。秋桐先生方才说道："西洋种种的文明制度，都非中国所及。单就经济能力而言，我们中国人此时万万赶不上。倘不急起直追，真是无法可以救亡。"鄙人以为秋桐先生此言，可谓探本之论。

吾人的教育，既然必须取法西洋，吾人就应该晓得近代西洋教育的真相、真精神是什么，然后所办的教育才真是教育，不是科举，才真是西洋教育，不是中国教育。不然，像我们中国模仿西法创办学校已经数十年，而成效毫无。学校处数固属过少，不能普及，就是已成的学校，所教的无非是中国腐旧的经史文学，就是死读几本外国文和理科教科书，也是去近代西洋教育真相真精神尚远。此等教育，有不如无。因为教的人和受教的人，都不懂得教育是什么，不过把学校毕业当作出身地步，这和从前科举有何分别呢？所以我希望我们中国大兴教育，同时我又希望我们中国教育家，要明白读几本历史洋文，学一点理化博物，算不得是真正的近代西洋教育。我们教育若想取法西洋，要晓得真正的近代西洋教育，有几种大方针。

第一，是自动的而非被动的，是启发的而非灌输的。

我国教育和西洋古代教育，多半是用被动主义、灌输主义，一心只要学生读书万卷，做大学者。古人的著书、先生的教训，都是神圣不可非议。照此依样葫芦，便是成功的妙诀。所谓儿童心理，所谓人类性灵，一概抹杀，无人理会。至于西洋近代教育，则大不相同了：自幼稚园以至大学，无一不取启发的教授法，处处体贴学生心理作用，用种种方法启发他的性灵，养成他的自动能力，好叫人类固有的智能得以自由发展，不像那被动主义、灌输主义的教育，不顾学生的心理状态，只管拼命教去，教出来的人物，好像人做的模型，能言的鹦鹉一般，依人做解，自家绝没有真实见地，自动能力。此时意大利国蒙得梭利（Moria Montessori）女士的教授法，轰动了全世界。她的教授法是怎样呢？就是主张极端的自动启发主义：用种种游戏法，启发儿童的性灵，养成儿童的自动能力；教师立于旁观地位，除恶劣害人的事以外，无不一任儿童完全的自动自由。此种教授法，现在已经通行欧美各国，而我们中国的教育，还是守着从前被动地灌输的老法子，教师盲教，学生盲从。启发儿童的游戏图画等功课，毫不注意。拼命地读那和学生毫无关系的历史（小学生绝不懂得自己与历史有什么关系），毫无用处的外国文，以为这就是取法西洋的新教育了。哈哈！实在是坑死人也！

第二，是世俗的而非神圣的，是直观的而非幻想的。

孔特分人类进化为三时代：第一曰宗教迷信时代，第二曰玄学幻想时代，第三曰科学实证时代。欧美的文化，自 18 世纪起，渐渐地从第二时代进步到第三时代，一切政治、道德、教育、文学，无一不含着科学实证的精神。近来一元哲学、自然文学日渐发达，一切宗教的迷信、虚幻的理想，更是抛在九霄云外。所以欧美各国教育，都注重职业。所教功课，无非是日常生活的知识和技能。此时学校教育以外，又盛兴童子军（Boy Scout）的教育，一切煮饭、烧菜、洗衣、缝衣、救火、救溺、驾车、驶船等事，无一不实地练习。不像东方人连吃饭穿衣走路的知识本领也没有，专门天天想做大学者、大书箱、大圣贤、大仙、大佛。西洋教育所重的是世俗日用的知识，东方教育所重的是神圣无用的幻想；西洋学者重在直观自然界的现象，东方学者重在记忆先贤先圣的遗文。我们中国教育，若真要取法西洋，应该弃神而重人，弃神圣的经典与幻想而重自然科学的知识和日常生活的技能。

第三，是全身的，而非单独脑部的。

谭嗣同有言曰："观中国人之体貌，亦有劫象焉。试以拟之西人，则见其萎靡，见其猥鄙，见其粗俗，见其野悍，或瘠而黄，或肥而弛，或萎而伛偻，其光明秀伟有威仪者，千万不得一二!"这是什么缘故呢？就是中国教育大部分重在后脑的记忆，小部分重在前脑的思索，训练全身的教育，从来不大讲究。所以未受教育的人，身体还壮实一点，唯有那班书酸子，一天只知道咿咿唔唔摇头摆脑地读书，走到人前，痴痴呆呆地歪着头，弓着背，勾着腰，斜着肩膀，面孔又黄又瘦，耳目手脚无一件灵动中用。这种人虽有手脚耳目，却和那跛聋盲哑残废无用的人，好得多少呢？西洋教育，全身皆有训练，不单独注重脑部。既有体操发展全身的力量，又有图画和各种游戏，练习耳目手脚的活动能力。所以他们无论男女老幼，做起事来，走起路来，莫不精神夺人，仪表堂堂。教他们眼里如何能看得起我们可厌的中国人呢？

中国教育，不合西洋近代教育的地方甚多。以上三样，乃是最重要的。诸君毕业后，或教育他人，或是自己教育自己，请在这三样上十分注意。

在北京大学开学式上的演讲

1918 年 9 月

大学学生之目的，可别为三类：一、研究学理；二、备毕业后应用；三、得毕业证书。向第三目的者，必不多。向第二目的者，虽不得谓之大谬，而仅能适合于专门学校。唯第一目的，始与大学适合。既有此研究学理之目的，不可不有方法。方法有三：一曰，注重外国语。以最新学理，均非中国古书所有，而外国专门学术之书，用华文译出者甚少，故也。二曰，废讲义。以讲义本不足以尽学理，而学者恃有讲义，或且惰于听讲也。三曰，多购参考书。校中拟由教员指定各种参考书之册数、页数使学生自阅，而做报告。学校无多许经费，以购同样之书数十种，故望学者能节不急之费以购参考书也。

在《国民》杂志成立周年大会上的致辞

1919 年 10 月 12 日

久闻贵志发达，惜未细读，又闻五四运动，诸君出力独多，窃以为此番运动，实为国民运动之嚆矢，匪可与党派运动同日而语。国人及今已至觉悟之时期，但其觉悟之程度，却不一律，是可分为三步观之。其一，爱国心之觉悟——国民自保及民族自决之精神——最为普遍。此在一般国民，均具有此种觉悟，不独参与五四运动者为然，即反对斯举之官僚——甚至曹、章辈——虽以地位关系，不得不尔，然亦非绝对无此感悟。其二，则政治不良之觉悟。吾人日者屡闻各方面有请愿之举，多涉内政问题，可见国人已有此种觉悟；特以例前者，则觉悟之程度，及具此觉悟者之人数，殊形减步，盖仅五四运动中学生之一部分而已。其三，则社会组织不良之觉悟，有如杜威博士所云："从前的社会组织有病，非把他改良不可。"具此种觉悟者，即在学生界亦殊少矣。要之，此等觉悟之进程，以系由外交而及内政，由内政而至社会组织者。希望贵社以后对于国民觉悟之程度务使其增高，一方面使具此种觉悟者之人数增加，则尽美尽善矣。

新教育之精神[①]

1920年2月7日

我并没有什么学问，不过蒙海内同胞推奖，年来奔走四方，唤醒民气，也不过稍尽一点国民责任而已，实在抱歉得很。

今日承诸君之请，来此讲演，仓促之间，我也没有充分的准备，但诸君现在是读书师范学校，为教育界之重要分子，将来出身办事，主要是教育界上，又如社会上的中坚人物，而教育为国家的命脉所依托，故诸君的责任，实在非轻。我今天演说之题目，也就是“新教育之精神”。我对于新教育一向素少研究，而合座诸君，尽是研究教育的，想平日对于教育一向特有心得，以不知教育的人，而对研究教育之人讲教育，岂不班门弄斧吗？

我所谓新，非绝对除去一切经史诗书考据……之谓，更在知其所以新之之道耳。譬如研究经史，而能知其新之之法则，则昔日读圣经，考训诂，讲道学，仍然是新。若不然，哪怕日日读ABCD，习

① 本文是陈独秀在武昌高等师范学校发表的演讲。

数学，习理化，还不能够算得新，甚至比较旧的，还要差些呢！

今就以教育一方面讲，要怎样才算得新呢？我们中国的学校教书，是最腐败的，你看现在各省的学校，有些因经费都被外人拨扣，以致陷于无教育之地步，那是更不消说了！还有一些办得最热闹的，校舍固然好看，是“巍巍峨峨”的洋房，内面学生的教科如何？教员的教授法如何？以后学生的勤奋如何？一切都不管问，只顾外面好看——这是中国人的特性，非独办教育的如此，即凡百举动，亦莫不然。譬如架个茅厕一样，外面只用白灰粉粉饰，内面是屎是尿，臭不可闻，那都不管了。你看现在的学校，哪一个不是如此，都是以空相尚，讲究形式。学校的大权，掌在教长及少数教职员的手中，学生的困苦，全然不顾。教职员程度有不好的，学生不能非论，如有违着的，就拿那些诽谤师长、侮辱职员的条例来压迫学生，把学生当作机械的、被动的。学生只能在书桌子上做自己的功课，于外面社会上的实况，一点都不知道。学校是学校，社会是社会，出了学校，更不能在社会上立足，那还能望他改造社会吗？似这种学校，不过造出几个书呆子出来罢了，于国家没有一点益处。故今日要学新教育有几个要素。

一、宜注意社会方面；

二、当以学生为主体；

三、打破形式的教育，以实际为主。

第一，怎样要注重社会方面呢？因为社会是我们人类组成的，我们人原是社会的成分，假如我们没有社会，那么，我们以一人，能够供给自己的要求吗？例如日常的用品、寝室的器具，断不是一个人可以做得到的。又如外界的侵袭——洪水猛兽之类，又不是一人可以防御得住的，故必定聚而为社会，顺我们人类同情协力之自然趋势。此自古各大学者所承认的，是以我们人类，是绝不可与社会分离的人。教育是教养人类，使有经社会生活的能力人，故第一要注意社会方面，譬如教授小学的地理，若开口就把〔讲〕巴黎、纽约如何繁荣，如何重要，他知道巴黎、纽约在哪块儿呢？我的意思以为教地理应先从本讲堂讲起，然后教本校的校址，以及本城市、本县、本省，实地考察，庶几学得有益处。若讲到历史一项，小学的历史教授只好取消，何故？要晓得小学生，本无学问可讲，他的教育宗旨，原是启导他的智能和开发他的思想。你若对他讲什么唐虞三代、五霸七雄，他的耳未曾听过，目未曾见过，他知道是什么？如此教授，不唯更差，适是以惑其思想，乱其脑力，故不如不要为好。又如教授理科，更用不着书本子了，顶好将本地方所产生的动、植、矿物的活标本，实地考察，还得益较多。他如修身、农业、商业、图画等科，更好就社会的实在情况研究，使儿童能应用于社会上，得实在的效果。

第二，怎样要以学生做主体呢？从来我们中国的学校，都是把校长、教职员做主体，学生反放在客位，当作被动的和机械的。教员在讲堂上教授，只知把自己的学问和知识，装入学生的脑子内去，殊不知学生固有他的知识和学问，不得要拿先生的来装入进去，如先生的能够引导他们所能做的，启发他们所同有的和学生自动的本能就是了。故现今大教育家杜威博士，他说："在当时，是先生教学生，若在今日，更是学生教先生了。"实在不错，怎么说？在当时先生教学生，只晓得把书本子装入学生的脑子里去，那更不消说了。若在今日小学教育，学生正当少年时代，恰如春天的草木一样，正是萌芽时期，他的脑髓优园美满，思想力、记忆力一切都比先生强得多。年幼的儿童的心理，还足以先生研究。若在教授时间，有些事情先生想不到的，而学生反而想得到。先生不能说明的，学生反能充分了解，并能提出许多疑问事情来，能启发先生的思想和脑力，这岂不是学生教先生吗？又如学生在校求学，于校中一切事情，知得明了。而现今学校的事情，专靠着校长和少数教职员掌办，开口就说他们是研究教育有经验的人，先前他也做过学生来，办学校一定是好的。殊不知，天下无百年不变的法则，没有一定的规矩，即我们中国的孔夫子和西洋的亚里士多德，在当时，他的学说是“质诸鬼神而无疑，俟诸百世而不惑”的，然至今日，又“时移事变”，那就不行了。要知教育的事业，是与世界一齐变化的，若说“往日是先生教学生”为正理，今日是学生教先生为不正。专只就古时的理论，而不考察今日的事实，那就不可以了。学校的事情，学生所知的比较多，怎么说呢？学生在校内求学，所谓亲莅其境了。对于学校的事件，要如何改良，如何配置，如何办法，何者有益于学校。对于学生有不便利处，更要废除。何者学校缺乏，对于学生有益，更要兴办，学生一一透底明白。故学校若以学生为主体，遵学生提议办去，没有办得不好的。若靠着几个教职员，我恐怕办去，只有退步，那还能够与时俱进吗？系看现今的学校，哪一个不是以学生做客体，拿他当被动的、机械的，学校的事情，学生不唯不能参与，反而动辄牵那些通则规例，来压迫学生，终日如此，教育又怎能与世界一齐进步呢？又何怪每一个学生进了一个学校，至毕业后，若是压得背驼足软、了无生气呢？如此学校教育，只能造成一班奴隶性质的国民，只知道服从，那还能够自动吗？哪还敢望他来出力为国家和改造社会呢？

第三，何以打破形式的教育，以实质为重呢？我们中国人，是最爱讲形式，不顾实际的，我听闻北京清华学校，建筑图书馆，费了三十几万，仅仅买了二万元银圆的书，这又何苦要讲这种形式？若要不讲形式，多买些书，供众人的阅览，岂不好吗？现今各省的学校，无一不是讲究形式，如外面的校舍、学生的制服，都是讲形式的，至内面学生的科学、教员的授法，却一切都不管问，这是什么缘故？因为我们中国的教育制度，自教育部起，至国民学校，都是讲究形式的。当真说起来，要打破形式教育，必先取消教育部人员起，因为他是最好讲形式的，取消了他们，然后注重实际的教育，庶几较易。

还有最奇怪的，就是一班的农业学校，外面挂了某某农业专门学校的招牌，学生和教员，坐在学校内讲农业，外面田间的事情，不独不能耕种，简直一点都不知道。这种学校，我倒不晓得办了有什么益处？此外，尚有好多的学校，常常逼迫学生进校的时候缴纳制服费，学生无论在校内校外，一年四季，都是要穿制服，这又何苦要讲这种形式？甚至学生家里贫寒的，连学膳费钱都没有，哪有钱来缴制服费呢？并且学生在校，读书就读书，穿什么皮鞋，戴什么制服帽，若是穿便衣便帽，岂不是好么？再进一层讲，若留了些经费，把学生买书，岂不是更好吗？所以我劝诸君，此后出钱办事，不必讲形式，多注意实教就好了。那么，学校经费多，就多开办几班；学校经费少，就少办几班。把学生的科学认真教，提高学生的自身必须的本能，切莫压迫他。至外面的校舍，那更可以不问——茅屋亦可以作学校，不必一定要洋房，没有桌凳，坐在地上亦可以讲学，只要认真教授，形式尽可以不管他。

以上三个意见，更是新教育之精神，我望诸君此后在教育界上办事，是最要注重的。第一，就是要注重社会方面，教学生宜就社会上一般的事情，为儿童所时常知道的，或亲自看见的，那就自然易于了解，没有“莫名其妙”的弊处了。第二，学校当以学生为本位，教育以启发儿童的本能，引起儿童的兴味，不可压制他。第三，更宜实事求是，不可虚张形式，讲尽外观。

今天时间太仓促，自知没有十分准备好，有负诸君之雅意，还望诸君原谅，原谅吧！

教育缺点[①]

1920年3月

今天所讲的，统合说起来，是教育上的缺点，也可说就是教育上的罪恶。并且这种缺点和罪恶，并不是腐败的学校所有的现象，却是在平日声誉很好的学校，都免不了的。真正腐败的学校，倒也赶不上这种缺点咧。我所说的教育上的缺点和罪恶，一种是犯主观主义，一种是犯形式主义。这两种主义，是牵连一起。因为是主观的，所以有了形式的；因为有形式的，所以有主观的。这种弊病，在欧美各国亦不得免。在我国不但中等以上的学校是这样，就是小学教育，也都是这样两种主义。先把主观主义的缺点说出来。教师只知道他自己做本位教授的时候，不管学生能不能接受，一味照他意思灌输进去，这就是主观主义的现象。要知道好的教育，应该学生教先生。这句话说来很奇，怎样学生反而教起先生来呢？就是先生在教授时候，必定要拿学生做本位，细细考察这一班许多学生。

① 本文是陈独秀在江苏省教育会上发表的演讲。

因为一个学生有一个学生的特性，一个学生有一个学生的天才，用什么教材放进，便有什么反应发生，不是随便可以教授的，做教师的，应该从学生的个性里得到种种经验来。做教育的，依据我国现在教育，所以没有进步，坏在主观主义。这种主义，和以前教授经史百家的旧教育，有什么分别！不过拿经史百家的旧教材，改了史、地、理化等等新教材罢了。我们要知道新旧教育之不同，全在主观教育和客观教育上分别，不是在教材上的关系，是在活用教材方法的关系。我们所以反对旧教育，并不是说西洋来的教育都是好，中国的旧教育都是坏，不过在主观、客观的分别，旧教育的弊病，不问学生是否明了，用他主观的眼光，随便灌输学生。什么伦理科、历史科、地理科，所授教材，全凭讲演，不切实用，就像伦理重在实践，不是说空话便算了事，在理应该把这科取消。历史科，排列了许多不相干的古事，崇拜偶像的说话，教给学生记忆，有什么用处？地理科，在乎简单明了，并不是罗列许多无用的地名，硬要学生牢记，这样教法和以前的旧教育的教学生念“大学之道在明明德”，有什么分别呢？不说旁的，就是北京很有名的某学校，教职员的思想，也算很新的了，不过他们所授的教科，糊涂得很，陈列的文字，学生大都不懂。这也是中了主观主义的害处。欧美各国无论哪种学校，每礼拜至多不过二十多个钟头，分了许多科目，好使学生欢喜哪种就学习哪种，倒是事半功倍，很有效验。总之，无论什么学校的功课，倘使和学生个性适应的尽管教他，不是这样，尽管定了许多课程，教了许多材料，但是于学生实际上丝毫没有影响。那是何苦呢！吾觉得现在国内学校，往往不肯细细考察个性，随便教育，就是大学也免不了这种弊病咧。

讲到形式主义的流弊和罪恶，不在主观主义之下。很多的学校，只重外面好看，装潢华丽，气象焕然，就是茅厕的门面，都有种种装饰，某地方还有一种牢不可破的样子，校门总是做来很高，建筑必求新式，而于内容反一点不讲。实际上这样，教育到底有什么益处？推原其故，因为教育部平时只在形式上考求。所以上行下效弄得教育一点没有实际。最可笑的，有了工业学校，没有工厂，农业学校没有农场，不但使学生进了这种学校，如入五里雾中，一些没有领会，就是教的人自己也莫名其妙咧。我有一种感想，要使教育发达，先应该废除教育部。你想他们住在京里，社会生活程度、人情风俗习惯，一点不懂，定了什么许多章程法令，硬要人家遵守。不依照他，他就要驳他不合部令，依照了他，事实上又是不能做到，这明明是叫人家进于虚伪的境界。照教育部的意思，定要把全国的学校统一起来。其实中国这样的大，风俗人情各处不同，怎样可以统一呢！譬如做了一件衣服，说是不管哪一个人的身体长短大小，都要照这件衣服的尺寸，那岂不是笑话吗？简直说一句话，教育部存在一天，中国的教育，一定办不好一天。还有考试一件事，完全是形式主义的产物。这种弊病，很多很大。因为有了考试，就有什么毕业问题、文凭问题，引起了学生的虚荣心。教师学生平常多都不注意，临到考试时候，在这一二礼拜班内拚死用功，不但临场时夹带枪替，于道德上很有影响。并且废食忘眠，在身体上大有妨害。到了考试完毕，把所有临时强记的完全忘掉了。有人说学生求学的目的，一种是要增加学问，一种是为社会进步、生活改良。像现在学生的求学，专为考试，这不过是为了毕业问题，希望早一天毕业，那文凭可早一天到手。所以种种罪恶，都从考试发生，道德上、身体上、思想上都没有好处。

你看欧美的大学问家，尽有在学校里考试时候，屡次落第，到了后来，偏享盛名。日本教育大家某博士，在学生时代，每逢考试总是不利。后来他在大学校里当了教员，很反对考试。其实考试及格不足为荣，考试落第不足为辱。考试得利的不定是桀桀大才，考试失利的不全是庸劣无能。有人主张考试的，说是废去了考试，那学生的学业，不能够看出他进步不进步。这句话实在是差误的。照他说没有了考试，不能知道学业的进步，那么以前私塾先生惯用扑责，警诫学生，现在废掉了扑责，难道学生就不及从前吗？总之，学生的学业，并不因考试提进的。并且做了教师，平日里不能知道自己学生品行学业的好歹，偏要凭着考试方才知道，这样漫不经心的教员，他平日的教育成绩也可想而知了。吾们要望学生道德上、学业上进步，不在乎考试，另有好的方法，譬如作文、英文等科，只要平常多方练习，自然能够进步。地理只要注重实地观察，化学注重在实验室里试验，那才可以得着好的效果。何必定要形式考试来贻误青年呢？所以我敢说，现在教育的流弊，不出这两种主义——主观主义、形式主义。这两种主义不破，中国的教育绝不会有进步的希望。自从杜威氏来吾国，到处演讲教育，他竭力攻击的就是这以上所说的两种主义。他说不但中国犯这种弊病，就是美国也未尝没有，日本更比中国不如。所以杜威到中国来最精要的讲演，却不在伦理学，也不在社会学，是在教育学。可惜我国人对于他所讲最精要的教育，不十分注意。现在我们教育界应该大家注意这点，因为这是教育上一个很重大的问题。我们所见教育上种种不好现象，归纳起来，不出这两个主义。

五四运动的精神是什么[1]

1920 年 4 月 22 日

如若有人问五四运动的精神是什么，大概的答词必然是爱国救国。我以为五四运动的发生，是受了日本和本国政府的两种压逼而成的，自然不能说不是爱国运动。但是我们的爱国运动，远史不必说，即以近代而论，前清末年也曾发生过爱国运动，而且上海有爱国学社和爱国女学校，十年前就有标榜爱国主义的运动，何以社会上对于五四运动无论是赞美、反对或不满足，都有一种新的和前者爱国运动不同的感想呢？他们所以感想不同的缘故，是五四运动的精神，确比前次爱国运动有不同的地方。这不同的地方，就是五四运动特有的精神。这种精神就是：一、直接行动；二、牺牲精神。直接行动，就是人民对于社会国家的黑暗，由人民直接行动，加以制裁，不诉诸法律，不利用特殊势力，不依赖代表。因为法律是强权的护持，特殊势力是民权的仇敌，代议员是欺骗者，绝不能代表

---

① 本文是陈独秀在中国公学第二次演讲会上发表的演讲。

公众的意见。清末革命的时候，人人都以为从此安宁了，不料袁世凯秉政结果，反而不好。袁世凯死的时候，人人又以为从此可以安宁了，不料现在的段祺瑞、徐世昌执政，国事更加不好。这个时候，中国人因为对于各方面的失望，大有坐以待毙的现象。自从德国大败俄国革命以后，世界上的人思想多一变。于是，中国人也受了两个教训：一是无论南北，凡军阀都不应当存在；一是人民有直接行动的希望。五四运动遂应运而生。一般工商界所以信仰学生，所以对于五四运动有新的和前次爱国运动不同的感想，就是因为学生运动是直接行动，不是依赖特殊势力和代议员的卑劣运动啊！中国人最大的病根，是人人都想用很小的努力牺牲，得很大的效果。这病不改，中国永远没有希望。社会上对于五四运动，与以前的爱国运动的感想不同，也是因为有无牺牲的精神的缘故。然而我以为五四运动的结果，还不甚好。为什么呢？因为牺牲小而结果大，不是一种好现象。在青年的精神上说起来，必定要牺牲大而得结果小，才是好现象。此时学生牺牲的精神，若不如去年，而希望效果，却还要比去年的大，那更不是好的现象了。

以上这两种精神，就是五四运动重要的精神。我希望诸君努力发挥这两种精神，不但特殊势力和代议员不是好东西，就是工商界也不可依赖。不但工商界不可依赖，就是学界的分子好朋友，都不可依赖。最后只有自己可靠，只好依赖自己！

劳动者的觉悟[①]

1920 年 5 月 1 日

世界上是些什么人最有用、最贵重呢？必有一班糊涂人说皇帝最有用、最贵重，或是说做官的、读书的最有用、最贵重。我以为他们说错了，我以为只有做工的人最有用、最贵重。

这是因为什么呢？

我们吃的粮食，是那种田的人做的，不是皇帝、总统、做官的、读书的人做的；我们穿的衣服，是裁缝做的，不是皇帝、总统、做官的、读书的人做的；我们住的房屋，是木匠、瓦匠、小工做的，不是皇帝、总统、做官的、读书的人做的；我们坐的各种车船，都是木匠、铁匠、漆匠做的；还有许多机器匠、驾船工人、掌车工人、水手、搬运工人等，才能把我们的货物和我们自己送到远方，这都不是皇帝、总统、做官的、读书的人的功劳。这世界上若是没有种田的、裁缝、木匠、瓦匠、小工、铁匠、漆匠、机器匠、驾船工人、

① 本文是陈独秀在上海船务栈房工界联合会发表的演讲。

掌车工人、水手、搬运工人等，我们便没有饭吃，没有衣穿，没有房屋住，没有车坐，没有船坐。可见社会上各项人，只有做工的是台柱子，因为有他们的力量才把社会撑住；若是没有做工的人，我们便没有衣食住和交通，我们便不能生存；如此，人类社会，岂不是要倒塌吗？我所以说只有做工的人最有用最贵重。

但是现在人的思想，都不是这样，他们总觉得做工的人最无用、最下贱，反是那不做工的人最有用、最贵重。我们现在一方面盼望不做工的人，快快觉悟自己无用的下贱，一方面盼望做工的人快快觉悟自己有用、贵重。

世界劳动者的觉悟，计分二步：第一步觉悟是要求待遇改良，第二步觉悟是要求管理权。现在欧美各国劳动者的觉悟，已经是第二步，东方各国像日本和中国劳动者的觉悟远不过第一步。

在表面上看起来，欧美、日本的劳动者，都在那里大吹大擂地运动；其实日本劳动者的觉悟和欧美大不相同。因为他们觉悟后所要求的，有第一步、第二步的分别。第一步觉悟后所要求的，是劳动者对于国家资本家，要求待遇改良（像减少时间、增加工价、改良卫生、保险教育等事）；第二步觉悟后所要求的，是要求做工的人自身站在国家资本家地位，是要求做工的人自己起来管理政治、军事、产业，和第一步觉悟时仅仅要求不做工的人对于做工的人待遇改良大不相同。第一步要求还是讨饭吃，必须到了自己有饭吃的时候，油盐柴米菜蔬锅灶碗碟等，都拿在自己手里，做工的人的权利，才算稳固。否则无论如何待遇改良，终是仰仗别人的恩惠、赏饭。

中国古人说：“劳心者治人，劳力者治于人。”现在我们要将这句话倒转过来说：“劳力者治人，劳心者治于人。”

各国劳动者第二步觉悟、第二步要求，并没有别的奢望，不过是要求做工的劳力者管理政治、军事、产业，居于治人的地位；要求那不做工的劳心者居于治于人的地位。

我们中国的劳动运动，还没有萌芽，第一步觉悟还没有，怎说得到第二步呢？不过我望我们国里的做工的人，一方面要晓得做工的人觉悟确有第二步境界，就是眼前办不到，也不妨做此想；一方面要晓得劳动运动才萌芽的时候，不要以为第一步不满意，便不去运动。

新教育是什么[①]

1921 年 1 月 3 日

今天讨论的问题是“新教育是什么”。新教育对面就是旧教育，新教育和旧教育有什么分别呢？

或者有人说：新教育是学校，旧教育是科举。其实这个分别不过是形式的分别，科举时代所贵的是功名，是做官；现在学校所贵的还是有文凭，也是去做官，精神差不多是一样。

或者又有人说：旧教育是习经史子集，新教育是习科学。其实这个分别也不过是教材上的分别，不能够当作新旧教育绝对不同的鸿沟。况且讲哲学可以取材于经书及诸子，讲文学可以取材于《诗经》以下古代诗文，讲历史学及社会学，更是离不开古书的考证，可见即以教材而论，也没有新旧的分别。经史子集和科学都是一种教材，我们若是用研究科学的方法研究经史子集，我们便不能说经史子集这种教材绝对地无价值；我们若是用村学究读经史子集的方

① 本文是陈独秀在广东高师发表的演讲。

法习科学，徒然死记几个数理化的公式和一些动、植、矿物的名称，我们不知道这种教材的价值能比经史子集高得多少？

旧教育——科举 新教育——学校	形式的不同

经史子集 科　　学	教材种类的不同

照上表看起来，科举和学校只是形式的不同，经史子集和科学只是教材种类不同，不能说科举和经史子集是旧教育，也不能说学校和科学便是新教育，我们必须另外找出新旧教育分别的地方是什么。在我说明之先，我请各位想想到底什么是新教育，什么是旧教育。

新旧教育不同的地方，各位一定有许多意见，但现在没有机会可以和诸君各个讨论，只好拿我的意见告诉各位。我以为：

旧　教　育——主观的	新　教　育——客观的
教育主义——个人的	教育主义——社会的
教授方法——教训的	教授方法——启发的

旧教育的主义是要受教育者依照教育者的理想，做成伟大的个人，为圣贤，为仙佛，为豪杰，为大学者。新教育不是这样，新教育是注重在改良社会，不专在造成个人的伟大。我们现在批评这两种教育主义的好歹，应该先讨论社会和个人的力量哪样较大。我以为社会的力量大过个人远甚，社会能够支配个人，个人不能够支配社会。

各位对于这个意见，一定很怀疑，以为中国民族受孔子的影响何等伟大，印度民族受释迦牟尼的影响何等伟大，欧洲民族受耶稣的影响又何等伟大，支配世界的这三大民族完全为三个伟大的个人之精神所支配，怎么说个人不能支配社会，反说社会能够支配个人呢？

其实，诸位细想，世界各民族思想固然为这几个伟大的个人所支配，但我们要想想中国为什么有孔子？孔子的学说思想何以不发生在印度或欧洲，而发生在中国？反之，释迦、耶稣的学说思想何以发生在印度、欧洲，而不发生在中国？这是因为中国的气候土地适于农业，农业发达的结果，家族主义随之而发达；孔子的学说思想，和孔子所祖述的尧、舜思想，都是完全根据家族主义，所谓有夫妇而后有父子，有父子而后君臣，与夫教孝祭祀，无一非家族主义的特征。由此可以看出孔子的学说思想绝不是他自己个人发明的，孔子的学说思想所以发生在中国也绝非偶然之事，乃是中国的土地气候造成中国的产业状况，中国的产业状况造成中国的社会组织，中国的社会组织造成孔子以前及孔子的伦理观念。这完全是有中国的社会才产生孔子的学说，绝不是有孔子的学说才产生中国的社会。又如印度地在热带，人民抵抗不起天然压迫，素具悲观性质，所以释迦牟尼以前的乌婆尼沙陀各派，释迦牟尼以后的小乘大乘各派，通印度全民族的思想，对于现世界无一不是彻头彻尾的悲观；释迦牟尼佛正是这种悲观民族的产物，并不是因为有了释迦牟尼佛印度人的悲观思想才发生的。至于耶稣不重宗族、不尚悲观，也是地多临海，便于贸易往来、富于自由迁徙、勇于进取的社会造成的。我相信耶稣若生在中国，也必然主张夫妇、父子、君臣的伦理道德，孔子若生在印度，也必然是一个悲观厌世的宗教家，释迦牟尼若生在欧洲，也必然是一个主张自由进取的伟人。为什么呢？因为他们所在的社会都有支配他们思想的力量。

世界各民族中个人的伟大像这三大人物尚且是社会的产物，其他便不须讨论了。

又如非洲蛮人以斩杀仇人为道德，印度女子以自杀可自焚殉夫为道德，像这种个人的道德，他们自己必以为是他们个人的伟大，其实是社会一种恶俗造成他们个人的盲目行动。

又如一个城市里面公共卫生不讲究，个人无论如何注意，在防疫的效果上总是力量很小。

又如现在的广州有许多很明白的人也坐轿，我敢说日后道路修好了，交通方便了，就是不明白的人也不肯坐轿。

又如现代就是教育程度极低的人也知道奴隶制度不好，但是在蓄奴社会的古代希腊，个人伟大的亚里士多德竟主张奴隶制度不可废。

像这种个人必然受社会支配的例子不知有多少。前代的隐者、现代的新村运动及暗杀，都是个人主义教育结果的表现。前二者是想拿个人或一小部分人做改革社会的先驱或模范，后者是想除去社会上恶的一部分好达到改良社会的目的。其实都是妄想，他们都不明白社会支配个人的力量十分伟大。要想改革社会，非从社会一般制度上着想不可，增加一两个善的分子，不能够使社会变为善良；除去一两个恶的分子，也不能够使社会变为不恶。反之，在善良社会里面，天资中等的人都能勉力为善；在恶社会里面，天资很高的人也往往习于作恶。譬如我们现在生存在这资本主义制度之下，无论如何道德高尚的人，他的生活能够不受资本主义支配吗？社会差不多是个人的模型，个人在社会里，方圆大小都随着模型变，所以我敢说如果社会不善，而个人能够独善，乃是欺人的话。

我所以反复说明社会支配个人的力量比个人支配社会的力量大，并不是主张个人只要跟着社会走，不需努力；不过在教育方面着想，我们既然不能否认社会的力量比个人大，我们便应当知道改革教育的注重点在社会不在个人了。因为人类的精力不可滥用，必须用得很经济，比方用十分精力去注重社会得十分效力，如注重个人不过得两三分效力，就是能得七八分效力，我们的精力也用得不经济了。精力用得不经济，减少教育的效力，这是旧教育个人主义的第一个缺点。

旧教育个人主义的第二个缺点，就是减少训练的效力。从实际经验上看起来：

一、可见之于家庭教师的成绩。在家庭教师之下受教育的儿童，学科上或较优于学校的儿童，然对于社会的知识及秩序与公共观念之训练完全缺乏，最好的结果不过养成一个文弱的、乖僻不解事的书痴。

二、可见之于学校儿童的成绩。我们往往看见小学生在学校受训练时，颇为活泼，守秩序，能合群，一入家庭、社会即与学校环境相反，在学校所受短时间的训练遂不发生效力。

三、可见之于专门以上学生之成绩。我知道有许多学生，在学校读书时，品行很纯洁，志趣很高尚，很是一个有希望的青年，一旦出了学校，入了社会，马上就变成一个胸中无主的人，在社会里混久了，会变成一个毫无希望的恶人。这都是因为个人主义的教育把教育与社会分离了，社会自社会，教育自教育，致使训练失了效力。

旧教育个人主义的第三个缺点，就是减少学术应用的效力。教育本是必需品，不是奢侈品，个人主义的旧教育把教育与社会分为两件事，社会自社会，教育自教育，学生在社会中成了一种特殊阶段，学校在社会中成了一种特殊事业，社会上一般人眼中的学生、学校，都是一种奢侈品、装饰品，不是他们生活所必需的东西。此种弊病，社会固应该负责任，而教育家至少也要负一半责任。农学生只知道读讲义，未曾种一亩地给农民看；工学生只知道在讲堂上画图，未曾在机械上、应用化学上供给实业界的需要；学矿物的记了许多外国名词，见了本地的动植物茫然不解；学经济学的懂得一些理论，抄下一些外国经济的统计，对于本地的经济状况毫无所知。像这等离开社会的教育，是不是减少学术应用的效力？因此社会上不感得教育之需要，不相信教育，教育家是不是应该负责任？救济这个弊病，唯有把社会与教育打成一片，一切教育都建设在社会的需要上面，不建设在造成个人的伟大的上面，无论设立农工何项学校以及农工学校何种科目，都必须适应学校所在地社会的需要以及产业、交通原料各种状况。即以广东教育论，广州附近丝业颇盛，即应设立蚕桑学校；潮、惠富于海物及渔业，即应设立水产学校；北江多森林，即应设立森林学校；倘然把森林学校设在潮、惠沿海地方，水产学校设在北江，那便违反了社会需要的原则，减少学术应用的效力了。

第四个缺点就是旧的个人主义教育减少文化普及的效力。古时“纯粹的个人主义”之教育，不但是贵族的，而且是神秘的。一班著书立说的学者文人，务以藏之名山，传诸后世，造成个人名誉为目的，专以玄秘难解为高贵，通俗易解为浅陋。现时有许多学问很好的留学生不肯著书译书，恐怕坏了自己的名誉，正是承受了这种古代文人的陋习。现代“学校的个人主义”之教育，仍然不脱贵族的、神秘的旧习惯，此种旧习惯的精神，完全可以由学校门首挂的“学校重地，闲人免进”的虎头牌表示出来。新教育对于一切学校的观念，都是为社会设立的，不是仅仅为一部〔分〕学生设立的。自大学以至幼稚园，凡属图书馆、试验场、博物馆，都应该公开，使社会上人人都能够享用，必如此才能够将教育与社会打成一片，必如此才能够使社会就是一个大的学校，学校就是一个小的社会，必如此才能够造成社会化的学校、学校化的社会。现在各学校门首大书特书的“学校重地，闲人免进”，明明白白地是要把学校与社会截为两段，明明白白地是“学校的个人主义”，明明白白地是教育界的闭关主义，这种教育减少了文化普及的效力，也是明明白白的事。

以下再就教授方法下点批评，也可以看出新旧教育的根本不同及其好歹：

现在欧美教育界有几句很流行的话：前代的教育是先生教学生，现代的教育是学生教先生。这话初听很觉奇怪，其实大有道理，是教训式的教授法和启发式的教授法不同的界说，是新教育的精神所在。现在在座各位不是老师就是师范生及热心教育的人，关于这点很望诸君注意！

医生诊病，必须详察病人的病状、病源才能开方，服药后的经过状况也是一毫都不能忽略的；若只凭主观的想象，补药多吃，不但不能治病，恐怕还要杀人哩。哺育小儿也是这样，依照大众的意思来哺养小儿是不成的，全靠检查小儿的体温、血液需要、消化机能，来做大人的指导；并且大人在此指导下学得许多实际知识，好过从书本上得来的。先生可以从学生得到许多经验、知识，且必须从学生学得充分的经验、知识，才能够教育学生，也和医生诊病、大人哺养小儿一样。

旧教育是教学生应当如何如何，不应当如何如何，完全是教训的意味，不问学生理会不理会，总是这样教训下去，这正是先生教学生。新教育是要研究学生何以如何如何，何以不如何如何，怎样才能够使学术如何如何，怎样才能够使学生不如何如何，完全是启发的意味，是很要虚心去研究儿童心理，注重受教育者之反应。譬如在实验室试验理化，用什么方法，得什么反应，全靠对象的反应教我们知识；若试验者不注意反应全凭主观的理想妄下方法，不但徒劳无功，而且在化学的试验上还要发生危险。启发式的新教育也是这样，事事须由学生之反应供给教授法之知识，这不是学生教先生吗？

教训式的教授法和启发式的教授法之不同及好歹，大概我们可以明白的了。

但我不是说中国的古代的教授方法一概都是教训式的、旧的，不是说欧美各国的现代的教授方法一概都是启发式的、新的。中国古代教授方法也有是启发的，例如孔子答弟子问孝问仁没有一个相同，这不是他滑头，也不是他胸无定见，正是他因材利导启发式的教授方法。现代欧美各国的教育还是教训式的居多，就是实验心理学新教授法最发达的美国，杜威式纯粹的启发教授法也只有一部分人在那里试办。所以新旧教育的区别，只是采取的主义和方法不同，并不是空间（国界）或时间（时代）的不同。杜威先生曾说，中国的教育比日本更有希望，因为中国的教育方才着手，可以采用最新的方法，不像日本的教育制度已凝固，不易改用新法。杜威先生这话是中国主持教育的人都应该十分注意的！按照新的教授方法，我们学校里有许多学科要大加改革：

一、伦理。伦理这科是教人应当如何如何，不应当如何如何，完全是教训式的教育的代表，完全是没有效果的。人冷了才知道穿衣的必要，饿了才知道吃饭的必要，他若不觉得冷和饿，我们无论如何花言巧语劝他去穿衣吃饭，都完全是没有效果的。教训式的伦理科应该废除，在游戏、体操以及对人接物时，采用实际的训练方法，使儿童感觉道德之必要，使儿童道德的本能渐渐发展，这才真是伦理教育。

二、历史。历史教员拿着一本历史教科书，走上讲台，口中念念有词，什么蚩尤、黄帝、唐尧、虞舜、夏、商、周，小学生听了，真莫名其妙；唯有死记几个名词，备先生考问，毫无益处，毫无趣味；还不若叫他们去看戏，指着那个红花脸是黄帝，那个黑花脸是蚩尤，他们倒还有点兴趣。所以历史一科在小学校应该废去，就是教历史，也只可以教最小范围的乡土史，不应该教国史。

三、地理。天天向小学生说什么伦敦、巴黎、柏林、北京、青海，他们懂得是什么？所以小学校只能教乡土地理，而乡土地理的第一课，就应该从本校讲堂教起，一间讲堂内有几许长、几许阔、几许高、几个窗，有些什么东西，这都是最好的材料、最好的教法。因为发展小儿观物推理力的程序，只能够由已知推到未知，很难有凭空超越的机会；学生在学校得了讲堂的长短高低实际的观察方法，他们一出学校，便会自己推广到沿途所见及他们家里房屋的状况。这种实际观察的教授方法，比教学生死读教科书怎么样？比教学生死记一些无从养成小儿实际观察力的地名怎么样？

四、理科。理科各科目不用说是要注重实物经验的了，但是小学的理科还要注重乡土的教材，各省的物产不同，各省小学的教材便不能一样。譬如在广州教理科，说到冰、雪这两件东西，我就不知道哪位先生怎样能够解释得明白。广州有二十多年没下雪，香港有活着八十几岁没见过雪的人说雪像玻璃一样，大人尚且冰雪不分，何况小儿？先生若被学生质问怎样叫作冰，怎样叫作雪，我想那位先生除了叫学生牢记冰雪两个字不必问，或是令学生快去睡觉以外，恐怕没有第三个方法来圆满答复。

五、图画手工。我见过许多学校陈列出好些很精致的手工和图画的成绩品，装潢学校的门面。内中有些教员代学生做成骗人的固然不值得批评，就真是学生自己做的，在外行看起来，必以为成绩很好，在懂得教育的人看起来，便不敢恭维了。因为教育品和美术品有很大的分别，我们不当把教育品看作美术品，若是教育品做成了美术品，便算是手工、图画的教育大失败，还说什么成绩呢？因为教育儿童直接的目的，不是马上要教他成一个圣贤学者，所以不用教伦理道德及历史、地理等知识，也不是马上要教他成一个艺术家，所以不用教他习美术品的手工图画。教育儿童直接的目的，是要寻种种机会，用种种方法，训练儿童心身各种感官，使他各种器官及观察力、创造力、想象力、道德、情感等本能，渐渐地自由生长发育。游戏、体操、手工、图画正是用作生长发育这些本能的工具，所以小学的游戏体操不专是发育体力的，兼且是发育各种器官肢体之感觉神经及运动神经反应的本能和道德情感的；所以小学的手工图画不是教成艺术家的，是用它发育儿童观察力、创造力、想象力的。因为手工图画的目的专在发育观察力、创造力、想象力，最好是听凭儿童喜欢做什么做什么，喜欢画什么画什么，使他观察、创造、想象的天才得以自由发展。若由先生的意思教他造成美术品，只算是先生自己的成绩，与儿童教育无关，这种教育可以叫作“填谱的”教育。一切“填谱的”教育都适以限制受教育者的智识自由活动而使其固定，且造成机械的、盲从的习惯，戕贼人类最可贵的创造天才，不单是在手工图画教育如此。

六、唱歌。唱歌是发育儿童美的感想；合唱比单唱好听，可以养成儿童共同协作的精神；按节拍比不按节拍好听，可以养成儿童遵守规律的习惯。唯选用歌词不可文雅，哥哥妹妹、小猫小狗、树着花、蝴蝶飞，这些眼前事象都是歌词的好材料。现在有许多小学的唱歌中，填满了国家、人群、社会、互助、平等、自由、博爱、牺牲，种种抽象名词，这班人对于小学教育完全是门外汉，完全是迷信教训式的教育之结果。

由以上的讨论我们可以看出新教育的两个特点：

一、新教育的主义和方法都和旧教育完全不同；

二、新教育的效力大过旧教育。

社会主义批评[①]

1921年1月15日

一、为什么要讲社会主义？

古代所讲的社会主义，都是理想的；其学说都建设在伦理上面，他们眼见得穷人的苦恼是由贫富不均，因此要想把全社会的贫富弄得绝对的平均或相对的平均；至于用什么方法来平均贫富，都全是理想，不曾建设在社会的经济的事实上面，所以未能成功；因为已成的社会都有它已成的经济的事实在那里做改革进化的障碍，我们固然不应该跟随着它维持现状，然而也断乎不能够妄想把社会当作米粉团子由我们任意改造。近代所讲的社会主义，便不同了；其宗旨固然也是救济无产阶级的苦恼，但是它的方法却不是理想的简单的均富论，乃是用科学的方法证明出来现社会不安的原因，完全是

① 本文是陈独秀在广州公立法政学校发表的演讲。

社会经济制度——即生产和分配方法——发生了自然的危机，要救济他的危机，先要认明现社会的经济的事实（譬如无政府主义者往往拿从前人口稀少农业时代的理想来改造现代人口发达的工业社会，便是未曾认明现社会的经济的事实），在这个事实的基础上面，来设法改造生产和分配的方法。因此可以说马格斯（马克思）以后的社会主义是科学的，是客观的，是建设在经济上面的，和马格斯以前建设在伦理上面的空想的主观的社会主义完全不同。

现代生产方法的缺点在哪里？为什么要改造？现代生产方法有二大缺点不得不急图改造：一是资本私有。现在大工业时代和从前农业时代、手工业时代不同，不是简单生产工具可以生产的了，资本既然是私有，结果有资本的人才有工具做工生产，并且自己还可以不做工，只拿出资本来雇人替他做工生产；没有资本的人便无工可做，只能卖劳力给有资本的人替他做工生产。其结果生产事业越发达，雇人的游惰阶级和被雇的劳苦阶级的分离越发显著。二是生产过剩。自从自由派的经济学说得势以来，现代产业界完全放任资本家自由竞争，陷于无政府状态，关于生产品的种类、额量，不受国家之统计调节。资本家乘时投资，争加产额，一旦供过于求，遂致生产过剩发生经济界之危机。救济这二大缺点，只有采用社会主义的生产方法：资本归公，人人都有工作生产的机会，社会上一切生产工具——土地、矿山、机器、房屋等，谁也不能据为己有，谁也不能租给他人收取利益，这样才可以救济第一个缺点；一切生产品的产额及交换都由公的机关统计调节或直接经营，务使供求相应，不许私人投机营业，这样才可以救济第二个缺点。

现代分配方法的缺点在哪里？为什么要改造？缺点就是剩余价值，工人血汗所生产所应得的，被资本家用红利的名义掠夺去了。

例如前年上海有一家纺纱厂，资本一百万元，一年赚了净利一百万元，用工人二千，平均每个工人每月工钱八元，一年工价全额不过十九万二千元，再加上总理以下各职员的薪水至多不过十万元，再就算上资本家的官利二分二十万元，共总只有四十九万二千元，其余的五十万零八千元，都变了资本家的财产了。这个纺纱厂的二千工人和一班职员劳力所做的生产品的全价值是一百万元，是应该归他们全收的；但他们只收得生产品之一小部分价值二十九万二千元，其余一大部分七十万零八千元，都变了资本家荷包里的剩余价值。像这种不平均的分配方法，是社会主义时代所不许的；因为社会主义的国家，纵然不能马上完全撤废工银制度，终要取消私人营业的利息制度，对于劳动者所生产的价值，不是直接使劳动者全收，也是由国家收取一部分仍间接地用在劳动者身上，绝不会变为资本家的私有财产。

总之，在生产方面废除了资本私有和生产过剩，在分配方面废除了剩余价值，才可以救济现代经济的危机及社会不安的状况，这就是我们所以要讲社会主义之动机。

二、为什么能讲社会主义？

我们无论主张什么，第一步是问要不要，第二步是问能不能。若是不能，那“要”仍然是一个空想。若问现在能不能讲社会主义，是要研究现在能不能用社会主义的生产分配方法来代替资本主义的生产分配方法。关于研究这个问题，先要明白资本主义的来历，进而考察现代资本主义的危机，然后才达到结论。

资本是什么呢？不用说就是土地、矿山、机器、房屋等一切生产的工具，无工具不能生产，犹之无本不能生利，所以叫作资本；纸币是金钱的代表，金钱是资本的代表，都不是资本的本身。资本主义又是什么呢？就是自己不一定劳动，利用自己占有的资本雇用别人劳动而生产而得利益。资本是社会的劳动力所积而成，是社会上最重要的东西，没有人能反对资本的，我们所反对的乃是个人占有这资本，利用这资本增加他私有财产的资本主义。资本主义的历史很早，远在渔猎时代，倘若那时雇人渔猎，或借器具给人渔猎而分得利益，都和近代资本主义性质相同；到了农业时代，雇人耕种或买奴隶耕种，这时资本主义更是显然了；近来工商业时代的资本主义，性质虽与古代相同，而程度之差算是天渊之别了。近代资本主义发达之最大原因有二：（一）由于交换方法之进步。古代物物交换，资本不易积聚，由资本而得的利益，譬如一万担谷或十万张牛皮，便不易于转移堆积了；后来发明了以金钱代表实物，小小的一块银可以代表几担谷、几十张牛皮，交换方法进了步，资本主义也跟着进步；后来又发明了以纸币代表金钱，薄薄的一小张纸可以代表一千元、一万元，交换方法更进一步，资本主义也跟着更进一步；到了银行制度发达起来，变换方法充分便利，无论多大数目的资本转移，只要银行记一笔账，出一张票子，使得这种便利的变换方法，比起古代拿多少担谷换多少张牛皮真是天渊之别，所以近代资本的积聚和资本主义的发达，比起古代来也有天渊之别。（二）由于机器盛行。在手工业时代，有一把斧头、一个墨斗便可以做木匠，有一套网便可以打鱼，有一架纺线车便可以纺纱，有一架织布机便可以织布，有一把刀便可以刻字印书，人人都很容易得着这等简单的生产工具做一个独立生产者，所以在手工业时代，那雇人的资本阶级和被雇的劳动阶级是不大分明的；在这时代就是资本家自备工具雇人做工，那掠夺剩余价值来增加他们私有财产的速度也是很慢，例如每人用一机，每日织布一丈，价格一元，除去原料房屋等六角，人工二角，资本家所掠夺的剩余价值不过二角，一百架机用一百工人做工，资本家所掠夺的剩余价值，每日也不过二十元；若用蒸汽机，一百人做的工五个人就够了，资本家只付工价一元，其余九十五个人工价十九元都被资本家掠夺去了，这时一日的剩余价值由二十元增至三十九元，这时工人与资本家所得乃一与三十九之比，推而至于五十人做工，资本家所获剩余价值乃至三百九十元；五百人做工，剩余价值乃至三千九百元；五千人做工，资本家一日掠夺的剩余价值乃有三万九千元之多。近代资本之所以如此集中，资本主义之所以如此发达，资本家之所以如此强有力，都是机器帮忙替资本家造成剩余价值，渐次积聚起来的。机器积聚剩余价值既这样的迅速，交换方法又这样的便利，所以近代资本主义之发达，迥非手工业时代所梦想得到的了。一方面资本主义随着机器工业发达，机器工业复随着资本主义扩张，互为因果，一天一天地兴旺起来；一方面因为机器工业的生产品成本轻货色又好，他所到的地方，手工业之破坏好像秋风扫落叶一般；这时候的劳动者所得工资只能糊口，哪里还有钱买机器，无机器不能做工，不做工不能生活，所以世世子孙只有卖力给资本家做劳动者；资本家占有了机器土地及其他生产工具，所以世世子孙都是资本家；因此自近代资本主义发达以来，劳资两阶级日益分明，而且资本阶级的势力日见雄厚，劳动阶级日见压迫，除忍受安命以外几乎无路可走了。

资本主义既这样强盛，压迫得劳动界无路可走，何以还说能讲社会主义呢？不然不然。正因为剩余价值替资本阶级造成这样强盛的地位，而资本阶级必然崩溃不可救的危机也正含在这剩余价值里面。马格斯说："有产阶级锻炼了致自己死命的武器。"正指资本阶级是剩余价值造成的，将来破坏资本阶级的也就是剩余价值。一定有人说：资本家占了剩余价值，资本无限增加，机器无限增多，生产品无限产出，岂不是极好的现象吗？岂不深合生众食寡为急用舒的孔门经济学说吗？殊不知在共产社会里生众食寡为急用舒或者是好现象，在资本制度之下可就不然了。在资本制度之下生产品增多，剩余价值也随着增多，此种无限增加的剩余价值复变为资本，不能用为社会公共增加福利，乃为少数的资本家所私有，于是乃由剩余价值造成生产过剩，由生产过剩造成经济恐慌（Crisis），所以说生众食寡为急用舒在资本制度之下不一定是好现象。上面的话或近于抽象了，再详细说一下。在理论上看起来，社会上最怕的是贫乏，生产品多多益善，生产过剩是生产额超过了需要额许多许多，本算是好现象；但这种生产过剩的好现象，在资本制度之下反变成了社会的危机，乃是因为生产额超过了需要额，这就叫作供过于求。这便发生销路的困难，过剩的额越大，发生的困难也越大；例如社会上需要的布只一千匹，现在产出一千五百匹还不大紧要；若是产出到二千匹或至三四千匹，生产过剩额到了这步，社会上必然发生经济恐慌。因为资本制度之下的产业状况是极端自由的，是无政府的，无论何项产业资本家都可以自由联合、自由投资增加生产品，不加以法律限制的；生产品卖出的大部分利益，又被资本家自由收为自己的剩余价值，劳动者所得仅足糊口，生产较需要过剩了几倍，资本家虽然可以奢侈些，也断不能把同样的消费品陡然增加几倍，例如平常需布千匹，因资本阶级的奢侈，需要至多增至一千五百匹，劳动界因购买力不增加，不能多销，那生产过剩的二三千匹布，乃至发生滞销、跌价、停工社会的经济恐慌，这是必然的现象。这种必然的现象总括说起来，乃是资本制度之经济的自然结果，因为资本制度的生产方法是无政府的，是自由增加不加以法律限制的，所以才有生产过剩的事发生；因为资本制度的分配方法是太过不均的，是承认资本家占有剩余价值的，资本家占有了剩余价值则劳动界的购买力便无从增加，劳动界购买力不增加则社会上消费量便不能和生产量同等增加，生产量和消费量不同等，所以生产过剩反要发生经济恐慌。

一定又有人说：资本制度既然是自身造成了必然崩溃的危机如马格斯所指示，而马格斯身后数十年资本阶级何以不但未曾崩溃并且日见强盛呢？我以为这不过是因为殖民政策一时的救济，并不是马格斯学说失了效验。各国资本家拼命占据了剩余价值，拼命推广制造业，拼命寻求殖民地将所有的剩余生产送去销售了，才能够弥缝一时表面上没有十分现出危机来。所以近百年来，甲国与乙国战争，或是直接征服殖民地，消费了许多生命财产，结果所求得的不过是几条通商条约。因此资本主义便不得不和军国主义结了不解之缘，因为镇压殖民地或与其他资本国争夺商场都非有强大的海陆军不可。名为自卫，或是爱国，或是民族的向外发展，这都是骗人的话，其实都不外销纳剩余的生产品，好免国内的经济危机，好维持资本阶级的权利；试看前几年欧洲大战，美其名曰民治与强权的战争，其实只是英国利用各国打倒德国，为保全他的世界海运权及亚非两洲的商权罢了，这完全和日本硬用武力扩张在中国、朝鲜的商场，还美其名曰保全东亚和平是一样。

有许多人一面反对军国主义而一面却赞成资本主义，这真算糊涂极了，资本主义的生产和分配方法一天不废，侵略的军国主义如何能够废掉？美国威尔逊总统十四条大言是怎么失败的呢？正因为他不懂得资本制度是国际侵略及战争的根本原因，不变因，求变果，岂有不失败的道理。当日巴黎和会席上的英、法当局，并不是良心特别比威尔逊坏些，乃因为他们的国家组织都立在资本主义上面，若是放弃了侵略主义、军国主义，他们国里的大批剩余生产如何销纳，如何救济经济危机，如何维持他们资本阶级的地位呢？威尔逊总统不过说得好听点，如果他美国当真抛弃了军国主义，他美国在国外的殖民地和商场抛弃不抛弃？如果抛弃了，国内的剩余生产怎么样？所以威尔逊总统的主张不但在巴黎和会失败了，并且此时美国的海陆军备仍然是有加无已。日本鉴于美国的情势，恐怕失了太平洋西岸商业的威权，也不能不竭力增税扩张海陆军备到现状一倍以上，日本当局非不知这税太重了，全国的工人、农民、小学教员、下级军官的困苦和不平是可恐的危机，但是他们更知道没有充分的武力保护商业，不能输出剩余生产乃是更大的危机，所以明知道扩张军备是毒药也不得不吃，明知道扩张军备是陷阱也不得不从上面走过去。资本制度一天不倒，各资本制度的国家保护商业的军备扩张也一天不能停止，相互竞争扩张军备是无限的，相互争得的殖民地或商场是有限的；我相信生产过剩的弊害资本家终是没法救济，非弄到破裂不止，我更相信军备无限地扩张是资本阶级杀人适以自杀的利器；我相信当初资本阶级是拿殖民政策或国外商场救济了国内生产过剩的危机，我更相信将来资本阶级正因为互相争夺殖民地或商场，酿成国际资本阶级大倾覆的更大危机；我相信欧战的结果，国际资本阶级的基础已经大大地动摇，我更相信将来再经过一二次美、日或英、美战争，便到了资本阶级的末日，即国际的崩溃。因此我们可以断定资本主义的生产分配方法不良，已到了自身不能救济自身的危机必然崩溃的运命，代他而起的自然是社会主义的生产分配方法，才能免剩余价值、剩余生产等弊，所以我们可以说现在能讲社会主义。

一定又有人说：资本主义在欧美是要崩溃的了，是可以讲社会主义了；我们中国资本制度并不甚发达，更没有到崩溃的地步，如何能讲社会主义呢？像这种似是而非的话，恐怕很有许多人相信；其实他最大的缺点，是忘记了现代人类的经济关系乃国际的而非国别的了。如果他断定欧美资本制度要崩溃能讲社会主义，他便不应该说中国不能讲社会主义仍要采用资本制度。因为交通便利、需要复杂的缘故，有许多事都渐渐逃不了国际化，经济制度更是显著；各国资本制度都要崩溃，中国哪能够拿国民性和特别国情等理由来单独保存他；倒是各国资本制度的崩溃还未实现以前，中国单独完全采用社会主义的生产分配方法，恐怕免不了资本主义各国经济上、政治上的压迫，这层事实上的困难，我们倒不能不承认的。但是我们确有几个理由可以说明努力打破这层困难的必要及可能：一是救济中国断不能不发展实业，但采用在欧美已经造成实业界危机的资本主义来发展中国实业，未免太无谋了；二中国全民族对于欧美各国是站在劳动的地位，只有劳动阶级胜利，才能救济中国的危机及不独立；三是现代国际化的力量固然很大，但是制度的改变，必先由于国别的提倡，冒着困难使新制度渐渐实现，渐渐成为国际化，那时新的制度便确立了；四是欧战以来，资本制度已经大大动摇了，我们正应该联络各国的同志做国际的改造运动；五是在不完全破坏外资相当的利益范围以内，由国家立在资本家的地位经营国内产业及对外贸易，也未必不能免绝对的干涉。

据这五个理由，此时我们中国不但有讲社会主义的可能，而且有急于讲社会主义的必要。

三、应讲何种社会主义？

社会主义既然有讲的必要与可能，但是他的派别分歧，我们应该择定一派，若派别不分明，只是一个浑朴的趋向，这种趋向会趋向到资本主义去；若觉得各派都好，自以为兼容并包，这种胸无定见、无信仰的人也不配谈什么主义。除了“废止资本私有”为各派社会主义共通之点以外，从来学说不一，至今尚留存的，有力量的，可分为五派：

（一）无政府主义；

（二）共产主义；

（三）国家社会主义；

（四）工团主义；

（五）行会社会主义。

上述五派之中，工团主义算不得一种特别独立的学说，乃是由马格斯和无政府两派合演出来的。工团主义最终要的精神有二：1. 主张阶级战争，是出于马格斯；2. 不要国家及政权，是出于无政府。他的缺点正是受了无政府主义幻想的病；劳动者本来没有国家、没有政权，何待你不要；你尽管不要，资本阶级他是要的，他是要拿国家及政权来压制劳动的。工团主义者以为国家政治总会侵害工人的自由，试问呻吟于资本家政权之下的法国工团他们的自由在哪里呢？

行会社会主义，即基尔特社会主义，也非一种特别独立的学说，他一方面主张经济组织由行会管理，是受了工团主义工业自治的影响，然失了工团主义阶级战争的精神；一方面主张政治组织由国家管理，是受了国家社会主义不反对国家存在的影响，然失了国家社会主义由国家干涉生产事业的作用。行会社会主义者自以为他的理想在各派社会主义中算是最圆满、最稳当的了，他以为拿行会代表生产者的权利，以国家代表消费者的权利，这样公平的调和，可以免得剧烈的革命了。这种调和的理想是英国人的特性。其实他有两个不可掩蔽的缺点：1. 把压制生产劳动者的国家政权法庭海陆军警察完全交给资本阶级了；2. 政治事业和经济事业有许多不能分离的事件，例如国际贸易之类是也。

所以我们最要注意的是前三派。

无政府主义在中国也算有点萌芽，北京、上海、四川、广东都有一小部分青年相信。但我以为相信一种主义，不应该空空洞洞地盲从，必定要知道他的精髓所在；如果指不出他的精髓，就不配说信什么主义，也不配批评什么主义。无政府主义虽然也分为几派，我以为各派共通的精髓所在，就是尊重个人或小团体的绝对自由。这种偏重自由的精神，最好是应用于艺术道德方面；因为艺术离开了物质社会的关系，没有个体自由的冲突，所以他的自由是能够绝对的，而且艺术必须有绝对的自由，脱离了一切束缚，天才方可以发展；道德重在自律自动，和法律的作用完全不同，不自由的道德很少有价值。若论到政治经济方面，无政府主义便完全不适用了。无政府主义乃建立在先天的人性皆善和后天的教育普及上面，政治经济制度正因为人性不皆善教育未普及而起，我们只应该渐渐改良政治经济制度，使人性渐趋于善教育渐能普及；此时离教育普及还远得很，就是将来教育普及了，人性能否改变得皆善还是一个大大的疑问，哪能够病还未好，便早早地把药废了，并且要起来和强健人赛跑呢？先就经济而言，现代工业发达，一个工厂往往有数千数万人；而无政府主义要保护人人绝对自由，不许少数压多数，也不许多数压少数，九十九人赞成，一人反对，也不能执行，试问数千数万人的工厂，事事怎可以人人同意，如不同意，岂不糟极了么?而且十人或小团体绝对自由，则生产额可以随意增减，有时社会需要多而生产少，有时需要少而生产多，因为没有统一机关用强制力去干涉调节，自然会发生生产过剩或不足的弊端。但无政府主义者必定说：我们可以自由联合，公议生产事业，断不至有这样过剩或不足的情形发生；哪知一面赞成绝对自由，一面又赞成联合，是不对的，也不能成功的，我常说要绝对自由就不能联合，要联合就不能绝对自由，这是不易的道理。因为各个生产团体各个利害不同，若是没有一个统一机关用强制力去干涉调节，各个生产团体主张各个的绝对自由，这样能联合不能？无政府主义者用这种没有强制力的自由联合来应付最复杂的近代经济问题，试问怎么能够使中国的农业工业成为社会化？怎么能够调节生产致使不至过剩或不足？怎么能够制裁各生产团体使不至互相冲突？怎么能够转变手工业为机器工业？怎么能够统一管理全国变通机关？再就政治方面而言，他主张人不干涉人，要根本废除法律，这件事也是很错的。因为我们固然不满意现在的法律，但将来只可以把他修改，不能绝对地废除，如果绝对地废除，便发生困难。凡有社会组织，必有一种社会制度，随之亦必有一种法律保护这种制度，不许有人背叛，就在无政府时代也必须是如此。发癫的人，任何时代都是有的，我想不会有人主张放任发癫的人去杀人放火，倘若干涉他，把他拘管起来，便是压制他的自由。不过发癫是极端的现象，由发癫以至最轻的精神病者或强汉，都应该受法律之制裁。又如两性恋爱，以两男恋一女，或二女恋一男，彼此便会发生冲突，冲突剧烈的时候，又怎样裁判呢?

再从事实上着想。像中国人赌钱、吸鸦片烟这等恶习，是不是应该有法律禁止呢？社会制度初变更的时候，应受教育的人而不肯受教育，有劳动能力的人而不肯劳动，要不要加以法律的干涉呢？监守公物而自盗，强力追胁不悦己的妇女，这种人无论到何时代恐怕都有，应不应加以法律的制裁呢？所以我敢说：无政府主义在政治、经济两方面，都是走不通的路；明知此路不通，还要向这条路走，非致撞得头破额裂不可，这是何苦呢？

五派中的一四五已经略略批评过，再进而将共产主义和国家社会主义比较地讨论一下。这两派原来都出于马格斯，马格斯主义在德国变为国家社会主义，因为他的精神、他的实质都是社会民主党，所以也叫作社会民主主义；因为他主张利用有产阶级的议会来行社会主义，所以也叫作议会派。内中无论是柯祖基的正统派或是柏伦斯泰因的修正派，都不过是大同小异罢了。在俄国才还了马格斯的本来面目叫作共产主义，其初在俄国也叫作社会民主党，随后党中分为急进温和两派：温和的是少数派，叫作敏什维克党；急进的是多数派，叫作布尔什维克党；其后多数派革命成功，改称为共产党。共产主义和国家社会主义虽同出于马格斯，而两派的主张彼此却正相反对，如下表：

共产主义的主张	国家社会主义的主张
阶级战争	劳资携手
直接行动	议会政策
无产阶级专政	民主政治
国际运动	国家主义

第一，德国的社会民生党在理论上虽未曾明白地标榜劳资携手，而在实际上已令劳动者从事选举运动，已利用资本阶级的政府国会

采用社会政策改善劳动的地位，已实行与一切资本阶级的政党提携，已反对无产阶级共同团结了。反之俄国的共产党是主张绝对的阶级战争的，是不独反对与资本阶级妥协而且是反对与一切不主张阶级战争的温和派妥协的。马格斯的《共产党宣言》自第一页到最末页都是解释阶级战争的历史及必要的讲义，可惜自称为马格斯派的德国社会民主党竟然忘记了！

第二，不赞成阶级战争的人自然要向议会讨生活，但我们要知道，议会制度本是资产阶级专为供给及监督他们的政府的财政而设立的，要拿他来帮助劳动者，来废除资本私有制度，岂不是与虎谋皮吗？选举的怪现象各国都差不多，就是实行普通选举，劳动界能得多少议员，有多大效果呢？所以马格斯的著作无一不是主张无产阶级对于有产阶级取革命的行动，没有一句主张采用议会政策的，可惜自称为马格斯派的德国社会民主党竟然忘记了！

第三，无产阶级专政就是不许有产阶级得到政权的意思，这种制度乃是由无产阶级战争消灭有产阶级做到废除一切阶级所必经的道路。德国社会民主党问俄国共产党：有产阶级的人也是国民，何以单单主张无产者一阶级专政？俄国人答道：你们何以不主张全国民都加入无产阶级？德国社会民主党又问道：一阶级专政岂非不合民主制度？俄国人答道：你们所谓民主政治的内容是不是有产者一阶级专政呢？柯祖基著书大攻击俄国的无产阶级专政，说不合乎民主政治，说不是马格斯主义；其实马格斯在《哥塔纲领批判》中明白地说："在资本主义的社会和共产主义的社会的中间，有一个由这面推移到那面的革命的变形的时期。而这个时期，政治上的过渡时代就为必要。这个政治上的过渡时代，不外是无产阶级的革命的独裁政治。"在《共产党宣言》上更是大声疾呼地说："（一）纠合无产者团成一个阶级，（二）颠覆有产阶级的权势，（三）由无产阶级掌握政权”，又说：“无产阶级的革命，第一步是在使他们跑上权力阶级的地位……既达第一步，劳动家就用他的政权渐次夺取资本阶级的一切资本，将一切生产工具集中在国家手里，就是集中在组织权力阶级的劳动者手里。”可见无产阶级专政明明是马格斯的主张，可惜自称为马格斯派的德国社会民主党竟然忘记了！

第四，俄国的共产党和德国的社会民主党虽然同一不反对国家组织，（但）是他们不同之点有三：（一）生产机关集中到国家手里，在共产党是最初的手段，在社会民主党是最终的目的；（二）德国社会民主党带着很浓的德意志国家主义的色彩，俄国共产党还未统一国内，便努力第三国际的运动；（三）社会民主党所依据的国家是有产阶级的国家，共产党所依据的国家是无产阶级的国家。所以有人说马格斯当初所主张的俄国现在所实行的都算是国家社会主义，这话是不对的。《共产党宣言》中，虽主张将一切生产机关、交通机关、信用机关都集中在国家手里，这不过是社会革命时最初的手段，所以同时又说：“无产阶级都没有丝毫国民的特性存在。”各国无产阶级在他们国里争斗的时候，共产党一定脱出一切国家的界限，替无产阶级全体指示共通的利害。“劳动阶级如果握得政权，那些东西（指国民的差别和国家的对抗）都要消灭得更快，因为各国的联合政策，是劳动阶级解放的一种首要条件。”《共产党宣言》最后的名言正是：“世界劳动者团结起来啊！”马格斯所主张的国际运动的色彩是何等浓厚，可惜自称为马格斯派的德国社会民主党竟然忘记了！

由以上四点看起来，只有俄国的共产党在名义上、在实质上，都真是马格斯主义，而德国的社会民主党不但忘记了马格斯的学说，并且明明白白反对马格斯，表面上却挂着马格斯派的招牌，而世界上一班心盲的人，也往往拿德国社会民主党的主张代表马格斯派社会主义，这真是世界上一件不可解的怪事。

我们中国人对于这两种社会主义，究竟应该采用哪一种呢？我以为中国的改造与存在，大部分都要靠国际社会主义的运动帮忙，这是不容讳饰的了；国内的资本阶级虽尚幼稚，而外国资本主义的压迫是人人都知道的，因此阶级战争的观念确是中国人应该发达的了，再睁开眼睛看看我们有产阶级的政治家政客的腐败而且无能和代议制度的信用，民主政治及议会政策在中国比在欧美更格外破产了；所以中国若是采用德国社会民主党的国家社会主义，不过多多加给腐败贪污的官僚政客以作恶的机会罢了。

教育与社会[1]

1921 年 1 月 20 日

今日讲题为“教育与社会”。故向来我国社会与教育，是别而为二的，致结果多不良。余前在高师讲演《社会与教育》时，曾言其概略，兹再反复言之，以尽本题之意义。

社会与教育分离，其弊之最大者莫如减少教育的效力。诚以人类精力，本应经济。若教育与社会分离，是即个人之教育，其效力甚微，其不经济实甚。盖社会支配个人，其力量大；个人支配社会，其力量小，理至明也。或者疑社会力量未必优于个人，每以孔、佛、耶之学说，能支配地球上一部分人之精神，至历数千年之久为喻。不知世界自有人类以来，中华之孔子、印度之释迦牟尼、欧洲之耶稣，其个人力量之大，似足以支配社会矣。然从实际上观察，其个人之力量，实由社会而产生。试推论之，世人徒知孔子支配人之学说为家族思想，亦即人伦之道。然亦知夫中国之为世界最大农业国，

① 本文是陈独秀在广东省教育会发表的演讲。

其人皆为土著之民乎。既为土著之民，则重迁徙，鲜往来，其种种风气，皆足以养成人之家庭思想。是孔子之学说，为社会所养成，世人不察，倒因为果，误矣。释迦牟尼亦然，其学说由印度社会养成，非印度社会为释氏学说所制造。征之耶教，亦何莫不然。耶教重自由与进取，虽与孔教之家族思想不同，与释迦牟尼之厌世悲观主义亦异，然究其原因，亦以欧洲多岛，交通利便，人民轻于迁徙往来，故无家族观念。且其地属北温带，气候温和，故无厌世悲观思想。是其学说亦由四围环境养成，非由耶稣建此以改造欧洲人类者也。由斯而谈，此三大伟人之学说，非自成之，乃社会成之也。设使耶稣生于中国，亦必主张家族主义；孔子生于印度，亦必尚厌世悲观；释迦牟尼生于欧洲，亦必主张自由进取。要之，孔、佛、耶易地而生，其主张则互变也。从可知社会支配个人之力量大，个人支配社会之力量小矣。此既证明，则教育若离社会而独立，则教育之力量自减，讵得不谓之减少教育之力量耶。

教育与社会分离，足以减少教育之效力，前已言之矣。然实际如何减少，可条析言之：

一、教育的效力。普遍之力消失，只可及于部分或个人。

二、学生训练的效力。社会与教育分离，则社会自社会，教育自教育，故假使学校训练好，而社会不好，其得益仍寡。吾年来从教育经验上，观察此说，最足征信。予见小学生，往往在学校受训练时，极为活泼，极守秩序，极为奋发，极能合群，极不倚赖。唯一入家庭，则此种佳处，即觉消灭。或少壮大学生，在学校时，无不品行纯洁，志趣高超，为一有希望之青年。殆一入社会，则渐染渐深，愈久愈甚，终成为一无希望之恶人。此其证明也。

三、学术上应用之效力。教育与社会分离，则学生在社会，自有一种特别阶级。其所学何事，社会无从知之，故社会上不甚注重，不甚相信。此种弊病，在社会固应负一半之责任，而教育家亦应负一半之责任。何以言之？日本兴学之初，其社会亦不相信教育。复由教育家致全力医学、农学两种与社会密切关系之科学，使社会知其利益，其后遂得社会之相信。故欲求学术之应用，必须使教育与社会密接。至我国社会之不相信教育，固由社会与教育隔膜。然农业学生，其所学得之学问，反不如老农。工业学生亦然，一经实用，其成绩反不如一小匠。故欲求社会之相信教育，非教育家注意于上述事情而改良之不可。

鄙意以为以后办学，务使社会明了教育内容，深知舍教育以外，不足以培成社会上经营各项事业之人才，及深信教育在社会上之实益。欲做到此层工夫，办农业学校，宜在乡间，办工业学校，宜在省城。为教员者，又宜认真训练学生，教育人才。令社会上感觉旧学者不如新学者，则教育自然得社会之相用。又广州以丝业著名，应办蚕业学校；潮州富于水产，应办水产学校；北江多森林，应办农业学校。若在潮州办农校，在北江办蚕业学校，在广州办水产学校，则其所学非应所在地社会之要求，其学术之应用颇易自减，而教育力因以不大。前者言欲，用学术之应用效力大，而令社会了解内容，后者言欲学术应用力大，不可不适应社会之要求。推而言之，而我国各学校所授之经济学，若多用外国理论的，不及国内经济状况，盖此种教授，实属无稗实用也。又如动植物学，其分配种数，虽甚清晰，而对于我国地方种类，多付阙如，亦有何大用之处？故学术与社会分离，是死学术，学术与社会合，方是活学术。教育与社会离合，于学术应用效力之关系有如此者。

四、文化普及的效力。我国教育与社会分离，教育对于社会，亦取闭关主义，而广东尤甚。故学校门首，多有挂“学校重地，闲人免进”等牌，不准外人窥看，人以为内中有不可告人之处。不知凡学校图书馆等，宜令人人皆可入内参观，使人人皆得增进知识，社会得渐渐改善。故外国图书馆，通俗演讲，均取开放主义，无论何人均可入内观听。我国宜采取此法，使教育与社会合。否则教一千学生只一千学生受益耳，讵能希望文化普及乎！以上种种不好之处，皆就教育与社会分离而言。今后希望教育与社会打成一片，使教育效力宏博，则幸甚，幸甚！

工学生与劳动运动[①]

1921 年 1 月 22 日

今天来到贵校，没有什么话说，但在座诸君，多工业学生，我们就在工业上研究研究。现在所讲的——就是“工学生与劳动运动”，这是工学生所应当知道的。

现当来讲这个问题之先，要把劳力的地位说明一下。

在旧式经济学说生产元素是——

一、土地；

二、劳力；

三、资本。

在现世新经济学，对于这三种的观察，觉得不甚满意，何以呢？因为土地纯然一块土地，若不经劳力者开垦，是没有价值，必要加上劳力才能发生效用。例如乡间的土地，不是农人去种些稻、麦、甘蔗、番薯等等，便没有价值。又如乡间的地方，不及省城长堤的

① 本文是陈独秀在工业学校发表的演讲。

价值。所以土地因其所加的劳力不同，则其价值也不相同。那么，土地是附属于劳力之下，自身没有独立的价值。在资本也是一样，平常的人以为金钱即是资本，不知金钱只能代表资本，像钞票代表金钱一样。所以金钱并不是资本的本身，不过是一个代表的东西。真正的资本是什么呢？就是土地、机器、房屋、原料、粮食五种。土地没有劳力是不成的，已说在上面，不用再说。机器是用铁做成的，铁又是从矿山中得来的，由生铁而熟铁，通通是经过一种劳力的。所以这两种都属于劳力的范围。至若房屋、原料、粮食三种，皆由劳力得来。房屋是泥水木匠做成的，原料和粮食也是劳农的生产，没有劳力，这三种是不行的。机器没有劳力，便不成机器。土地没有劳力，便不成土地。房屋、原料、粮食，没有劳力，便不成房屋、原料、粮食。我们可以说：资本没有劳力，也是没有独立的价值。照这样看来，劳力实在是生产的元素，土地和资本，断不能与劳力平行，要附属于劳力底下。那旧式经济学所说的，是不成问题。劳动既是占着生产上最重大的地位，我们就可以说下劳动运动了。古代经济学说，与现世新经济学说的不同之点就是：古代把土地、劳力、资本相提并重，专为大地主所支配；现在所注重劳动方面，因为土地非劳力不能成土地，资本非劳力不能成资本，大地主怎能够支配起来？所以现在说的资本，不是资本家的资本，乃是开天立地以来的劳动者产下的资本；今日的世界，不是资本家创造出来的，乃是数千年来劳动者创造出来的。我们常说“劳动神圣”，就是因为天地乃劳动者开辟出来的，所以这样说。

现在也有人反对此说的，他以为今日的世界，不单是专从劳动家得来，还有所谓学者，如制作房屋的工程师。他说的原来不错，但对于劳力生产说，也不能破坏。因为工程师和技术家，不能逃出劳力范围之外，彼用脑力，也是一种劳力。我们解释劳力，不单就体力上说，大凡以体力脑力做工的，一概都是劳力的运动，不单指以体力做工，才算是劳力的运动。既然是用脑力和体力都是出力，那么，现在的资本家，也许有用脑力的地方，难道也算他是劳动家不成？据我的意见，现在的资本家和劳动家，仍然是有分别的。

一是雇主。资本家以自己的金钱，来买人家的劳力，谋自己的生活，就是雇主。

一是被雇者。自己没有资本，卖劳力与资本家，就是被雇者。

所以现在的资本家和劳动家，不是劳力与不劳力的分别，乃是雇主与被雇者之分别。

上面已把劳动运动的理论说了一遍，现在要说工学生的地位了。工学生占什么地位呢？就是占脑力劳动者的生产事业。我也曾说过，工程师和技术家，皆用脑力，都是劳动者。据我的观察，将来社会制度必要改革。但改革至怎样程度为止？大概终须做到把土地、房屋、机器等等，都为劳动者所有，各人都能够独立生产，不为被雇者，去做独立生产的事业。在独立生产上，脑力不可少，体力也不可少。脑力和体力，是同在一个阶级。因为用体力劳动者，把体力卖给资本做工，是一个被雇者；工学生把脑力卖给资本家做工，也是一个被雇者。既然同是被雇于资本家，便是同在一个阶级。那么，工学生便应该和体力劳动者携手，不应该同资本家携手，这个道理是很明白的。所以工学生要和体力劳动者结合团体，共同进行，把资本家推倒，打破雇主与被雇者，不生分别，没有阶级，便可做成社会上种种改造的事业。

诸君都是工学生，要知道自己所站的地位。觉悟脑力劳动者和体力劳动者一样，要和体力劳动者携手共进。这是很希望的。

如何才是正当的人生[①]

1921 年 1 月 23 日

今天本来预定三点钟来的，因为有些小事情，所以稍迟了。我本来没有什么高深学说，贡献于诸君。今天各位所定的题目，范围广大，又不是几句话可以说完，现在将简略说说，这是很抱歉了。这题大约有两种观念：第一种是精神上的，第二种是物质上的。我以为精神上的人生，没有什么标准。人说善则善，人说恶则恶，人说苦则苦，人说乐则乐。譬如中国妇女的生活，有时明明是很痛苦的，因为旧道德支配着，也觉得自己是无上光荣，是无上快乐；还有好些快乐生活的人，有时也觉得是很痛苦的，所以在精神上讲来，很难辨别人生正当不正当啊。

如果就物质上说，较为有点标准，然而非两三句说话就可以说明，古来的解说也很多。我的意思，以为物质上的生活，能够做到平等、自由，便是正当的人生。因为人人都是人类，不应该受他人

---

① 本文是陈独秀在广东省立女子师范学校讲演会发表的演讲。

的压迫。如果我压迫人，或人压迫我，都是不正当的人生。

历史上的人生，到今还未曾发现。真正的中国的人生，自古都是很不正当的，不是这一个压迫那一个，就是那一个压迫这一个。在封建制度的时代，有两种阶级：一是诸侯和地主，一是农奴。诸侯压迫农奴，农奴要受诸侯、地主的压迫。

如今封建时代已经过去，进入资本制度的时代了。又发现两种阶级：代诸侯和地主阶级而起，是政府和资本家，从前的农奴，就是今日的劳动者。资本家能压逼劳动者，劳动者就要受资本家压逼。这种情形，不独中国如此，各国都是一样。又如中国的习惯，男子常是压迫女子的，这是什么缘故呢？难道女子就不是人？应该受男子压迫吗？中国的古训所谓女子有三从之义：在未婚的时候，服从父母，既婚之后，服从丈夫，丈夫死了，还要服从所生的孩子。你们想还有什么道理来压迫我们呢？以上所讲的，都是不正当的人生。男子受政府、资本家的压迫，女子们除了政府、资本家压迫之外，更要受男子压迫。然而女子阶级之中，还有些同类上的压迫。好像中国的家庭，家姑压迫媳妇，小姑压迫嫂嫂等事情，非常之多。还有做奴婢的人，被主妇压迫，也是十分惨痛的。兄弟到广东来，看见这样的现象，格外繁多。所以中国的人生，都是一层一层压迫人家和被人家压迫的。男子所受的压迫是政府、资本家，女子所受的压迫有政府，有资本家，有男子，还有他同类的妇女。故此我以为从前人生，完全是不正当啊。

我如今天论压迫他人和受他人压迫，不是说男女问题，是说人类的问题。总之人类是不应压迫人家和受人家压迫的。如果说到压字，却是最不正当的。换一句说，正当的人，就是不施压于人，亦不受人所压。我现在所说的，不晓得诸位以为对不对。

女子问题与社会主义[①]

1921年1月29日

现在我所讲的题目是“女子问题与社会主义”。女子问题，近来研究的人很多，但都是零零碎碎，没有系统；所以我今日提出来讲讲，想于没有系统之中，找出一个系统。

今日所谓伦理，大概有两种观念：一种是帮助弱者抵抗强者，一种是牺牲弱者帮助强者。现在军国主义，都是牺牲弱者的一种，是牺牲弱者帮助强者；与此相反的，就是社会主义，这个主义帮助弱者抵抗强者。社会主义中最要紧的是劳动问题，然而劳动与妇女有什么关系呢？

我们要知妇女与劳工是社会中最没有能力的，劳工受资本家压迫，妇女受男子压迫，我们今日固要帮助劳工抵抗资本家压迫，尤其要帮助妇女抵抗男子压迫。但今日我们专讨论的是女子问题，关于劳工问题，暂且不说。我虽单讲女子问题，然与劳工问题也有关

① 本文是陈独秀于在广东女界联合会召开的会议上发表的演讲。

系，因劳动不单是男子的事，女子也与劳动很有关系的。

女子问题，实离不开社会主义。为什么呢？因为女子与社会有许多冲突的地方，讨论女子问题，首先要与社会主义有所联络，否则离了社会主义，女子问题，断不会解决的。因社会制度，造成了社会的许多不平等的事情，因社会造成个人的不平等、不独立，然后方有社会主义发生。讨论这点，妇女问题，自然是连带发生了，妇女问题虽多，总而言之，不过是经济不独立。因经济不独立，遂生出人格的不独立，因而生出无数痛苦的事情。

中国妇女，伦理上的信条，是三从主义，所谓三从，是在家从父，出嫁从夫，老来从子。因在家从父，女子一切活动都要受父亲的干涉，而做父亲的干涉女儿，差不多当女子是桌上一个瓶，摆在一个地方，什么用也没有；做父亲的，可以将女儿送人做妻做妾，女子若不肯嫁给有钱有势的人，是不行的。现在中国女子婚姻问题当中，百人中自由的不过一二人，其余的多是父母做主。父母也不是单为子女设想，不过为自己联络有权势的人，便送给他人做妻，拿女儿做他一己攀援富贵的敲门砖罢了。女子在家从父，可以谓之全然没有人格。至于出嫁从夫，男子叫女子做事，女子不能抵抗，若是抵抗，社会断不相容，做夫的不但可以命令女子，并且也可以卖，也可以送。我们知道的，有许多男子，因吃鸦片烟，把他妻卖去的，也有强迫他妻去卖淫的。有人告诉我，广东有一处地方——我不知是不是——可以将女子租给别人，在古代社会，这种事很多。我固然不信广东还有这种野蛮行为，但或者形式上没有，而精神上也许有的。

现在女子结婚，差不多都是父母贪图富贵，不但父母把自己人格取消，而许多女子也把自己的人格取消了。广东情形，我知得不十分清楚，至于上海情形，很是可悲。有一个上海很著名的学校，多数学生没有独立思想，伊们知识虽好，而思想仅得一个，就是穿着要阔，要时髦，假使有一个不甚时髦，大家都看伊不起，而自己也觉得不像样。伊们最后的思想，就是要嫁一个留学生，回国之后，要做大官。但伊们的衣饰从哪里来呢？伊们既不劳动当然得不到，所以伊们的希望，只有望男子送来。这样的思想，自然把自己的人格丧失了。现在许多女子不想独立，只想穿阔衣服，也是把自己的人格同时丧失的。

中国社会上的女子无论从父从夫，都没有独立的人格；靠父养的，固没有人格，靠夫养的，也没有人格，所以女子丧失人格，完全是经济的问题。如果女子能够经济独立，那么必不致受父、夫的压迫。

在社会主义之下，男女都要力作，未成年时候，受社会公共教育，成年以后，在社会公共劳动。在家庭不致受家庭压迫，结婚后不会受男子压迫，因社会主义认男女皆有人格，女子不能附属于父，也不能附属于夫。

现在尚有另一问题，许多人可以说：不必社会主义，女子也可独立；不在社会主义之下，也可不受父母男子的压迫。这句话初看起来很有道理，但很错了，因离了父母、家庭去谋独立生活，是不行的。何以见得呢？因女子离了家庭的奴隶生活，自然去谋独立生活，但社会是不许的。我们想想：女子离家庭而独立生活，去什么地方生活呢？在什么地方能谋生活呢？无论什么地方，都在资本制度之上，一部分雇人做事，一部分帮人做事。女子若离了家庭雇人做事呢，还是被雇于人？如果要雇人，真是笑话，不会有的。伊们既不能雇人，一定要受人雇，一定要附于资本家，那么就会变成资本家的奴隶了。从前女子是家庭的奴隶，而离了家庭，便变成了资本家的奴隶。无论如何，都是奴隶，女子问题，仍然没有解决。

在社会主义之下，不是这样。工人资本家没有分别，大家都要做工，所以必到社会主义时候，才能根本解决。女子在家庭，固有独立的人格，在社会也有独立的人格。

我今天所讲妇女问题与社会主义，因为女子问题有许多零零碎碎，不能解决，非先提社会主义，无以概括。妇女的痛苦，十件总有九件经济问题，而社会主义不止解决妇女的问题且可以解决一切的问题。我们所讲的伦理，不是牺牲弱者以助强者，而是帮助弱者抵抗强者，后者就是社会主义。女子与劳动者全是弱者，所以我们要帮助弱者抵抗强者，除了社会主义，更没有别的方法。我以为不论男女，都要研究社会主义，而女子比男子更要奋斗才好。如果把女子问题分得零零碎碎，如教育、职业、交际等去讨论，是不行的，必要把社会主义做唯一的方针才好。这不单是女子的事，而男子也是这样。所以希望男女要全部努力于社会主义，男女实行联合弱者以抗强者，就是我今日讲社会主义的意思。

理发工会成立会演说词

1921 年 2 月 10 日

今日中国的工会，不过开始，成立得实在不多，若在外国，无论哪种行业，都有工会。但是外国在数十年前，也是没有工会，和我中国现在一样。这是什么缘故？就是因为政府不许工人设立工会之故。在政府不独有不许工人设立工会的意思，而且制造一种不合道理的法律，去干涉工人立会；如有人违背这种法律，政府就要将工人拿进监狱去受罪。后来各国的工人，努力奋斗，始得将那种不合道理的法律取消。

我中国现在的法律，也是不许工人立会的。所以在广州有许多工人团体，如广三铁路职工养志团和工余群旅等，都是正正当当的工人团体，因为政府不许工人集会之故，所以不敢叫作工会而改作种种的名称。

这种不许工人集会的法律是什么？就是治安警察法。这种治安警察法，成自何时？制自何人？谅想到会诸君，也会知道的。这种治安警察法律，就是袁世凯所制定的。但有一件事，诸君知道不知道？现在广东政府，对于治安警察法，已经有明文取消了。那么，广州的工人，当然有集会的权利了。而且据我近日所知道的，广东政府，不独取消了治安警察法，而且制定一种工会法，叫工人依照这种法律和他一定的手续，政府就会准许立案，自然得受法律保护。

这种工会法，不久就可以公布了。现在广东政府对于工人，有这样好意，但你们工人对于自己，应该怎样？请诸君想想！在外国的政府，不许工人集会，而外国的工人，能够自己努力奋斗，卒之战胜政府，将那不合道理的法律取消，得到集会的权利。今日广东的政府，即将有工会法，许工人集会，所以我们工人应该有较大的责任，假使尚不肯努力做去，未免自己看得太低，不知自爱了。

我到广州虽没有多久，但我知道工人的团体，表面上虽有许多，如职工养志团、机器工会、工余群旅等，都是工人的团体，但观察他的内容，实无组织之可言，不能叫作工会，而且连章程都没有。我今天见到贵会的章程，是我第一次在广州得见到工会的章程的，所以我对于贵会，发生两个感想：

一、有详细完备的章程；

二、到会者多是纯粹的工人。

除了以上两个感想以外，还有两点，希望诸君努力做去的：

一、广州理发工人有四千多，而今天到会的，不过数百人，与全体工人相比，不过十分之一；所以我希望各位努力去联络同业，务要全体同业结合成一个大工会。

二、现在贵会虽然有章程，但将来人数增多时候，有一点地方，应该修改的。因为现在贵会的章程第八项所有评议股与庶务股、会计股、文牍股、纠察股、交际股平列，是不对的。无论哪种团体，评议部都应该独立，因为庶务等属于执行的，评议股是属于立法的。

将来贵会修改章程时候，最好将庶务股、会计股、文牍股、纠察股、交际股等合成一部，叫作执行部；评议股独立一部，与执行部对抗。所有什么事，都由评议部议决，交执行部执行，所有执行部职员，也由评议部选举。至评议部的组织，最好由各街各路选出；如西关有若干同业，应该选出若干评议员；东堤有若干同业，应该选出若干评议员；然后由全体评议员共同组织评议部，这样组织方好。

至工人的知识，比较缺乏，故求知识，是今日工人一件很重大的事情。我现在想在广州设立许多劳动补习学校，令各工人有求知识的地方，我很希望诸君将来肯匀出一点时间入劳动学校读书。

我对于贵会的希望很多，但因为时间不多，而且贵工会已经成立，将来见面的日子亦很多，我改天再谈吧。

社会主义对于教育和妇女二方面的关系①

1922年4月12日

今天要贡献诸位的，不过把我已经研究过的东西，告诉大家。在座诸位都是学生，并且有许多女同学在里面，所以就把“社会主义对于教育和妇女二方面的关系”说说。

我国的教育，是一种贵族教育，只有少数人可以受得到，一大部人简直得不到一些好处；就是国立的学校，也是如此。试想办学校的经费不是国民公共担任的吗？为什么要给少数人独占利益呢？这是一件很不公平的事情。况且这种贵族教育，在从前看起来，确是没有什么稀罕，到现在看起来，简直是不行了；那是大家所知道的，所以引起一班人要高高唱平民教育普及教育了，不但高唱，而且有一班人竟实施了。这种果然是很好的事情，我们也没有反对的理由，不过据我个人想起来，在现在这种经济制度以下，一定办不出好的成绩来，他们的希望竟可以说是梦想，像江苏、直隶、广东、

① 本文是陈独秀在上海专科师范学校发表的演讲。

湖南几省，现在都已积极地试办平民教育，普及教育了；他们的计划，以为在六年或八年的期限里可以收效；可是筹备的经费，仅足供给教员的薪水和学校设备上的用途，却顾不到学生的伙食和杂费，那贫苦的人还是不能去受教育。况且这班劳动者，因为受经济压迫，每天不能不做十二或十四点钟的工作，试想他们还有什么时间去受教育呢？因此任你学校办得多，要是国民没有宽裕的经济，绝对收不到普及教育的效果。

所以要普及教育，先要设法减少劳动者工作的时间，使他们也有读书的机会；还要国家能担任各个人受义务教育的一切经费——连伙食也在里面，像现在待遇师范生的办法，才可以做得到。但是在这种经济制度之下，这是不可能的事实，所以要普及教育，唯有盼望社会主义的实行了。为什么呢？因为社会主义，是主张经济平均分配的，并且无论什么大工业、大商业、大交通事业，都握在国家手里，不许国民私有，那时国家自然有很大的力量，使各个人受教育了。照现在看起来，有钱的可以进学校，再有钱的可以进中等学校，再有钱的可以进大学，到外国去留学，做博士，受人家尊敬；没钱的呢？自然进不得学校，或者连饭也没有啦，看来好像都是愚蠢的人。所以现在国民的知识程度和学问的好坏，全看财产的多少为比例，可怜一班穷人中间，不知埋没了多少天才，这正是贫富的分别，不是智愚的分别呀。但是在社会主义实行以后，一般人都受得到教育，那时才可以断定智愚的程度。这是在普及教育一方面讲，是切望社会主义的实行。

再次，要讲妇女问题。妇女的地位总较男子要差一些，这在西洋各国也是如此，不过在我国更差一些罢了。究竟妇女的地位为什么要比男子低呢？大概是因为知识浅薄、经济不独立二个原因。但是知识的浅薄，也因经济不独立的缘故，试看社会上的习惯，总是只要儿子受教育，不大要女子受教育；即使要女子受教育，也必定较儿子少一些。儿子和女子不能受相当的教育，都因财产的承继权专属于儿子的缘故，所以儿子的教育费就像应得的，女子要想分占一些，已是不正当的行为了；因此知识差，地位也差了。女子从出生，直到做人母亲，总没有握着财产权的时候，因为无论在法律、道德、伦理各方面讲，都是不允许的。所谓“三从”，在从父、从夫的时候，果然不要说起，就是夫死以后，财产权也要归儿子掌握，到法庭上控诉起来，也要用儿子的名字出面。因为伊们没有财产权的掌握，连带伊们的地位都降低了。这样讲来，要妇女得着和男子相等的地位，不能不使伊们有使用财产的自由权；要使伊们有使用财产的自由权，除了实行社会主义以外，没有旁的希望。因为社会主义，是经济国有的，也是平均分配的，到那时妇女自然也可以受平等教育，不受经济的约束，也不怕地位的降低了。照现在说起来，很有几个自觉的女子，知道经济不独立的缺点，要带累自己的人格，很想脱离家庭，或脱离丈夫而自立。这果然也是很好的事情，但是我觉得总不是彻底的办法。因为女子脱离了家庭或丈夫以后，伊们哪里能经济独立，受教育呢？女子要经济独立，除非做工。但我们要知道，现在不是独立生产时代，像从前的人有斧就好做工，有锄就好种田的情形，是共同生产时代了；不是家庭工业，是工厂工业了；不是手工工业，是机器工业了。那么，要去做工，逃不了要受资本家的压制。正是脱了家庭的奴隶，去做资本家的奴隶，合来有什么出入呢？所以说，要解决妇女问题，也要靠社会主义的实行。

今天讲的就是这二个问题，据我个人想来，都是和社会主义有很密切的关系，旁的没有什么可以贡献。请诸位把我所讲的话，大家思考一下，究竟普及教育和妇女问题，除了用社会主义的手段去解决以外，可有更好的方法？假使有的，那么再好没有了。请诸位抱着学者的态度，仔细思考一下，不要一味地盲从才好。

马克思学说[①]

1922 年 4 月 23 日

一、剩余价值

马克思是一个大经济学者，他的学说代表社会主义的经济学，和斯密亚丹（今译亚当·斯密）代表个人主义的经济学一样，在这一点无论赞成马克思或是反对者都应该一致承认。

马克思的经济学说，和以前个人主义的经济学说不同之特点，是在说明剩余价值之如何成立及实现。二千几百页的《资本论》里面所反复说明的，可以说目的就是在说明剩余价值这件事。斯密亚丹也曾说过："在土地未私有、资本未集聚的最初状态，劳动者所生产的东西全属劳动者自己所有。"（见《原富》一卷六六页）又说，"劳动者自己享有全部生产品的最初状态，土地私有、资本集聚之后

① 本文是陈独秀在吴淞中国公学发表的演讲。

便不行了。”（见《原富》一卷六四页）这两段明明说因为土地和资本私有的缘故，劳动者不能得着所做的生产品全部分，只得着一部分。那剩余的部分归了何人呢？照马克思的学说，这就叫作剩余价值，是归了资本家的荷包，资本家夺取了劳动者的剩余价值，作为他私有的资本，再生产再掠夺，以次递增，资本是这样集聚起来的。资本制度就是这样发达起来的。话虽这样简单，但是要真实明白剩余价值是什么，以及它是如何成立、如何实现和分配的，本是一件很烦难的事，现在不得不略略说明一下。

要明白马克思所说的剩余价值是什么，首先要明白马克思所指的价值是什么，其次要明白马克思所说的劳动价值是什么及劳动价值如何定法。斯密亚丹以来的经济学者，对于凡物之价格都分为自然价格（Natural Price）、市场价格（Market Price）两种。剩余价值所指的价值，是自然价格所表现的抽象价值，不是市场价格所表现的具体价值，我们千万不可弄错。劳动价值也分二种；（一）劳动力自身之价值，即是劳动者每月拿若干工钱把劳动力卖给资本家之价值；（二）劳动生产品之价值，即是劳动者每月做出若干生产品之价值。这两种劳动价值是如何定的呢？照马克思的意思是说：凡两件货物互换，这两件货物一定有什么相同的地方，譬如拿若干布匹换若干面粉，这两样货物形式不同，物理的性质不同，用处不同，他们相同的地方只是都为劳动所作的结果，因此所费劳动相等的货物价值亦相等，用十二小时做成的货物，价值比用六小时做成的货物高一倍，一个茶碗价值二角，一个茶壶价值一元，壶的价值比碗大四倍，是因为做壶所用的劳动比做碗的多四倍。所以马克思说：“一切用劳力所制造的商品（就是货物）之价值，乃是由制造时所需社会的劳动分量而定。”（劳动分量，就是劳动时间长短的意思。社会的劳动，是与个别劳动不同的意思；个别劳动有个别勤惰巧拙以及工具精粗的差异。所谓社会的劳动，是指在一定时代的社会状况之下，将这些个别的差异都作为平均程度。因此社会的劳动也叫作平均的劳动。）劳动者把劳动力卖给资本家，因此劳动力自身也是一种商品，所以马克思说：“劳动力这种商品的价值，乃是由培养他所需的劳动分量，也就是制造劳动者及其家族生活品所需的劳动分量而定。”马克思所谓制造一切商品所费的劳动分量，乃是兼“生的劳动”（制造该商品时所费的劳动）和“死的劳动”（制造该商品时所用原料、工具、建筑等以前所费的劳动）二种而言，这也是我们不可忽略的。

马克思的价值及劳动价值公例，略如以上所说，以下再说剩余价值是什么。

剩余价值究竟是什么呢？乃是货物的价值与制造这货物所费的价值（兼生的劳动之价值与死的劳动之价值而言）之差额；例如费一万元生产一万五千元的货物，在这货物一万五千元的价值中，除去生产这货物所费一万元的价值，所剩余的五千元就是剩余价值。说详细一点，当分为剩余价值之成立及剩余价值之实现和分配一部分。

剩余价值是如何成立的呢？照马克思说：剩余价值是在生产过程中成立的，不是在流通过程中成立的。这个意思十分重要。我们也千万不可弄错。此话怎讲？因为马克思所指出的剩余价值，虽然要在流通过程中才能够实际归到资本家的荷包，但是夺取的方法和剩余价值的本质，都不是指流通过程中一件一件生产品的卖价，乃是指生产过程中劳动者为资本家所做“剩余劳动”的价值。“剩余劳动”又是什么呢？是因为近代利用机器，制造业的规模一天大似一天，手工的生产品比机器的生产品货色不好，价钱又贵，因此手工业一天衰败似一天。于是由手工工业时代变了机器工业时代，由家庭工业时代变了工厂工业时代，由独立生产时代变了共同生产时代，这就叫作“产业革命”。自产业革命以来，所有生产所必需的工具（土地、矿山、房屋、机器、原料等）都为资本家所占有，资本家以外的人，除了将自身的劳动力卖给资本家，便做不成工，便得不着生活费用。资本家给他们多少生活费用（即工钱）呢？照马克思的价值公例，一切商品之价值常与制造此商品时所费的劳力相等，劳力（也是一种商品）之价值（即工钱）也常与培养这劳力所需的劳动（即制造劳动者所必需的生活品之劳动）相等；那么，譬如一个劳动者每日所需的生活品值六小时的劳动分量，照理他每日做工六小时便已产出他生活品的价值；然而资本家往往要劳动者每日做工十二小时，所给工钱只值六小时的生活品，其余六小时，在实际上劳动者未曾得着工钱，是替资本家白做了，这白做的六小时就叫作“剩余劳动”；生产品之全部价值都是劳动者做出来的，而劳动者所得只一部分与六小时劳动价值相等的工钱，其余一部分由六小时剩余劳动而生的价值，就叫作“剩余价值”。

剩余价值是如何实现和分配的呢？剩余价值虽然成立在生产过程中，但是必须到了流通过程中才能够实现。资本家雇用劳动者产出一定价值的货物，剩余价值的本质及作用固然已经包含在这货物之中；然必待将这货物卖给消费者，把进货物的价值变成市场价格，剩余价值变成货币归到资本家的荷包，这时剩余价值才算实现。譬如一资本家费价值五成的劳动工钱，造成价值十成的棉纱，这时剩余价值五成固然已经由剩余劳动五成在生产过程中成立了，然必待将棉纱卖给消费者，将价值十成的货物变成价格十成的货币归到资本家的荷包，那时五成剩余价值才算实现了。这是因为生产者不能将货物直接卖给最后消费者。中间必须经过贩卖者之手，贩卖者须得一定资本及劳力之报酬，于是生产者不得不在价值以下的价格卖出他的货物。如用价值五成工钱造成价值十成的棉纱，因为贩卖者之报酬，价值十成的棉纱至多只能卖得价格八成的货币，因此五成剩余价值中，制造棉纱的资本家只能得着三成，其余二成是归了贩卖棉纱的资本家；制造棉纱的资本家若是向他资本家借过资本，便须拿一部分剩余价值付他资本家的利息，纱厂的地基若是向地主租的，又须拿一部分剩余价值付地租。剩余价值大概是如此分配的，各种资本家分配所余才是制造棉纱的资本家实际得着的剩余价值。所以说：剩余价值是在生产过程中成立的，是在流通过程中实现的。

资本家的资本是夺取劳动者剩余价值变成的，剩余价值是剩余劳动之价值变成的；工作时间越长，剩余劳动越加多；工钱越少，剩余劳动也越加多；出产能力越提高，剩余劳动也越加多。所以资本家想扩张剩余价值，天天在那里提高出产能力，天天在那里反对增加工钱反对减少工作时间，拿剩余价值变成货币，又拿货币制造商品增加剩余价值，再拿剩余价值变成货币，如此利上生利，这就叫作“资本主义的生产方法”。资本主义的生产营业的规模一天大过一天，掠夺兼并的规模也一天大过一天，加上交通机关一天便利过一天，殖民地新市场一天扩大过一天，精巧的机器一天增多过一天，大银行、大公司便一天发达过一天，从前的小工业都跟随着这些制度之发展，逐渐被大工业吸收了、压倒了。这种吸收压倒的结果，便是把全社会的资本聚集在少数人手里，这就叫作“资本集中”。在从前小工业时代，资本不集中，因此产业不能发达，所以资本集中使生产能力增加产业规模扩大，资本主义的生产方法好过以前的生产方法只在这一点。但是在财产私有制度之下，把全社会的财产大部分集中在少数资本家手里，便自然发生以下各项结果：（一）无财产的佣工渐渐增多；（二）生产能力增加而无产佣工的购买能力不能随之增加，因此造成“生产过剩”的结果，生产过剩又必然造成“市场缩小经济恐慌”和“工人失业”两种结果。合起这几项结果，无产佣工的困苦一天比一天沉重，而他们的人数却一天比一天增多，他们的团结也就一天比一天庞大，这个随着资本集中产业扩张而集中而扩张的无产阶级，必有团结起来，夺取国家政权，用政权没收一切生产工具为国有，毁灭资本主义生产方法之一日。

像以上所说资本主义的生产方法怎样利用机器对手工业起了产业革命，怎样夺取剩余价值集中资本，怎样造成大规模的产业组织，同时便造成了大规模的无产阶级，又怎样造成无产阶级对于资本主义革命之危机，这种种历史上经济制度之必然的变化，在马克思学说里叫作“经济的历史观察”，又叫作“唯物的历史观察”。

二、唯物史观

马克思的唯物史观学说虽然没有专书，但是他所著的《经济学批评》《共产党宣言》《哲学之贫困》三种书里都曾说明过这项道理。综合上列三书中所说明的唯物史观之要旨有二：

其一，说明人类文化之变动。大意是说，社会生产关系之总和为构成社会经济的基础，法律、政治都建筑在这基础上面。一切制度、文化、时代精神的构造都是跟着经济的构造变化而变化的，经济的构造是跟着生活资料之生产方法变化而变化的，不是人的意识决定人的生活，倒是人的社会生活决定人的意识。

其二，说明社会制度之变动。大意是说：社会的生产力和社会制度有密切的关系，生产力有变动，社会制度也要跟着变动，因为经济的基础（即生产力）有了变动，在这基础上面的建筑物自然也要或徐或速地革起命来，所以手工造出了封建诸侯的社会，蒸汽制粉机造出了资本家的社会。一种生产力所造出的社会制度，当初虽然助长生产力发展，后来生产力发展到这社会制度（即法律、经济等制度）不能够容他更发展的程度，那时助长生产力的社会制度反变为生产力之障碍物，这障碍物内部所包含的生产力仍是发展不已，两下冲突起来，结果，旧社会制度崩坏，新的继起，这就是社会革命；新起的社会制度将来到了不能与生产力适合的时候，他的崩坏亦复如是。但是一个社会制度，非到了生产力在其制度内更无发展之余地时，绝不会崩坏。新制度之物质的生存条件，在旧制度的母胎内未完全成立以前，绝不能产生，至少也须在成立过程中才能产生。

马克思社会主义所以称为科学的，不是空想的，正因为他能以唯物史观的见解，说明资本主义的生产方法和资本主义的社会制度所以成立所以发达所以崩坏，都是经济发展之自然结果，是能够在客观上说明必然的因果，不是在主观上主张当然的理想，这是马克思社会主义和别家空想的社会主义不同之要点。

有人以为马克思唯物史观是一种自然进化说，和他的阶级争斗之革命说未免矛盾。其实马克思的革命说乃指经济自然进化的结果，和空想家的革命说不同，马克思的阶级争斗说乃指人类历史进化之自然现象，并非一种超自然的玄想。所以唯物史观说和阶级争斗说不但不矛盾，并且可以互相证明。

马克思的好友恩格斯曾述说马克思的意见道："在历史各时代，必然有他的生产分配之特殊方法，又必然由这种特殊方法造出一种社会制度，那时代的政治和文明之历史，都建设在那个基础上面。依据那个基础说明，所以人类全历史是阶级争斗的历史，即是掠夺阶级和被掠夺阶级，压制阶级和被压制阶级对抗的历史。这些阶级争斗的历史相连相续，构成社会进化之阶级，到了现在又达到一种新阶级，被掠夺被压制的阶级（即无产劳动者）要脱离掠夺压制阶级（即绅士，〔军〕阀、资本家）的权力，将自己解放出来；同时还要将一切掠夺压制和阶级差别、阶级争斗完全铲除，永远把社会全体解放出来。"这一段话可以说是把唯物史观说和阶级争斗说打成一片了。

三、阶级争斗

1848 年马克思和恩格斯共著的《共产党宣言》，是马克思社会主义最重要的书，这书的精髓，正是根据唯物史观来说明阶级争斗的。其中要义有二：

（一）一切过去社会的历史都是阶级争斗的历史。例如在古代有贵族与平民、自由民与奴隶；在中世纪有封建领主与农奴、行东与佣工；这些压制阶级与被压制阶级，自来都是站在反对的地位，不断地明争暗斗。封建废了，又发生了近代有产者与无产者这两个阶级新的对抗、新的争斗。

（二）阶级之成立和争斗崩坏都是经济发展之必然结果。例如欧洲在封建时代的工业组织之下，生产事业是由同行组合一手把持的，到了发现了印度、中国等市场和美洲、非洲等殖民地的时候，便不能应付新市场需要的增加了，于是手工工场组织应运而生，各业行东遂被工场制造家所挤倒，接着市场日渐扩大，需要日渐增加，交通机关和交换方法都日渐发展。这时手工工场组织也不能应付了，于是又有蒸汽及大机器出来演成产业革命，从此手工工业又被大规模的近代产业所挤倒，近代的有产阶级便是这样成立的。近代产业建设了世界的市场，有了这些市场，商业、航业、陆路交通都跟着发达，这些发达又转而促进产业发达，产业、商业、航业、铁路既这样发达，有产阶级也跟着照样发达，资本越加多，产业越扩大，将中世纪留下的一切阶级都尽情推倒了。由此可知，近代有产阶级乃是长期发达和生产及交换方法迭次革命的结果。由此可知做有产阶级基础的生产和交换方法，是萌芽在封建社会里面，这种生产和交换方法发展到一定地步，封建社会的生产和变换制度（即农业手工封建的制度）便不能和那已经发展的生产力适合，这种制度便成了生产力的障碍物，便必然要崩坏。结局果然崩坏了，封建的制度倒了，自由竞争的制度代之而兴，适合这自由竞争的社会及政治制度也就跟着出现，有产阶级的经济及政治权力也就跟着得到了。有产阶级得势以后，造成了极雄大惊人的生产力（像工业、农业、轮船、铁道、电报、运河等），惹起这般大规模生产及交换的社会，将人口、财产及生产机关都集中了，建设了许多都市，将乡村人口移到都市，使乡村屈服在都市支配之下，使多数人民脱离了朴素的乡村生活，使野蛮和未开化国屈服于文明国，农业国屈服于工业国，东洋屈服于西洋。但是到了有产阶级的生产力发展到了与有产阶级社会的制度不适合的时候，社会制度就成了社会生产障碍物，有产阶级及有产阶级社会的制度也是必然要崩坏的。崩坏的征兆就是商业上的恐慌，这种恐慌隔了一定期间便反复发生，一回凶过一回，常常震动有产阶级社会的垒部。这恐慌发生的缘故，是由于资本主义的生产方法所造成的生产过剩，是由于有产阶级社会的制度过于狭小，不能包容那过于发展的大生产力。有产阶级救济这种恐慌的方法，不外一面开辟新市场，一面尽量剥削旧市场，这只能救济一时，终是朝着更广大更凶猛的恐慌方面走去，如此，有产阶级颠覆封建制度的武器现在却向着有产阶级自身了。有产阶级不但造成了致自己死亡的武器，还培养了一些使用武器的人，这些人就是近代的劳动阶级，也就是无产阶级。

无产阶级是跟着有产阶级照同一的比例发达起来的，近代产业发展的结果，一般小资产的小商人、小工业家，一方面因为他们的专门技能为新生产方法所压倒，一方面因为他们的小资本为大规模的产业所压倒，都不断地降到无产阶级，可是一方面产业愈加发展，一方面无产阶级不但人数愈加增多，而且渐次集中结成大团体，因为生活不安，对于有产阶级渐次增长阶级抵抗的觉悟，发生争斗，始于罢工，终于革命。有产阶级存在根本的条件，是在资本成立及蓄积；资本的重要条件，是在工钱制度；工钱制度，全靠劳动相互竞争。但有产阶级既已促进了产业进步，便已经使劳动者从竞争的孤立变成协力的团结了；近代产业发达，使有产阶级的生产及占有之基础从根破坏；有产阶级所造成的首先就是自身的坟墓，有产阶级之倾覆及无产阶级之胜利，都是不能免的事。

马克思说明阶级争斗大略如此，我们实在找不出和唯物史观有矛盾的地方。

四、劳工专政

从前有产阶级和封建制度争斗时，是掌了政权才真实打倒了封建，才完成了争斗之目的；现在无产阶级和有产阶级争斗，也必然要掌握政权利用政权来达到他们争斗之完全目的，这是很明白易解的事。所以马克思在《共产党宣言》里说：

“从前一切阶级一旦得了政权，没有不拚命使社会屈从他们的分配方法，巩固他们已得的地位。”

“有产阶级发达一步，他们政治上的权力，也跟着发达一步。……自他们成为有产阶级后，近代代议制度国家的政权都被他们一手把持。”

“劳动阶级第一步事业就是必须握得政权。”

“劳动阶级革命，第一步就是使他们跑上权力阶级的地位，也就是民主主义的战胜。既达到第一步，劳动阶级就利用政权渐次夺取资本阶级的一切资本，将一切生产工具集中在国家手里，就是集中在组织为支配阶级的劳动者手里，……其初少不得要用强迫手段对付私有财产和资本家的生产方法，才得达到这种目的。”

“原来政权这样东西，不过是一个阶级压制一个阶级一种有组织的权力；劳动者和资本家战斗的时候，迫于情势，自己不能不组织一个阶级，而且不能不用革命的手段去占领支配阶级的地位，不得不用权力去破坏旧的生产方法。”

他又在所著《法兰西内乱》里说：

“劳动阶级要想达到自己阶级之目的，单靠掌握现存的国家是不成功的。”

他又在所著《哥达纲领批判》里说：

“由资本主义的社会移到社会主义的社会之中间，必然有一个政治的过渡时期。这政治的过渡时期，就是劳工专政。”

社会之历史的进化[1]

1923 年

中国人对于社会的进化，常有三种错误的见解：一、有人以为社会的进化是循环的；二、有人以为社会是退后的；三、更有人以为社会的进化是超越的。讵知社会的进化，非速亦非迟，乃是根据人类生活的要求，依照历史的阶级，自然地演进，必无循环、退后或超越之理。简单说来，社会的进化，其程序可分五个时代：

一、原人时代——这时人类的生活非常简单，和现代最野蛮的人的生活略同。他们唯一的工作，就是摘生果充饥，所以当时人类与野兽无大差异，文化遂无从发生，无足陈述。

二、渔猎时代——原人以摘生果为活，到了生果食尽的时候，就不得不下水取鱼、入山寻兽，来维持生活，这才演进而为渔猎时代。从原人时代至此，可成一个段落了。

---

① 本文是陈独秀在广东高师发表的演讲。陈独秀于 1923 年五六月间在广东高师演讲了四次，本演讲是系列演讲的第一次。

渔猎所用的器具，不外木棍、石头、渔网三种物件；后来有人将石头安置木棍之上，用以杀野兽，于是有锤子的发明。这种发明，可算为社会进化中的一个大纪元，不容我们忽视的。当时生活情形，仍甚简单，经济问题，未曾发生，因为那时人类都是日食其所得，并无余物的存留。

他们因怕野兽侵害，就结合数十人，共居一块地方，互相护卫，于是成了小小的社会。他们渔猎所得的鱼兽等，只够一日的食用，毫无积蓄；纵有余物，都是鱼兽的皮肉，也无法收藏，所以当时那种小社会，完全是共产的，没有私产的发生，这种社会，我们就叫作原始的共产社会。

这种社会，是由数十人自由联合而成，实行共同的生活，初无所谓组织；但是，后来因为其间发生利害的冲突，他的秩序渐变纷乱，同时就有些强勇的好汉出，恃强压众，独自称尊，众人因怕他的威力，也都屈服于他，于是他就居然做了众人的首领，而社会的安宁，赖以维持着。这个好汉，历史上即称为酋长，亦即为那些小社会中的君主。

这个时代，已经有宗教发生，即是拜日、火或猛兽的自然宗教，当时宗教的观念，大约是由恐怖和美感所构成。野蛮人看见太阳光线那般辉煌，脑中就发生一种美感，同时又起恐怖之情，故生崇拜的心趣；更因火，古代的火，野蛮人用作军火，防御猛兽，为火焰美观，就生审美的兴趣，为火性猛烈，便起恐怖的情绪，所以他们崇拜它；猛兽如金钱豹等，既有美丽的毛色，又具可怕的形状，野人见而崇拜它，同属此理。总之，这种自然的宗教，内容非常简单，它的对象，除上举三种自然界的物件外，并无其他如鬼神的对象。

三、游牧时代——发生于有历史之前，故难推算他发生的年岁，大概总在封建时代之先。这时人类的知识，比较渔猎时代的人，稍有进步，能用种种方法，驾驭那些驯良的野兽——牛羊等，于是发生畜牧的事业。当时土地都是公有的，畜牧者就得随时选择一些多水草之地，做他们畜牧的场所；因此，他们就没有一定的寓所，逐水草之地而居住，故名之为游牧时代。

到了畜生繁衍之时，各人就拥有大群的牛羊，一人用之不尽，则所余的牛羊，就变作一己的财产，于是由渔猎时代共产的社会，一变而为游牧时代私产的社会了。这许是社会进化途中的一大变迁咧。

四、农业时代——自渔猎时代至游牧时代，人类都取鱼兽之肉，做唯一的食料。后来因人类数目增长，而鱼兽的供给渐减，于是人类为要维持生活，就不得不向植物界寻求食料。恰好有些地方产生谷类，一经野人找得，就试拿来做粮食，觉得很能满足他们的需求，于是舍渔猎游牧，相率栽种谷类，而农业就由此发生了。

到了这个时代，社会的组织、经济状况、道德观念，及宗教思想，都呈变化。又因栽种谷类，必须在一定的地方，不能随意迁移，于是发生了居住的问题；因居住既定，则男女的关系更为确切，夫妇的观念遂明，而从前男女杂婚的事，也都渐次消灭了。家庭制度，由此勃兴。各家所种的麦稻等，供食有余，就设法储藏起来，拥为一家财产。至此，私产制度更加发达，而社会经济同时发达。凡此种种变迁，都是依照生活的要求，而自然发生的。

当时的小社会，各有一个酋长，执统辖之权，后来因生活上发生变迁，小社会已经不能单独存立，就合几个小社会而成一个大社会，又由几个大社会而组成一个更大的社会——国家；几十小酋长，推举一个大酋长，几个大酋长结合，就产生了一个君主，所以君主制度，即发生于这个时代啦！

君主既出，那么宗教的思想，跟着也就变了。由前代的自然宗教，一变而为多神教了；除美感和恐怖之外，复生有神——不可思议者的观念，即由具体的事物，进而为抽象的思想，这也算是人类思想史上的一大进步。时至今日，很多人厌恶宗教，但是，古代人类能发明宗教，已经算是一种大进化了。

当时道德观念，也更进步。夫妇名义确定，实行一夫一妻制。这时的不同现代的，没有什么劳动界，只有家庭劳动。家庭劳动，妻子为劳动者，家长即为资本家。各家都盼望多生儿女，以助耕种或开垦，更有农人出贱价多买女子做小老婆，以助农耕；但是又怕妻妾子女，不为己用，故创设宗法制，使丈夫对于妻妾，父亲对于子女，有无限的统驭权。这种道德，在现代要不得，但是在当时足以维持社会安宁和生活，是很需要的。亚理士多德赞成奴隶制，孔子主张宗法制，也不过为着这些制度适应当时社会的状况罢了。

综合上述的农业社会的状况，拿来和现代的中国比较起来，是大同小异的，差异之点也很少，从可知现代的中国，还只是演进到农业时代啊！

五、工业时代——到了这个时代，政治、经济、宗教、道德等状况，又都变更，和农业时代大不相同；但是这些变迁之所以发生，也只是源于生活中自然的要求。工业社会首先发起于欧洲，因为欧洲的地方狭小又瘦瘠，不大适于农耕，所有出产物，不能满足欧人生活的要求，唯欧地滨海，很利于交通，故欧人就得向工业发展。但是欧洲的工业，又以发生于英国的为最早，因为英国是小小农国，地狭人多，生活的要求也更大，农业既不足以维持，于是不得不向工业谋发展了。

工业必须要有大规模的组织，而后可以发达，是故工业一发达，则社会中各种事业，都受影响了。譬如工业上所需的原料，不下数十百种，本国必不能完全供给，所以要到外国去购办，于是交通和商业，直接受其影响而发生了。交通商业既兴，则外交的事务日多，而且外人势力，由外交而侵入国家内政，由此，农业时代闭关自守的风气，完全消灭了；而政治组织方面，也由专制政体，变为共和政体，工商界和外人交接既多，见识日广，经济也日见充足，他们为维持自己的权力计，就起来争政权，遂将贵族制度，完全打破，尝查工商界之所以要求政权，并非好出风头或好做官，实因政治和工商业，有密切的关系，工商界的受福蒙祸，全视政治的良否以为准绳，假如他们没有政权在握，任凭贵族和军阀的宰割，那么他们的职业必蒙无穷的祸害，故为生活的要求所逼迫，他们才来争政权。所以平民政治并非一般平民所必须，乃是工商界的护身符咧！军阀所以还能存在于中国，实因国内没有强健的工商界和他对抗，若到工商业发达的时候，军阀必自归于灭亡了。

到此时代，宗教的观念也变更了，因为此时交通发达，集各处人士于一处，必须创一共同的信仰，而后可以相安，故由多神教，变为统一的一神教。

在这工业时代，工厂林立，所需人工甚多，非家庭劳动之力所能维持，势必雇工，而后工厂才能发达，于是劳动制度，由此发生。又因人人要到工厂去做工，以维生计，故家庭羁绊遂脱，至是则农业时代所遗的家庭制度，自行破除了，家庭制度既破，宗法的道德也随之消灭。由此看来，中国的家庭制度，非可勉强废除，只须工业发达，则此制自破。所谓三纲五常的道理，是建设于宗法思想之上，颇适合于农业社会，以其能维持当时社会的生活和安宁。但是民主社会的道德，是建设于爱国、合群义务之上，用以维持大工业的发展，虽前代的宗法思想，不再适存于此时代了。

工业时代的社会，虽较前代为进步，但仍留存着农业时代的私产制度，这却算是一个大缺点。因此，我们可以测知工业时代，将来亦不免发生变迁。在工业时代，工厂最为发达，所制商品（商品和生产品不同，商品乃供销售，非供应用），必然日见增加，但当时社会上的资产，多为少数资本家所占有，于是社会一般平民，都降为无产阶级，哪里还有钱购买这些商品呢？到这时，商品必至积滞，无从销售，于是工厂就要亏本，随致资本破裂了。即如一人食物而不消化，积之日久，必致肚破肠断咧！将来的变化，必须除掉私有的财产，而大工业仍须保存，借他供给人类以生产品。

由此看来，自原人时代以至工业时代，都可发现社会进化的痕迹，伊都是根据人类生活的要求而发生的，我们若要改造礼会，必须先明白社会之历史的进化，然后才知所从事。

末了，我们须知社会的进化，不是循环的或超越的，也更不是退后的，乃是依历史的阶段而进步，非速亦非迟，不过采用革命的手段而促其进化，或许能使他变快一些吧。

关于社会主义问题

1923 年

一、我们为什么相信社会主义[①]

今天讲演的题目是“我们为什么相信社会主义”。这个题目，与前几天讲的“社会之历史的进化”是接续下来的。社会进化的历史，讲起来很复杂，前一次因时间匆促，关于资产阶级社会之进化及崩溃，未能详细解释，今趁此机会，接续讲演下去。

我为什么要提出这个社会之历史的进化来讲呢？因为我们相信社会主义，并不是凭空地盲目地去相信它，乃是社会之历史的进化程序令我们不能不相信。我们改造社会，并不是将原有的社会完全不要，白地里另创造一个崭新的社会来给我们居住。我们改造社会，

① 本文是陈独秀广东高师系列演讲的第二次，发表时间为 1923 年 5 月 13 日。

绝对没有这么一回事，仍然是在旧社会里造出一新社会来，所以我们要从资本主义的社会改造成社会主义的社会，便不得不先要明白社会之历史的进化是怎么一回事。

社会组织进化的历程，是从渔猎时代酋长时代，进而为农业时代封建时代，由农业手工业时代进而为机器工业时代，即资本主义时代，再由资本主义的工业时代进而为社会主义的工业时代。这个进化历程的变迁，纯是客观的境界，不是主观的要求。为什么由渔猎社会进为农业社会、工业社会、社会主义的社会？研究社会主义的人，对于这些客观的境界，是非常要紧的。如果不懂得客观的境界，但凭主观的要求，在不曾开步走的时候，尽可由你胡思乱想，若当真开步走，第一步便发生困难，第二步便绝对不能前进了。到了走不进的时候，便要走到很危险的路上去，更或者走投无路，索性走到向后转的路上去。所以马克思派的社会主义者，很注意客观的境界，就是这个缘故。

我们要想把中国现在不好的社会改造过来，一定不可忽视了客观的境界。不然，必致弄到主张社会革命简直和张勋复辟是同样的价值。张勋复辟也说现社会不好，非把他改造不可。这完全是他主观的要求，并不是客观的境界。所以离开客观的境界，单有主观的要求，只是不满足现社会来谋改造，在主观上，无异于张勋。在事实上，这种不懂得又不注意客观的进化之人，不满足现社会，而又走投无路，会竟至和张勋走到一条路上去。

现在的社会是资产阶级工业社会，即资本制度的社会。前天讲的由渔猎社会进至农业社会的历程，现在把农业手工业社会进至机器工业社会，再由资本主义的机器工业社会进至社会主义社会的大略情形说一说：

我们须知道资本制度有很大的优点是资本集中。资产阶级所以能够推倒农业手工业社会，就是这个资本集中的作用。在农业手工业社会，他们的资本不能集中，因此社会亦不能进步。而资本制度把全社会分散的资本集中起来，使家庭的农业手工业进而为大规模的机器工业，并使社会物质的文明增加可惊的地步，这种资本制度之功劳，我们是应该承认的。

封建军阀的农业手工业社会，是过去的社会。社会主义的工业社会，是将来的社会。而现在则为资产阶级工业社会。我们生在现社会制度之下，为什么去相信社会主义？这并不是我们发疯，也不是我们好奇，实在是社会之历史的进化，叫我们不能不相信社会主义。资本家由农业品手工业品之商业资本初步的积累，逐渐集中资本，推倒了家庭的农业手工业的经济组织，造成了资本主义的经济组织，造成了资产阶级的社会。资产阶级的势力，在中国还小，在西欧及北美各国，其势力很大很大，真是厉害到不可一世的样子。资产阶级他们成功的要素有二：一是资本集中，一是财产私有。资本集中是发展生产力及社会经济组织之进步的方法，然在财产私有制度之下的资本集中，资产阶级之成功在此，其崩溃之原因亦在此。一方面资本集中，一方面财产私有，其结果在生产上分配上都发生不可挽救的危机。现在批评社会主义的人们，以为社会主义者是专从事于分配方法，就是相信社会主义的人们，也往往误会到这样。其实专讲分配方法去平均贫富，是均富主义，不是社会主义。社会主义是对于生产方法和分配方法同时并重的。现在的——资产阶级——社会，不唯分配方法不好，生产方法也有二大缺点：一是生产组织之扩大，已自然日趋于社会化，而无量数生产群众，仍为少数私有生产工具者所统驭束缚，已有尾大不掉之势。二是资本主义的生产方法，缺少社会的统计和调节，陷在无政府状态。资本家不受任何机关之管理依照社会之需要而生产，只为竞争私利，自由生产，盲目地增加商品，往往有超过需要之剩余生产，使社会金融发生恐慌。所以马克思称资本主义盲目地增加商品为“商品拜物教”。我们往往不高兴读马氏的《资本论》，就是因为他开宗明义便说起这不易了解的“商品拜物教”。但是我们若不懂得这个“商品拜物教”是什么，就不会懂得资本主义；不懂得资本主义，就不会懂得社会主义，这是很紧要的，望诸君牢记牢记。为什么呢？因为社会主义是从资本主义产出来的；而欲明资本主义，不可不明“商品拜物教”。资本主义的生产，不是因为社会需要而生产，乃是因为增加他们出卖的“商品”而生产；只为出卖而生产，非为使用而生产，所以是“商品”不是“用品”。资本家盲目地增加他们的生产品，即“商品”，他们这样超理性地崇拜“商品”万能，好像非洲土人盲目地崇拜各种异物的宗教，所以马克思把他叫作“商品拜物教”。他们盲目地增加商品，以商品换货币，又以货币造商品，复以商品换货币；把商品货币轮流不已，他们的资本遂递增不已，这就是资本主义的生产方法。他们这样无政府状态的生产方法，他们没有社会需要之统计的设计，一任供求之自然地消长；资本家在此自然消长之原则中，盲目地竞争商品之增加，迨至他们投机的竞争过烈的时候，往往受自然消长之原则所支配，发生经济的恐慌，这种恐慌不唯资本家自己要破产，即在一般卖劳力的工人也要受失业的痛苦。例如数年前南洋群岛因树胶的产额骤然增多几倍，树胶充斥，资本家因而破产的不知多少，种树胶的工人因之大受痛苦的也不知多少。这都是资本主义生产方面的缺点。

复次，资本主义分配方法的缺点。这个缺点是从财产私有产生出来的。资本制度时代社会的财富，比较农业手工业时代增加得多了。但以财产私有之故，全社会的财富差不多操诸少数资本家之手，多数人则日益减少其购买力，其结果遂致社会上生产力和消费力失其均衡。我们须知在资本主义的经济组织之下，一切生产品都是卖的“商品”，不是用的“用品”。所以生产与消费是互相为用的，有生产而无消费，则生产不但没有用，而且和吾人只增加饮食而不消化一样，结果必致胀死。譬如有一千匹布于此，只有五百人来买去五百匹，则其余之五百匹若消费者无力购买，则由必需品变为无用的废物了。而盲目地没理性地崇拜“商品”的资本家，不顾生产消费的均衡律一味去生产，所以往往弄出剩余生产的恐慌。——我们须注意：资本制度下之剩余生产，乃伪的剩余生产，是由生产力超过消费力发生的，非生产力超过社会需要之真的剩余生产。——资产阶级的国家，为解除过剩余生产之恐慌，不得不设法把这些无法出卖的商品运输至外国去，以期换得货币。于是发生殖民地——如非洲、印度……或半殖民地——如中国……的问题。他们在那些工业不发达的殖民地、半殖民地里面，不但可以销纳他们大规模的机器的剩余生产品，并且可以获得无限的贱价原料。资本主义的国家，因为要保守及增加殖民地或半殖民地，一面须镇压土人之反抗，一面又要和别的资本主义的国家竞争市场；在此争彼夺的当中，遂不得不维持强大的海陆军，才好保持商品在殖民地、半殖民地里面继续地安全地销流。以武力为工商业之后盾，向殖民地、半殖民地行经济的侵略，更进而行政治的侵略，这就叫作“资本的帝国主义”。帝国主义是资本最发达的最高形式，亦即是资本主义的国家侵略工业落后的弱小民族之别名。殖民地、半殖民地搜寻垂尽，帝国主义者间相互争夺及殖民地、半殖民地的弱小民族之反抗，这三者合起来乃是帝国主义之致命伤。1914 年的大战，明明白白是英、德等帝国主义的国家争夺殖民地及远东商场的战争，这次战争已经是帝国主义致命伤发作的开始；此时英、法争夺远东的煤油矿，日、美争夺远东的商场，都是第二次世界大战的杀机。这些杀机和殖民地、半殖民地的民族革命运动，以及他们自己国内的工人失业问题、劳动运动或民族问题，都是帝国主义的催命符。

现在全世界的帝国主义者——资本阶级简直没有办法。他们只有两条道路可走：一是仍走旧路，在世界战争的血泊中，侵略弱小民族，以销纳他们的剩余生产，以维持他们的资产阶级之利益与威权；一是停止对于殖民地、半殖民地的侵略，放弃他们资产阶级的利益与威权，建设世界的和平。前一条路终究是走不通的，后一条路便是由资本主义的社会改变到社会主义的社会了。

社会主义的制度，简单说是：（一）资本集中，（二）财产公有。所以社会主义者对于资本制度的资本集中，并不反对；所反对者，就是财产私有。那么我们把资本主义的立脚点——资本集中、财产私有，和社会主义的立脚点——资本集中、财产公有两相对比起来，中间所差别的，不过是财产私有的私字和财产公有的公字罢了。所以社会主义的运动，并不是一件奇怪的事，只在资本主义立脚点的资本集中财产私有八个字里头，把它们换掉过一个字，就变成社会主义的制度了。什么字呢？就是把它们的私字换为公字。因为这一个字的更换，资本主义的生产方法和分配方法便完全改变了。在财产公有制度即社会主义制度之下，在生产上，没有少数人占有生产工具的弊病，有了社会需要的统计，不致陷于无政府状态，所有生产品是为社会需要而生产，非为资本家利润而生产，是为用而生产，非为卖而生产；在分配上，免了剩余劳动的掠夺，没有保持生产力和消费力均衡的必要，没有争夺殖民地、半殖民地销纳剩余生产的帝国主义即侵略主义之战争；如此世界的和平方可实现。

所以我们相信社会主义，并不是主观的要求，想利用他来破坏资本主义，来改造现社会，乃是因为客观上经济组织变化之自然趋势及历史进化之历程，令我们不得不相信社会主义。若有人问我们为什么相信社会主义，我们唯有答之曰：现在只有两条路可走：一条是帝国主义的路——旧的；一条是社会主义的路——新的。除了这两条路之外，没有第三条路可走。现在我们已经知道帝国主义那条路不好走了，所以我们唯有去找社会主义那条路来走。换句话说是：我们因为客观的历史进化之历程明白指出我们的必由之路，就是我们不能不相信的社会主义。统括说起来是：

（一）旧经济组织的自然变化，已指教我们，帝国主义的那条旧路是不能再向前走的了。

（二）人类社会组织之历史的进化，已指教我们，不能不走向社会主义的路了。

（三）我们不要自己妄想现在没有比帝国主义更好的路可走，也不要妄想除帝国主义和社会主义两条路外，还有别的路可走。

（四）我们固然要知道历史先生已经指教我们一条可走的路，但同时要知道历史先生仅仅指教我们一条可走的路，并未曾造好一条现成的路给我们去走；因为这条路上荆棘满地，障碍重重；我们努力开辟荆棘，扫除障碍，然后才可以通行。若是我们不去努力创造，只坐候历史的自然进化，那历史先生对于这种懒惰、专想吃现成饭的人们是不负责任的啊！

二、我们相信何种社会主义①

我们从“社会之历史的进化”观察起来，已经证明社会主义是今后必走的路。所以我们相信社会主义，并不是凭空的、盲目的——主观的要求，乃是事实的、理性的——客观的境界。换句话说是：我们确有相信社会主义的必要和实行的可能。但是从古以来，社会主义的派别，很多很多；我们究竟相信何种社会主义，这是不可不研究的。现在我把社会主义的学说，至今尚存在的、有力量的，分为四派，并加以简单的说明和批评。

（一）基尔德社会主义；

（二）无政府主义；

（三）工团主义；

（四）共产主义，即马克思的科学的社会主义。

基尔德社会主义发生于英国。他们的主张简单说来，便是经济和政治分开。

管理经济属之生产机关——生产者。

管理政治属之国家机关——消费者。

他们为什么要这样主张呢？因为他们看见现在的国家机关很有

① 本文为陈独秀广东高师系列演讲的第三次。

力量，如政权啦，军队啦，裁判权啦，警察啦……种种都是资本家的屏障。他们想，把这些东西拿到工人手里来，很难办到，不如把政治和经济分开，各管各的。入手的方法，是用蚕食手段，渐渐获得生产管理权，以达到工业自治的目的。其实这个主张是很错的。我们要知道，社会上生产的工人，固然同时也是消费者；而资产阶级多属不生产的消费者，他们拥有私产，又拥有国家机关——海陆军、警察、裁判权等为他们私有财产的保障。除了社会革命之外，我们不知道有何妙法，可以用蚕食的手段一步一步取消剩余劳动的掠夺，达到工业自治的地步？

以前基尔德社会主义只盛行于英国，现在欧洲大陆如德国、美国等社会民主党，也渐渐倾向基尔德社会主义了。这党的势力在欧洲北部、中部、东部都曾发生很大的影响。它本是马克思主义的右派，它和基尔德社会主义不同的地方，就是社会民主党主张工人须取得政权，基尔德主义主张经济和政治分开。共产党和社会民主党是同样主张取得政权，所不同的，就是方法不同。共产党主张用革命方法，取得工人独裁的政权，社会民主党主张用议会方法，取得工人和资产阶级妥协的政权，这是共产党和社会民主党大不相同的地方。

改良主义的社会民主党，现在已经知道无产阶级用议会方法，取得工人和资产阶级妥协的政权，是办不到的了；而又不赞成共产党之革命方法，于是索性倾向基尔德社会主义，爽爽快快把国家机关让给资产阶级专管了。

无政府主义和工团主义虽很接近，却不相同。两者都是反对国家，反对一切政治的组织。但工团主义赞成阶级战争，无政府主义则否。工团主义者主张工人阶级联合起来，去打倒资产阶级，打倒了以后，不再去建设政府。无政府主义者反对一切政治的组织——政府、法律等，并不认识社会上有阶级的区别，只要指导他们走到善的方面便罢。所以他们始终不主张什么阶级战争。这是无政府主义和工团主义不同的地方，这两种主义，在历史上有很大的关系。

无政府主义先前在俄国最盛行，工团主义在法国最盛行，它是受了无政府主义影响的。于此，我们不可不考察为什么俄国的无政府主义，一到了法国，便变为工团主义。这是因为从前俄国是一个工业不发达的国家，基尔德社会主义和工团主义，自然都不容易发生，法国工业则比俄国发达得多了，这是第一个原因。无政府主义是空想的、感性的，没有大工业组织的国家、农业小资产阶级的社会，自然会产生这班的空想的、感性的人物，如托尔斯泰、巴枯宁、克鲁泡特金等，他们都是贵族出身，怎么真实感觉得工团组织的必要？法国的工业比俄国发达，故工人阶级和资产阶级自然明明白白判若鸿沟，所以工团主义得以发生；无政府主义者一到法国，若不稍变宗旨改为工团主义，便一步也不能行动了，这是第二个原因。我们再看日本在劳动运动未起以前，无政府主义也很发达。近年劳动运动，日趋日烈，许多无政府主义者改变为工团主义者，许多工团主义者改变为共产主义者，即此可以证明空想的无政府主义，在现代大工业发达的社会里，任何国家都没有存在的余地。因为大工业的社会，必须有大规模的复杂组织，只有大工业不发达的农业手工业社会（如南欧洲及中国），容得无政府主义者的游魂。

自然，工团主义比较无政府主义进了一步，但他们仍是糊涂。因为既要用革命手段，贯彻阶级战争的目的，自不得不采用一切武器，国家组织乃是最大的武器。无产阶级革命后，若是不把这最大的武器拿在自己阶级手里，利用这最大的武器，彻底破坏资产阶级之根底，那资产阶级随时都可以起反革命，重复用这最大的武器压迫无产阶级。所以工团主义者反对一切政治的争斗，反对一切政治的组织，反对国家组织，反对无产阶级专政，是和无政府主义者犯了同样的错误。

共产主义者主张是：立脚在阶级争斗的原则上面（此点与基尔德社会主义及无政府主义不同而与工团主义相同），集合无产阶级中最觉悟、最革命的群众，组织为无产阶级做革命运动的共产党；无产阶级的革命成功，即应建设无产阶级专政的国家（此点与工团主义不同），利用无产阶级的国家这个武器，压制资产阶级的反动，加入世界的革命，扑灭全世界资本帝国主义的国家；然后渐渐灭绝资产阶级的私有制度及私有习惯与心理。建设无产阶级的工业与文化，最后达到废除一切阶级无国家的共产社会。这就是共产主义破坏与建设之大略程序。

上述四种主义——基尔德社会主义、无政府主义、工团主义、共产主义——已经有点比较的说明，讲到最有精密周到的办法，自然要算是共产主义——马克思的科学的社会主义。我现在再把马克思派共产主义的重要原则，说个大概：

马克思派的共产主义，第一个原则就是要有科学的根据。所谓科学的根据，是根据社会之历史的进化和现社会的经济文化状况种种的客观境界，不是空中楼阁主观的幻想。我们对于改造社会，不可只看见我们自己主观上意志上改造的必要，必须由客观上观察社会的物质的条件有何种改造的可能，要处处不离开唯物的历史观，不可陷于唯心派的思想。第二个原则就是社会改造应有的步骤。马克思在《共产党宣言》里，把各国共产党革命的步骤略略说过，指示在某种国家应该怎样，在某种国家应该怎样，并非主张同时一跳，就跳到共产主义的路上去，这是因为各民族之经济的、政治的、文化的进步各不相同，所以改造的步骤不能一致。第三个原则就是每一步骤都须用革命的方法。从组织共产党一直到实现共产社会，其间须经过几多步骤，每个步骤之中，或者又须经过几多曲折的步骤，但每个步骤都必须采用革命的方法，不可采用改良的方法，这是革命的马克思派之特色。以上三个原则，是马克思派共产主义最重要之点，若是忘了第一、第二两个原则，便和其他空想的社会主义无异；若是忘了第三个原则，就变为改良的、堕落的社会民主党。这是我们研究马克思社会主义者应该特别注意的地方！

三、社会主义如何在中国开始进行[①]

这次讲演的题目，就是“社会主义如何在中国开始进行”，与第一次的“我们为什么相信社会主义”，第二次的“我们相信何种社会主义”，是串贯一气的。

在第二次讲演中，我曾把各种社会主义比较过，结果以马克思派的科学社会主义为最好。我现在再重复说几句：马克思的社会主义是注重客观的事实，不是主观的、理想的；他不独要有改造的必要，还要有改造的可能。马克思的根本原则，就在这一点。我们一

① 本文是陈独秀在广东高师系列演讲的第四次，发表时间为 1923 年 6 月 20 日。

定要懂得这一点，然后才能明白他的主义，配谈他的主义。

这一点既然这样重要，那么社会主义在中国开始进行的时候，我们应该用严密的观察，看中国现在的政治情形如何，经济情况如何；并且先要明白世界的政治和经济情形是怎样。现在世界的经济是整个的东西，国际间都有密切的相互影响。这是因为一百年来，资本主义尽量发达，已把全世界的经济打成一片，再不会像以前那样"闭关自守"的了。中国既然不能离世界而独立——即各国亦不能离世界而独立——那么经济情形，当然与世界有密切的关系了。所以我们要改造中国，第一要明了世界的经济政治现状是怎样，第二要明了中国的经济政治现状与世界各国的关系是怎样。

现在世界的政治经济情形怎样？自从俄国 1917 年的大革命后，把旧的政治经济制度根本破坏，重新组织，在那个时候，世界各国的劳工运动都起来了，并且有劳工革命的趋势，似乎不久可以发生世界的革命。后来因为德国的共产党、意大利的社会党、匈牙利的劳农政府次第失败，于是世界的劳工运动连受极大的打击，那些资产阶级又复活起来取反攻的态度了。如英、德、美、法……是资本主义最发达的国家，他们的反攻也最厉害，他们的反攻兼有政治及经济两个原因。

政治原因：欧美资本主义的国家，因受俄罗斯革命的影响，遂起很大的恐慌。或明或暗帮助德、意、匈的反动派破坏工人阶级的新运动，又复乘德、意、匈各国的劳工运动失败的机会，竭力压抑他们本国的工人阶级。英、美、法的资产阶级的政府最为厉害，同时又联络起来去反对俄国的劳农政府，如俄国白党之扰乱和波兰打破俄军，表面上虽说是内部的问题，或两国军事的问题，实实在在还是英、美、法各国在里头弄鬼——帮助波兰打破俄国的兵。他们见俄国的资产阶级被劳工打倒了，都未免兔死狐悲，所以他们要联合起来，一致反抗苏俄，压抑工人阶级。

经济原因：1914 年到 1918 年的欧洲大战告终，欧洲诸国不但是政治弄得稀糟，而且经济的损失很大——几乎要到破产的地位了。如英国素来是一个有钱的国家，战前是世界的债权国，战后变为美国的债务者。法国则为英国的债务者。至于德、奥战败之国，更不用讲，只有美国成了世界的债权国家，得了许多利益。所以欧洲的资产阶级的国家想要恢复他们的经济力，于是就想出两个法子：

（一）向国内掠夺本国劳动者——增加工作时间、减少工资等；

（二）向国外加力掠夺殖民地——列强在柔来、海牙、华盛顿开过几次会议，其目的都是一面设法和缓资产阶级的国家间自己竞争，一面设法共同掠夺殖民地及半殖民地。

因此，我们可以知道资产阶级的进攻，一方面从政治上扑灭劳工的革命，一方面从经济上掠夺本国的工人阶级和殖民地、半殖民地的弱小民族。

在资产阶级进攻的当中，其步趋日紧一日，其政治的反动也随着一天厉害一天。在英国，从前路葛乔治的内阁是代表工业资本的，那时颇主张与俄、德妥协，好销售他们的工业品，所以他对俄、德外交政策还和缓一点；其后白那劳内阁是代表商业银行资本家的，他的政策在注重向俄、德索债与赔偿，不甚措意于工业政策及俄、德通商，所以他对俄、德外交政策更加反动起来了。现在鲍尔温内阁也是代表银行资本家的，和前内阁毫无变更。法国的反动，自克里蒙梭内阁，而白利安内阁，而普恩赉内阁，一个加甚似一个压制劳动阶级。

意大利反对工人阶级，比英、法两国更闹得凶，他不但对工人阶级紧紧地压迫、进攻，连民主政治都不要了。反动的意大利的法西斯蒂党不独握了意大利的政权，而且成了国际运动；他们已在法、德做君主复辟的运动。美国也都有他们的组织，日本也有了他们的运动，中国上海也有他们的党员了。

法西斯蒂党颇效法共产党的方法来反对共产党。共产党有严密的组织，他也有严密的组织；共产党注重国际运动，他也注重国际运动；共产党对敌党取不妥协的勇敢态度，他也取不妥协的勇敢态度；所不同的是一个有阶级的基础，一个没有阶级的基础。

我们知道共产党的分子，一大部分完全是觉悟的工人，一小部分是无产阶级化的知识者；法西斯蒂党的分子，一部分也有工人——无觉悟的工人，一部分是腐败商人和军阀官僚的资产阶级联合一起的。这党的首领意大利的现内阁总理墨索里尼年纪还很轻，从前也是社会党里的中坚分子，曾经做社会党机关报的主笔，他对于社会主义本来持激烈的态度，到后来竟一变而立于反对的地位，竭力压迫工人，是世界反动分子的代表。

以上是世界的政治经济情形，以下再讲中国的政治经济情形是怎样。

中国的政治情形：中国表面上虽说是一个独立的国家，其实是个半殖民地。何以呢？你看中国政治经济的实权都操在外国人手里，只因有北京政府的名义存在，还不算是完全殖民地。若一旦撤销北京政府之承认，实行国际公管，那就完全是殖民地。

现在的北京政府，直接受制于军阀阶级，间接受制于外国帝国主义者。你看那北京东交民巷的外国公使府，简直是中国的太上政府，政治上重大的举动，都得仰他的鼻息。中国现在的资产阶级和无产阶级都在外人和军阀压抑之下，不但无产阶级不能参与政治，就是资产阶级也没有得到政权，每个总统内阁都必有军阀的后援方能存在。中国的国会也是受军阀豢养的机关，不是代表其他阶级利益的，所以京汉工人被军阀大惨杀，国会不曾提出抗议，外人要取消棉花出口的禁令，国会不曾提出抗议。由此可以看出中国国会固然不能代表无产阶级的利益，并不能代表资产阶级的利益。总统、内阁、国会都建筑在军阀势力上面，而军阀又压倒在外国帝国主义国家之下，这是中国现在政治实在情形。

中国的经济情形：中国的经济状况，更不用说了——完完全全操在外国资产阶级国家的手里。现在举几桩重要的说说：

（一）关税　所谓协定关税管理权完全掉在外人掌握中，中国政府不能自由支配。以条约的限制，不得外人同意，不能更换税务司，不能增加税率，不能采用保护政策使中国的工业能与外货竞争；不但外货进口税甚低，而且纳过什么子口半税，便通行全国，中国货则遇卡抽厘，因此外货容易推销，而中国货反不能畅销于中国。所以在这种协定关税之下，中国自己的工业很难自由发展。

（二）工商业　我们试跑到天津、上海、汉口看看，是何等伟大的商埠，可是这些大商埠，不是由中国自己的工业发达起来，乃是由输入外货、输出原料的商业发达起来的。这种商业越发达，中国越穷困。试看永安、先施、大新等公司，细细考察里面陈卖的货，外国的要占百分之九十九。外货多进口一分，中国的手工业便当破灭一分，内地的中国人就愈见穷困一分。输进外货、输出原料的商人虽然能增加他们的商业资本，虽然可以运用他们的资本开发工业，然以协定关税的抑制，不能与外货竞争。贱价的原料又不能禁止出口，因此不敢投资工业。因此这种偏畸的商业发达，正是世界资本主义的各国掠夺中国之结果，它的发达和中国人的穷困成为正比例。所以近年以来，各大商埠繁华的程度和内地穷困的程度相随增加，两方生活程度相差数世纪，因此商埠变成买办世界，内地变成兵匪世界，长此下去，没有不灭亡的道理。

（三）金融　中国的金融，也是操纵在外国人的手上。你看中国有几个银行，就是有些小小的银行，也都是受外国银行势力的支配，所以外国人随便可以操纵中国的金融。现在我们本国的纸币，移地就不能通用，而外国的则到处受人欢迎。其实外国银行中不少中国人的资本，中国人信服洋老爷，说他们可以保险，一班军阀官僚们所吸收老百姓们的脂膏，大半存在外国银行里，做他们的资本，他们便将中国人所有的资本，再借给中国政府及商家，坐得重利，这是外国资本家掠夺中国人的一种特殊形式。

（四）交通　中国的铁路虽然尚未遍设周密，但现在已有的几条，不是归外人管理，便抵押与外人。这是与国民经济有密切的关系，工商业若望发达，亦要铁路为之运输；主权在人，实可以致我们的死命。我们要明白外国帝国主义者掠夺中国的武器，第一是关税，第二就是铁路了。

（五）矿业　煤铁矿是军事、交通、工业最紧要的。现在大一点的都是操在英、日的掌中，如唐山之煤在英人手，汉冶萍之煤铁与日本有很深的关系，本溪湖、抚顺（即千金寨）之煤俱在日人手里，安徽皖南铁矿亦为日本所有。

以上所说我们可以了然中国的政治、经济状况了。

现在下面把劳动阶级对于政治和经济说一说。因为讲社会主义的人，总离不掉劳动阶级的。社会主义如何在中国开始进行，就是劳动阶级应该如何开始奋斗。劳动阶级的奋斗有两种：一是政治的奋斗，一是经济的奋斗。

凡是奋斗总有一定的对象，中国劳动阶级奋斗的对象是什么?

现在中国若是资产阶级的政治，劳动阶级自然要打倒资产阶级，即行社会革命。但是半殖民地的中国，不像欧美各国已达到资产阶级的政治，统治中国的是封建的军阀阶级，他们勾结外国帝国主义者为后援，资产阶级、劳动阶级都在他们压迫之下，所以中国劳动阶级和社会主义者的目前工作，首先要做打倒军阀、打倒帝国主义的国民革命。

再说劳动阶级经济奋斗的对象是什么。中国的经济状况，已经说过差不多完全在外国资产阶级手里了。中国只有棉业为最大的新兴工业品，但十分之五归英、日所有，中国资本家仅占一半。其次中国烟草业，大的只南洋兄弟公司一家，还有外资的嫌疑；中国的矿业，如抚顺、本溪湖、唐山等俱在外人手里，前也说过了。中国的铁路，除潮汕很短很短的是本国商人办的外，其余多属军阀政府所管，或抵押与外人了。中国海员方面所争斗的对象如轮船公司，也完全是外人办的，中国只有一招商局，还是官商合办的。所以中国的劳工运动，几乎无一次不是反对军阀阶级或是反对外国帝国主义者。如唐山罢工是反对英人与杨以德，陇海罢工是反对洋管理，京汉铁路工人罢工是反对曹锟、吴佩孚，香港海员罢工是反对帝国主义的香港官商，上海日华纱厂罢工是反对日商。总计中国著名的罢工运动，不是反对军阀阶级，便是反对外国帝国主义，很少很少是反对本国的资产阶级。至于农业劳动者，多属自耕的小农，农民所受地主的痛苦，远不若外货侵入、官绅压迫及军阀扰乱的痛苦之甚，因此，有地之自耕农往往有剧烈的运动，而为无地的佃农所不及。

据世界情形看来，外国的帝国主义国家掠夺殖民地的缘故，因为他们要弥缝国内的破裂，不得不向外发展侵略。中国是半殖民地国家，故劳工运动首先便反对外国帝国主义；同时在国内的政治奋斗，也不得不反对军阀阶级，合这两种运动——反对外国帝国主义、反对军阀阶级，便是国民运动。所以我们劳动阶级和社会主义的人们在中国开始工作，只有国民运动。

因为社会主义者是为劳动阶级谋利益而奋斗的，劳动阶级既然应该做国民运动，社会主义者目前的工作，对于国民运动也自然是必取的步骤，这是客观事实的必要一条路。但是同时社会主义者应注意两点：第一点，于国民运动以外，同时须特别注意劳动的宣传及组织，尽量促进其革命的精神与阶级的意识，以预备社会革命的基础。第二点，社会主义者的国民运动，要做成纯粹的国民运动，不可做成半国民运动。

什么叫作半国民运动？就是不彻底的国民运动。如反对帝国主义的英国或美国，却与日本亲善，或反对帝国主义的日本，却与英、美亲善，或者只反对军阀而不反对帝国主义的列强；又如靠吴佩孚的兵去打倒张作霖军阀，或靠张作霖的兵去打倒吴佩孚军阀；这种运动就叫作半国民运动。社会主义的国民运动是不然的，团结民众的势力，满具革命的精神，绝不与任何帝国主义者、任何军阀妥协，这就叫作纯粹的国民运动。

现在中国的国民运动，差不多完全为半国民运动。试看中国商人也反对军阀，也做裁兵运动，但他们仍希望吴佩孚或是外国人来帮忙，这就不成了。中国学生颇知道反对一切军阀，但同时却请求外国公使团帮忙，这都是半国民运动。

大家试想，靠帝国主义的外国来做中国国民运动，靠军阀来打倒军阀，这岂不是笑话吗？社会主义者的国民运动是纯粹的国民运功，绝对不要外国帝国主义者和本国的军阀来帮忙的，国民革命运动只有靠国民（工人、农民、商人、学生）自己的力量！

有一些革命分子主张只反对军阀不反对帝国主义，以为不宜同时树起两个敌人，这是很错误的。中国军阀完全是外国帝国主义的傀儡，不反对拥傀儡的人们而反对傀儡，这傀儡是永世不会绝迹的。所以社会主义的国民运动，反对帝国主义比反对军阀更为紧要。

讲到这里，或者有人发生一种疑问：社会主义者为什么做国民运动？国民运动与社会主义有什么关系呢？简单的答案是：殖民地半殖民地的国民革命，其性质、其结果不是属于一个国家的革命，乃是世界的革命；不仅是民主主义对于军阀的革命，还是平民主义对于国际帝国资本主义的革命。能够推翻国际帝国资本主义的，只有两种势力：

（一）资本主义国内的劳农革命；

（二）殖民地的国民革命。

这两种革命的势力合拢起来，才可以打倒帝国资本主义。若是缺少一个，一时都不易成功。

以前已说过，帝国主义是资本主义的最高形式，国际帝国主义倒了，国际资本主义也自然倒了，殖民地、半殖民地也自然解放了，在此时世界各国才有开始建设社会主义的社会之可能。所以殖民地、半殖民地幼稚的劳动阶级和幼稚的社会主义者，要想在推翻帝国资本主义的世界革命中，做他能做的工作，除了国民革命运动，还有何路可走？

假使抛弃这个所应做、所能做的工作不做，只是天天把社会主义、共产主义等名词写在纸上，挂在嘴上，一步不能开始进行实际上有效的工作，试问有什么用处？

抗日战争之意义[1]

1937年10月6日

全国要求的抗日战争已经开始了。为什么要抗战？一般的说法，是因为日本欺压我们太厉害。这话固然不错，可是未免过于肤浅了。一般民众，尤其是知识分子，应该明白更深一点的意义。抗战不是基于一时的感情，而有深长的历史意义。

19世纪之末，西欧资本主义发展到最高阶段——帝国主义，各资本主义的先进国家，挟着工业与科学，企图掠夺征服全世界，做他们的殖民地；在这一时期，全世界的各民族，能够自动地发展工业与科学以适应环境的便兴旺起来，否则不免日渐衰败下来，这是近代史的一般规律。

资本主义在东方发达较晚，因之产业、生活、文化遂比较落后，大部分都变成了帝国主义的殖民地，供他们的奴役。在东方后起的资本主义，因为各国发展不平衡，强弱遂至不同。现在单就中国和

① 本文是陈独秀在武昌华中大学发表的演讲。

日本两国说：日本在德川时代，盛行过守旧和攘夷运动，可是他们幸运得很，在守旧攘夷运动中，社会上有力分子，受了由欧美留学回国者奔走号召的影响，渐渐感觉到守旧攘夷不是办法，由此一变而为明治维新运动，全国上下疯狂地崇尚工业与科学，从那时一直到现在，六七十年，工业与科学很顺利地发展着，未曾一次遇到反动势力的阻碍，所以才有今日的强盛；中国怎样呢？中国提倡科学与工业也略与日本明治维新同时，第一次改革便是李鸿章采用西法以富国强兵的企图，不幸当时民间没有援助，留学欧美回国的学生也没有发挥一点力量，李鸿章的一切设施计划，都受了守旧的清廷之阻碍而失败，使中国改革的头一炮便没有响，因此收得了甲午年对日本失败的后果。

因战败的刺激，产生了戊戌维新运动。康、梁所领导的戊戌维新运动，其动力是出于民间的知识分子，其理想是输入西学以振兴工业，改革行政制度，一时震动了全国，其意义大于李鸿章时代之改革。这一运动若一直顺利地发展到现在，即令只是一个君主立宪的国家，而工业与科学之发达，国力之强盛，是不会在日本之下的。不幸这次改革，又被清廷守旧的太后派所摧残而失败。这第二次改革失败，遂酿成了庚子拳匪事变，八国联军占领首都的后果。

庚子战败后，中国更加陷入了帝国主义宰割的深渊中，赔款连息九万五千万，这样大的数目，在现在还是惊人，在那时的国计民生上更是不可承受的打击。这还是小事，最致中国死命的是：在以前的协定关税和领事裁判权之外，又加上全国重要的铁路矿山权、内河航行权，在中国境内开办工厂权和北京、天津、汉口、上海驻兵权。这些帝国主义在中国的特权，无一不是破坏中国的主权。《辛丑条约》可以说是不平等条约中最不平等的条约。此后中国陷入半独立国家的悲境，较庚子以前更加明显了，因此，国计民生日增困苦。清廷之无能而又横暴，很明白地摆在人民面前，排满革命论逐渐抬头，君主立宪逐渐失势，于是乃有孙、黄领导的辛亥革命。以辛亥革命的朝气，本有收回主权，完成国家独立与统一，以发展工业与科学的希望，不幸又遇到以袁世凯为首领的北洋军阀之反动，一切都趋向复古。此次革命在推翻满清帝制是成了功，在完成国家独立以致富强的大改革又失败了，因此酿成了日本帝国主义廿一条要求、袁世凯称帝、清帝复辟、南北战争等不断灾难的后果。

中国的民族工业，在欧战中有了一点发展，又加以俄国革命之刺激，革命党之努力及工农之奋起，于是乃有轰动全国的北伐战争运动。以此次运动的朝气，本有可能完成辛亥革命所未完成的任务，不幸又以帝国主义的威胁利诱而失败了，因此酿成了“九一八”的后果。

在此六七十年中，日本的工业与科学，一直顺利地发展着，资本主义已达到高度，中国每一次改革，都为反动势力所破坏，资本主义至今犹停滞在最初阶段。戊戌维新时代张之洞“中学为体，西学为用”的反动理论，经过袁世凯反动时代梁启超的渲染，至今犹支配着知识分子的头脑，至今还有人认为东方的精神文化胜过西方的物质文明，认为大刀队能够抵抗敌人的机关枪和大炮，这就是中日强弱之所由分，也就是一般恐日病者主和派（实际是投降派）之理论及事实的根据。

因“九一八”的刺激，反日空气弥漫了全中国，政府也有了二三年军事上的努力，于是乃有今日的抗日战争。

此次抗日战争，不是基于一时的感情，也不是由于民族的复仇，更不是为了正义、人道、和平，这些好听的空洞名词，而是被压迫的民族反抗帝国主义压迫束缚的革命战争。战争之对象，虽然只是日本帝国主义，亦仅仅是日本帝国主义者而不是日本人民，因为压迫束缚我们的，亦非日本人民，而是帝国主义的日本军阀政府；战争之历史的意义，乃是脱离帝国主义之压迫与束缚，以完成中国独立与统一，由半殖民地的工业进到民族工业，使中国的政治、经济获得不断地自由发展之机会。

每个民族之国家独立与统一，必须实现经济独立与统一，始能完成，而经济落后的国家，尤必须力争关税自主，采用保护政策，本国的幼稚工业才能够和资本主义先进国的工业品竞争。自由贸易政策，在工业有高度发展的国家，有大量的商品输出，并且农产品不足，才能适用。中国幼稚的民族工业，如纺织、人造丝、火柴、肥皂、面粉、纸烟、水泥等，正因为处于半独立国家的地位，不但不能对于上举各项工业品施行关税保护政策（现时海关增税的，仅仅是少数的奢侈品，虽然增多一点政府财政的收入，而于保护上举各项工业无所裨益），抵制倾销，而且各国还有在中国境内设厂、航行的特权。此种状况不改变，依资本竞争的规律，中国的民族工业，便永远不能抬头，这是中国需要反帝国主义的国民革命之基本原因。

前年日本广田对王正廷大使说：“中国是农业国，日本是工业国，两国间各以所有易其所无，携手合作，共存共荣，岂不甚好，中国何必要反日呢?”我们的答复是：我们所以反日，正因为也要做工业国，不甘心做别国的农奴，专为他们生产原料。今日日军之大炮飞机向我们轰炸，也正是要屈服我们做他们的农奴。

此次对日战争，乃六七十年来改革与革命的大运动之继续：第一次，李鸿章改革；第二次，戊戌维新；第三次，辛亥革命；第四次，北伐运动；今日的抗战乃第五次，到了对帝国主义武装冲突阶段，也就是民族解放运动的最尖锐阶段。

两个帝国主义间争夺殖民地的战争，两方面国家中社会主义者，都应该各自反对其本国的侵略战争，使之失败，因为这种战争只有牺牲人民，而没有进步的意义；殖民地半殖民地反抗帝国主义侵略的战争，被侵略国的人民，抬起头来打倒掠夺他们的强盗，乃是人类一种进步的战争，侵略国的社会主义者，固然应该起来反对其本国政府，而被侵略国的社会主义者，则应援助其本国政府，使之获得胜利。此种胜利，不但使本国脱离殖民地半殖民地的地位，并且使侵略国的被压迫人民也得到解放的机会。因此，此次中国抗日战争，我们不能看作南京政府和东京政府的战争，而是被侵略的中国人民对于侵略的日帝国主义战争，全中国人民都应该拿出力量来援助抗日战争，除非甘心做汉奸。

此次抗日战争有严重的意义，绝不可当作儿戏。战胜了，不但解除了日本帝国主义的压迫与束缚，并且使别的工业先进国亦不能够再继续强迫中国人做他们的农奴。根据历史的经验，以前德意志、意大利、日本、土耳其都是经过对外战胜，循外交途径，收回了独立国家所必需的主权，脱离了半独立国的地位。在中国，德、俄两国的特权已经放弃，法、美、意、比等国与我关系较小，唯英国在华势力与日本不相上下，然英人素来持重，近年对外政策又日趋保守，非以前的英国可比，聪明的美国人，比较日本更懂得中国国民要求解放运动的意义与力量，未必肯蹈日本一味蛮干而失败的前辙。如果中国抗日战争得到胜利，列强在中国的特权，或者不必经过战争，而循外交途径，以次收回，这是一种比较温和的办法，然而绝对不是幻想。

如果此次战败，只有亡国为奴。所以此次战争，乃是中国人或为自由民或为奴隶之关键，每一个中国人对于抗战怠工，不尽他所能尽的力量，事实上是帮助了敌人，即是消极的、无形的汉奸！

有人以为中国如是之大，不至灭亡，殊不知日本帝国主义者灭亡中国，并非采取直接管理全中国的笨法子，乃是以分化手段，在南北制造各种名义的政治组织，利用亲日派做傀儡，间接统治中国，把不愿充当傀儡的人们赶到川、云、贵山中和苗大哥做伴，这不是亡国是什么？日本帝国主义者，即对于各种傀儡的组织，也利于他们分立，更易于由他摆布，并不容许他们统一和力量强大起来。近日谣传溥仪将迁北平，余不信会有此事。因为日本的政策不愿以一个傀儡的组织统治中国。

假使民众不起来，政府的军事势力始终陷于孤立的地位，不得已中途屈服，放弃华北，这种南方暂时偏安的局面，也会日趋于全中国灭亡之路。

投降派唯一的理论及事实之根据，是中国在军事的、经济的力量上都非日本之敌。他们不懂得日本不能用全部力量对中国战争；

他们更不懂得中国抗日战争，是民族解放的革命战争，不能仅仅拿两方政府手中的军事和经济力量来估计最后的胜负。中国政府手中的军力和财力之弱点，是可以由全国民众之奋起及全世界革命的国家革命的民众（日本的民众也在内）之援助来补充的。如果我们忽视了这两种力量之补充，不但投降派振振有词，即主战派将来也会动摇。所以我们在抗日战争中，首先必须深刻地了解抗战之真实意义，才会有始终坚决不挠的意志。

我们要得到怎样的胜利及怎样得到胜利[①]

1937 年 10 月 15 日

我今天要讲的是“我们要得到怎样的胜利及怎样得到胜利”这个题目。

现在有许多人都在说：“我们对日战争，要得最后的胜利。”并且说，“最后的胜利必属于我们”。但是我们要得到怎样的胜利，怎样的胜利才是最后的胜利呢？同时，怎样才能得到胜利呢？这一点，我们应当具体地说明，仅仅抽象地说说胜利，那是过于空洞的。

今天有很多人都在骂“和”，以为和就是投降，其实一个国家打仗，有战必有和，说和并不是一件坏事情，只看怎样的和法。如果是屈服的和，那是投降；如果是对等的和，那是可以的。民族战争，和是可以，投降则不可。

前几天我在华中大学曾经讲过此次抗战意义，今天当然已经用不着再说这一方面的话，不过我当时有一个结论是不能不提一提的：

① 本文是陈独秀在汉口青年会发表的演讲。

我说这一次抗日不是感情的、复仇的，而是求中国在国际上、经济上脱离半独立的地位，得到完全独立的地位。不然，则我们是奴隶地生存。我们必须经济能自由发展，不受外国任何势力的宰制。这才是我们战争的意义，才是我们战争的目的。

我们的胜利，是不是要割取日本的土地呢？不是。我们是一个被侵略的国家，我们的第一个目的，只要他交还侵略去的土地。是不是要他赔款呢？不是。因为赔款是负担在日本人民的身上。我们不是侵略国，我们不要使敌国人民负担加重，我们只要日本把在华侵略去的权利交还。这些权利是什么？如租界，如关税协定，如领判权、铁路矿山权、内河航行权、在中国驻兵和开办工厂等等，我们只要这些权利交还我们。因为有上述几种特权存在，在政治上、经济上都不能称为自主的国家，中国就永远做他们的农奴，他们就永远做了我们民族工业的主人。我们这一次的战争，是要争取民族工业的主权，要自己起来做主人。所以，这一战争不是感情的、复仇的。我们并不要日本割地赔款，我们只要交还我们的主权，把在中国侵略去的交还我们，这就是我们最后的胜利。并且也只有这样才算是最后的胜利，不应该存苟且的心理，以为日本能够停战撤兵至多做到交还失地，就算我们的最后胜利；这便和以前一样，排满只限于清帝退位，讨袁只限于取消帝制，迷惑于苟且成功的心理，极力降低要求，缩短战线，自以为是稳健的战略，结果仍旧是失败。这种最后的胜利，是不容易得到的，我们要达到这个目的，必须能够支持长时期的抗战。现在有一班中国必胜论者，很轻率地说日本已经陷入了经济崩溃的境地，这一句话显然是毫无根据的乐观，是自己欺骗自己。在事实上，一个短时期内即一年半甚至二年，无论在经济上、在军事上，我们是摧毁不了它的，我们须要能够持久地和它抗争，至少是二年，甚至是十年、二十年、三十年都可以。这样的长期战争，在现代当然不可能，但我们要想得到最后的胜利，必须有虽三十年也不愿意做奴隶而要做主人的决心，纵然中间经过惨败甚至一时的屈服。

现在有一件事，就是远东会议。也许有很多的人希望这一个会议可以帮助中国得到胜利，如果真是这样希望，那就非常错误。就我个人的意见，远东会议能够不增加中国的困难，就已经是很好的了。虽然目前我们还不知道远东会议会有什么结果，但我们从历史上观察远东会议的来源，也就可以知道一半。自从英帝国会议以后，澳大利〔亚〕代表就提出了太平洋会议，日本表示相当赞成，美国不理，其目的就可以想见了。澳大利〔亚〕对于远东问题，有一个目的，想拿中国问题满足日本，只要日本不干涉它，它自己得到安全就够了。这是过去的情形，现在呢？现在国联的机构以内，给日本以经济制裁的空气非常浓厚，连加拿大都赞成了，但是英国在意、阿战争中已经有了经验，经济制裁以后，倘不进一步加以武装制裁，经济制裁必然要失败的，武装制裁，又非所愿，只得赞成远东会议来和缓经济制裁的空气，来安定它自身，表面上虽说希望两者并而为一，实则只想玩玩远东会议而已。再说远东会议会有什么结果呢？只要看看到会的成分便知道了，如丹麦、比利时、葡萄牙、瑞典、挪威，一向是跟着英国走的；法与苏会同情于中国，但终局也不能走出英国的范围；美国的算盘打得很精，它和日本剧烈的冲突还在明天，今天值不得一战，不妨流点他人的血，自己向中、日两方面卖卖军火，这便是美国孤立派和和平主义者的真实意旨，罗斯福现在虽然走进一步，也不过为了他自己将来选举票，敷衍少数主战派一下，绝不会抛弃和平派而走到英国前面；德、意两国呢？意大利对日本当然很同情，德国不能公开地帮助中国，也不会帮助日本，德助日以欧洲方面为限，在经济上它不愿失去中国市场，它或者中立，或者不参加会议，如此看来，除德、意别有自己的立场，其余都要或迟或早唯英国马首是瞻。所以决定远东会议之前途的还是英国。英国呢？大概还不外是折中、调解和承认既成事实这些老办法。如此则远东会议便无疾而终了，我们对它能有什么别的希望呢？那么我们是不是对于国际的援助一点希望没有呢？这倒不尽然。我们在客观情形明了以后，应该断然抛弃对国联对“九国公约”国任何集体制裁的幻想，并且应该抛弃什么和平阵线侵略阵线这一虚构的公式，努力在外交上尽可能地向个别国家获得军火的接济，如苏联、美国、德国和捷克。所谓外国军火之接济，绝不仅仅是寻常小量的补充，而是大量的接济，而是要看作我们得到胜利的因素之一。说到这里，或者会有人出来反对所谓“唯武器论”，我以为“唯武器论”，在人类社会进化史上是无可非难的，因为用弓箭刀矛的人战胜了用石头的，用来福枪的人又战胜了用弓箭刀矛的，用飞机大炮的人将来也会战胜用来福枪的，武器并不能简单看作武器，它是每一时代每一民族一般文化发展的象征，即在实际战争上，“唯武器论”在一定限度上也是正确的，因为只有武器的数量质量约略相等的条件之下，兵数众多和作战勇敢才有决定最后胜负的作用。如果我们盲目地反对“唯武器论”，那只好痴心妄想精神可以战胜物质，希望大刀队可以抵抗飞机大炮，仿佛标语、祈祷、歌咏，可以打退敌人，这都等于用符咒治病，病人只有倒霉！

日本比起我们来，已经是工业国家，军火尚需不断地从外国补充，战时更不用说，中国是农业商业国家，军火几乎全部依赖外国。如果打算继续抗战二年，就是说二年以内不向日本屈服，便不是宣传大话所可济事，要能够从外国获得四十八万万元的军火才行。单是飞机一项，二年内陆续补充一千架，平均每架以三十万元计，就要三万万元，大炮及大炮的子弹的价钱那就更可观了。

如果我们有了军火，那就可以拿兵数众多和作战勇敢来决定胜负了。日本对中国作战，只能出兵四十万，我们的军队以训练上的缺点，应该用一百二十万兵来对付，一百二十万兵的给养及被服药品之补充，官兵每人每月平均以三十元计，二年共需八万万六千四百万元，此外尚需巨额的运输费，连军火，二年战费当在六十万万元以上，以半年计至少要用十五万万元，日本预计半年战费要二十五万万元，我们不能再少过十五万万元了。假定在此半年中，能够得到五万万元的军火借款，尚需筹得现款十万万元，才能够支持半年，若准备支持一年，还要加多十五万万元，合共二十五万万元，只抵得日本半年的战费，似乎不能再少了。现在政府发行的救国公债只五万万元，实在太少，第一批救国公债，最少要二十万万元，而且最好是一半现金，一半法币。现在集中在政府手中的现金虽很多，但为了维持外汇的平衡，当然不能多量动用，近代的战争，谁不能维持外汇的平衡，谁就踏上了失败的道路，日本对于中国的全面抗战，倘然不能攻取中国多少地方，从它占领的中国地方获得大批战费，恐怕不到二年，外汇的平衡便不能维持了。我们在此二年中，将怎样维持外汇的平衡呢？外国借款当然希望很小，只有陆续从国内筹出三四十万万现金。怎样筹法呢？我们要知道现金在人民身上，政府无法没收，要靠人民用救国公债的形式拿出，如果说不能不用强迫力，大部分是要用民众的强迫力，单靠政府的强迫征收，那是不行的。如果人民能够拿出二三十万万现金充战费，这才真是财力的全国动员，这件事不仅仅是物质上的，也是精神上的，因为这一消息传出后，日本绝不好再说：对日抗战的是中国政府而不是中国人民。

这是财力问题，再有人力的问题。日本打中国，可以出到四十万兵，中国的军队，除了中央军、两广军、川军，其他军队战斗力是有限的。中央、两广、四川军合拢来，大概有八十万，全中国也许有二百万兵，但可打的则只有这八十万，这八十万可超过日本一倍。但现在的战争，日本不但是机械化厉害，就是军队的训练也好过我们，所以拿八十万对四十万，还没有胜利的把握，我们最少要一百二十万，三人打他一个，这样我们就要大大地补充，照现在征兵办法，似乎不会有多大效果。中国习惯怕当兵，强迫征兵，还会偾事，必须要使民众了解民族解放战争的意义，自动地起来参加战争才行。民众如果蜂拥起来，武装起来，自愿地参加战争，那么，不但正规军之补充不成问题，并且还有大量的游击队，辅助正规军作战，这才真是人力的全国动员。人力的全国动员和财力的全国动员一样，都需要民众自动，靠政府的强派，是不会有多大成绩的，譬如小孩子读书，靠父兄强迫是不行的。强迫征兵和强派公债一样，不但不会有多大成绩，倘贪官污吏、土劣、保甲长等，视为发财机会，借着征兵派债，肆行敲诈，那更要大糟而特糟。政府若赶快发动广大民众，来动员全国的财力和人力，上说的毛病，自然是不会发生的。这回上海战争，军人的确尽了他们的力量，他们当中竟有接了撤退命令还不肯退的，这种英勇的牺牲，是值得敬佩的。但后方民众还不曾起来，所谓“全民抗战”，还是未曾实现的宣传口号。现在单看看武汉，大家还在睡觉，不仅是随便地睡觉，还是吃了鸦片烟的沉睡！救国公债，湖北省只摊派一百三十万，数目并不算多，现在连五分之一还未收齐，而武汉商人还在斤斤计较摊派数目太多，这真不成话说！政府应该立即决心发动民众，使民众蜂拥起来，疯狂起来，热心抗战，要做到政府征兵一万，报名的有二万，公债发行五万万，人民拿出十万万，真正做到有力者出力，有钱者出钱并出力，则抗战的胜利才会有把握。所以我认为胜利的因素是：

第一，从国外得到大量军火之接济；

第二，全国民众蜂拥起来，做到全国财力人力之动员。

再加上政府军队的力量，这才能够保证最后的胜利属于我们。这三样好比一张桌子的三只脚，缺少了一只，甚至两只，漫说胜利，就是曲线的失败，也是很难想象的事。此次中、日战争，不是两个国家军备约略相等的战争，而是军备贫弱的中国民族，反抗军备强大的日本帝国主义战争，只有依赖外国大量军火及国内广大民众的力量，才不会使政府军队因孤立而失败，这两种力量，又恰好是敌人所得不着的。

我们要得到胜利，必须在具体办法上指出怎样才能得到胜利；倘空口高喊“最后的胜利必属于我们”，便等于一种咒语，这种咒语，打毁不倒敌人，帮助不了自己！

怎样才能够发动民众[①]

1937 年 11 月 21 日

动员全国的财力人力需要民众，军队前进作战固需要民众之援助，即军队后退亦需要民众之援助，救济伤兵，肃清汉奸，巩固后方，无一不需要民众的力量，如果我们还不曾忘记阿比西利亚皇帝曾因单靠军队不发动民众而失败的教训，我们在抗日战争中，急需发动广大的真正民众——主要的是参加生产的工农民众，这是无可怀疑的事。即在敌人也懂得这个。在卢沟桥事变发生时，上海的日本报纸曾警告他们的政府说："日本军队战胜中国军队，是不成问题的；但如果全中国的民众真的起来做民族解放的革命斗争，这便不是武力可以解决的了，政府应于此点深加注意"云云。

开战以来，无论政府党或在野党，都异口同声地说要发动民众，公开说不需要民众的人，只是极少数，并且"全民抗战"这句话，成了一切刊物上的套语；实际上如果允许我说句老实话，完全没有

① 本文是陈独秀在武汉大学发表的演讲。

这回事。所以空喊发动民众，喊破了喉咙，民众也不会有多大的回声，要民众起来，必须考虑到怎样才能够发动民众。

我们须知：民众是有高度意识和意志的人类，不像牛马可以随着鞭子的声影，叫它们行就行，叫它们止就止的；更不是无意识的木石或粉团，人们要把它们做成什么东西就成为什么东西。所以无论政府的命令或政党的空口宣传，都同样没有发动民众的功能。要发动民众，参加抗战：

第一，必须解除民众自身的痛苦。学生因为每日上课七八小时，尚且无法参加抗日工作；工人每日做工十二小时或十三小时，连星期日都不得休息，无论做日工或夜工，下了工疲乏得成了半死人，更没有担任抗日工作的可能了；农民耕地不足，衣食已很艰难，又加之以高租、高利、苛捐杂税以及种种征发、敲诈，压迫得他们不能活命，他们眼前的敌人是贪官污吏、地主、土劣、保甲长，而不是日本军队，终年过这样痛苦生活的农民，怎样会有抗日的情绪？参加生产的工人农民，是最可靠、最有力的民众，绝非无业游民可比，而且他们占全国人民之最大多数，他们不能起来抗日，还能发动什么广大的民众呢？此外苛捐杂税，向下层人民强派公债和裁员减薪，也足以减杀小商人、小职员的抗日情绪；学生功课太繁忙，也没有做抗日工作的时间。所以坐在沙发椅上，责备民众不爱国，不起来抗日的人们，简直和说“百姓无饭吃何不食肉糜”的昏皇帝是一样的货色！

第二，必须让人民有经常的组织。组织是一种力量，一切生物皆由无数细胞组织而成，细胞无力量，由无数细胞组织成各种器官，组织成各种生物，才发生各种力量。一盘散沙的民众也自然没有力量，民众有了组织，而且是经常的组织，不是乌合之众，便会发生伟大的力量。民众自身的痛苦解除了，然后才谈得上组织，也只有为解决自身的痛苦，民众才会迫切需要组织，并且解决痛苦之真的实现，还是要靠民众自己的组织力量。所以要发动民众参加抗战，必须立即恢复并充实由各业民众自己选举的自己的工会、学生会、商民协会、农民协会等。官办的招牌的没有民众的民众团体，在抗战中，除了秉承上官命令发几个通电以外，是不会有任何力量的。

第三，必须让人民有政治的自由。如果人民有了组织而没有政治的自由，集会、结社、言论、出版的自由，他们的组织力量，只会用于解决他们自身的痛苦上面，而不能用之于政治，抗日乃是一种政治斗争。人类是政治动物，人民必须有政治的自由才算得是自由民，是国民，而不是被征服的奴隶，奴隶是不会爱国的，奴隶是不会自动地为国家民族利益而舍命斗争的。在数千年专制政治之下，过着没有组织、没有政治自由的痛苦生活，对于统治者，老是抱定“抚我者后，虐我者仇”的见解，国家与民族观念，在我们的头脑中，仿佛是一种奢侈品。所以现在要叫人民爱国，要叫人民起来为国家民族利益积极地对日抗战，不但要解决人民自身的痛苦，不但要让人民有自己的组织，尤其要让人民有政治的自由，使人民自己真能感觉到自己是国家的主人，自身的利益与国家休戚相关，这件事绝不是政府的命令和宣传教育所能够代替的。

如果我们切切实实做到上述这三件事，发动民众当然不成问题。或者有人认为这样未免太发动了，我则以为没有这样的“太发动”，是不能够抵抗站在我们眼前凶恶而有力的敌人，挽救国家民族之危亡的！

此外还有一件事，也和发动民众有关，就是政党领导的问题。我们当然不能否认在发动民众运动中政党领导的作用，一国中有几个政党存在着，便必然发生政党间争取领导民众的问题。这一问题，在欧美各国及日本，从来并不感觉有什么严重，无论在平时或战时。因为他们的政府党及在野党，都用发表政纲和公开的讲演，争取民众到自己党的方面来。各党在民众团体中亦各有分野，各自争取群众，争取在团体中的领导权，无论党争如何剧烈，从未想象到根本不容许他党争取群众，争取领导权。至于近年以来，有几个国家发生了一党专政的怪现状，根本不容许他党存在，这便根本没有什么政党间争取民众争取领导权的问题。在中国，谁都不能说现行的政制是法西斯主义专政或共产主义专政，当然应该容许有党派间争取民众的问题，并且可用先进的民治国家的所通行的办法来解决，问题并不特别严重。尤其是在民族危急存亡的今天，各党各派合作救亡的呼声，遍于全国，只要能够发动民众起来抗战，谁愈多尽点力愈好，在野党固义不容辞，政府党亦无所用其疑忌，在野党仅仅有了若干民众拥护，并不就能够夺取政权。并且政府党如果毅然决然采用上述三种办法发动民众，别的党派能够采用更激进的纲领，争取得更多的民众，这简直是不可想象的事。即令抗日的纲领不同，政党间遵循各国通行的办法，各据自己的纲领及政策，努力宣传，一任民众之从违，以争取民众，这正能够推动政治进步和提高民众之政治水平；倘然以为这样太过民主了，而采取不正当的甚至极卑劣的手段抢夺民众，如用武装打手和金钱来威迫利诱民众，复拿民众做自己的打手；造谣诬蔑对方，企图一党垄断；利用政治势力，利用民众落后意识，甚至以党员冒充民众压迫对方；政党间，甚至一党中各小派别间，如此这般非政治的无原则的强拉硬夺，不仅不能发动民众，还会使已起来的民众失望灰心而消极。大家如果不赶快觉悟，如果一直采用这样的手段争取民众，我包管各党各派将得不着一个民众；其结果不是各政党领导民众抵抗敌人，而是敌人领导着汉奸灭亡中国！

为自由而战[①]

1938 年 1 月

我今天讲这个题目，首先要说明“自由”的意义。“自由”是政治上、法律上有严格意义的术语，不是如通俗的说法，自由自便，即自己爱做什么就做什么，所以通俗说法自由自便的“自由”，和政治上法律上的“自由”必须要分别清楚。人类也是一种动物，别的动物如虎、豹、狮、象，其体力高过人类，人类之所以能够征服别的一切动物，只因为人类的心灵即智慧比一切动物高，故有“人为万物之灵”之说。人类的智慧必须不受束缚，才能自由发展，换言之，人类智慧之发展，和所获得的自由程度成为正比例。欧洲人在中世纪，受了宗教和王权的束缚，学术政治的思想一切都没有自由。自文艺复兴前后，科学、艺术、宗教、政治，各方面都有过为自由而战的流血的剧烈斗争，因此才有光华灿烂的今日。欧洲近代五六百年的历史，乃是为自由而战的历史，东方比西方落后，正因为一

① 本文是陈独秀在武昌艺术专科学校发表的演讲。

切学术思想，都为古来传统的政教所束缚，不能自由发展。例如艺术家必须有自由创造的精神，不受外来的束缚，而后天才始能发展，其他一切科学政治天才，也必须不受束缚，才能够自由发展，这是因为人类的心灵不受外来的束缚，才有自由发展的可能。我们都知道近代科学之发生与发达，都得力于思想自由，有些其初还是由于胡思乱想，而得到偶然的发明与发现。

思想是人类心灵即智慧之内在的活动，一受束缚便阻碍了它的发展，其发展无论至何程度，都无碍于他人，所以应该是绝无限制的；至于涉及行动，在公法上，自由仍不应限制，因为它的对象，是公共利益，而非个人，在私法上，在国际法上，便不然了。个人的自由，应以他人的自由为限，一国的自由，应以别国的自由为限，过了此限，在个人为强暴，在国家为侵略，强暴与侵略，都对于人类整个的自由，加了伤害，这是应该制止的。譬如日本，在明治维新以前，因受了别国的压迫，他们为自由而战，是正当的，现在他们为侵略中国而战，为侵犯中国自由而战，便不正当；中国对日抗战，是为了自己的自由而战，则是正当的了。所以中国对日抗战，并不只是要收复失地，而是要争取整个的民族自由。日本从前曾提过中日亲善的说法，我们并不反对中日亲善，可是它所谓亲善，乃是要它坐着，中国人对它跪着的亲善，我们便不得不为自由而战了。中国对日抗战，并非侵犯别人的自由，乃是为自己的自由而战。那么，如果中国一天不得自由，就要抗战一天，必须获得整个的民族自由，才能罢休，决不能中途妥协。故所谓抗战到底，不是空空洞洞的无目的而战，乃是要脱离奴隶的地位，得到真正自由独立的地位。抗战是为自由而战，抗战到底，即是为自由而战到底。这次战争如果失败，无论男女老幼都要做不自由的奴隶，永远地做奴隶，所以什么人都应该参加。

民族解放与妇女解放[1]

1938年1月

根本说起来，妇女问题是社会问题之一，它和别的社会问题有连带关系，很少、很难单独地解决，它是必须跟着大的运动来解决的，例如贞操问题、缠足问题、教育问题、职业问题、财产问题、法律地位问题和社会地位问题、婚姻问题。在以前封建的道德习惯还保持着传统的势力之时，妇女处在不利地位和受着残酷的虐待；经过了辛亥革命、五四运动和北伐战争，封建的道德习惯，受了几次民主运动的致命打击，妇女才得到了相当的解放；贞操问题虽然还不曾彻底解决，而稍受过教育的男子，却不敢公然以此苛责女子了；缠足问题解决了大部分；教育和职业问题之解决，我们虽然最不满意，而已有一点萌芽；财产问题和法律问题，虽然在实际上还没有多大效果，而法律条文上总算有了进步，如遗产继承及犯奸罪。妇女在社会上的地位，还是很低，虽然在欧化的绅士之交际社会妇

① 本文是陈独秀在汉口市立女中发表的演讲。

女地位提高了，而一般妇女仍然拘囚在“家主婆”的生活中，“家主婆”遇着了怕老婆的“家主公”，固然是家庭之王，而在社会地位上终于隶属于男子；婚姻自由问题，曾经小小地震动了社会一下，而问题之解决还甚辽远，此问题之顺利的真正的解决，当在教育问题和经济问题解决之后，否则像现在不自由之自由，会造成许多女子之不幸和耻辱。没有劳动自由，便没有婚姻自由；妇女脱离了不自由的家庭，便走进不自由的社会，仍旧在天罗地网中呻吟着。

妇女现在所得到的一点解放，是以前几次社会大的运动之后果，不是从单独的妇女运动所能够得来的。将来也是如此。所以妇女即为了本身问题，也应该努力参加此次抗日战争的工作，努力使战争胜利，努力在抗战运动中，双手完成民族的解放和自身的解放！

抗战中川军之责任[①]

1938 年 7 月 14 日

在对外战争中，地大人多，自然是一大优点。俄国第一次被拿破仑侵入，第二次十月革命后被欧美、日本各国联合进攻，都仍能保全者，正因地大之故。此次中国对日本抗战，若非中国地大人多，已被日本灭掉了。中国单是四川一省，土地、人口都与日本相等，论理只四川一省，都有对日本抗战的资格；不幸中国的工业与教育都不及日本发达，所以在抗战一年中虽有各国的援助，仍然丧失了不少的土地、不少的城市，人民的生命财产更是蹂躏不堪。我们自从开战以至今日，并不是想在军事上战胜日本，只是因为日本逼迫我们到了民族不能生存的最后关头，不得不出于孤注一掷，为保存国家民族的人格而出于一战。敌人利在速战速决，我们利在延长战争；战争愈延长，我们固然愈加破产，敌人也愈加困难；我们的破产是愈加贫弱，敌人的困难是不能维持富强，这是由于它对华长期

① 本文是陈独秀在中央广播电台发表的演讲。

战争减弱了对英、美、俄国的防御力量，尤其是对英、美造舰的竞争，形成了它将来的破产；这一点在敌人明白的政治家已看得透明，所以他们当中或者希望速战速决，或者希望停止战争，骨子里同样是认为战争不应该延长下去。所以只要我们再困苦支持半年以上，守住武汉不失，敌人便会知难而退，即是撤回使我们不能忍受的媾和条件，我们便能够在战败破产的废墟上，加倍努力，复兴我们的国家民族。我们现在不要气馁，也不要大言自豪，只要看清敌我两方的真实状况，脚踏实地地再困苦支持半年以上，我们便有希望了。

我们将怎样支持呢？最重要的自然是军事力量。过去参加战争的军队，都有各种程度的疲劳与残破，最后的长城，乃是我们四川的大批生力军。因为大水灾的缘故，敌人用主力军由河南南下的战略，改变为由长江西进。此时在长江南北两岸和敌人血战和防守的，川军颇居重要地位；我们希望四川第三次出兵，并且迅速派出大批的精锐部队，保住武汉，即是保住中国，所以我们敢说：川军是我们国家民族的最后长城。这便是抗战中川军的责任，也就是川军在历史上不朽的荣誉。

即万一不幸，武汉失守，在经济上、文化上，也只有四川能够领导云、贵做复兴中国的安哥拉。

四川的同胞们为了要加强劳动力和战斗力，以尽目前和将来的责任，禁绝鸦片烟，乃是第一件大事！

李大钊
(1889—1927)

生平简介

李大钊（1889—1927），字守常，河北乐亭人。中国共产党早期领导人。1907年考入天津北洋法政专门学校，1913年毕业后留学日本。1915年积极参加留日学生针对“二十一条”的抗议斗争。1916年回国后投身于新文化运动。俄国十月革命后，他以《新青年》和《每周评论》为阵地，相继发表了《庶民的胜利》等大量宣传十月革命和马列主义的著名文章。1920年初与陈独秀相约在北京和上海分别活动，筹建中国共产党，“南陈北李，相约建党”，成为中国革命史上的一段佳话。中国共产党成立后，负责党在北方的全面工作，并任中国劳动组合书记部北方区分部主任。在党的三大和四大上，都当选为中央委员。1922—1924年初多次代表共产党与孙中山会谈，为建立革命统一战线做了大量工作。1924年1月出席了国共合作的国民党第一次全国代表大会，当选为国民党中央执委会委员，此后直接担负国共两党在北方的实际领导工作。1925年五卅运动爆发后，在北京组织大规模示威，有力地支持了上海人民的反帝斗争。1926年3月领导并亲自参加了北京反对帝国主义和北洋军阀的“三一八”运动。因遭到北洋军阀的仇视，被下令通缉，1927年4月6日在北京被捕，4月28日英勇就义，时年三十八岁。

“今”

1918年4月15日

我以为世间最可宝贵的就是“今”，最易丧失的也是“今”。因为它最容易丧失，所以更觉得它可以宝贵。

为什么“今”最可宝贵呢？最好借哲人耶曼孙所说的话答这个疑问：“尔若爱千古，尔当爱现在。昨日不能唤回来，明天还不确实，尔能确有把握的就是今日。今日一天，当明日两天。”

为什么“今”最易丧失呢？因为宇宙大化，刻刻流转，绝不停留。时间这个东西，也不因为吾人贵它爱它稍稍在人间留恋。试问吾人说“今”说“现在”，茫茫百千万劫，究竟哪一刹那是吾人的“今”，是吾人的“现在”呢？刚刚说它是“今”是“现在”，它早已风驰电掣地一般，已成“过去”了。吾人若要糊糊涂涂把它丢掉，岂不可惜？

有的哲学家说，时间但有“过去”与“未来”，并无“现在”。有的又说，“过去”“未来”皆是“现在”。我以为“过去未来皆是现在”的话倒有些道理。因为“现在”就是所有“过去”流入的世界，换句话说，所有“过去”都埋没于“现在”的里边。故一时代的思潮，不是单纯在这个时代所能凭空成立的，不晓得有几多“过去”时代的思潮，差不多可以说是由所有“过去”时代的思潮，一凑合而成的。

吾人投一石子于时代潮流里面，所激起的波澜声响，都向永远流动传播，不能消灭。屈原的《离骚》，永远使人人感泣；打击林肯头颅的枪声，呼应于永远的时间与空间。一时代的变动，绝不消失，仍遗留于次一时代，这样传演，至于无穷，在世界中有一贯相连的永远性。昨日的事件，与今日的事件，合构成数个复杂事件。此数个复杂事件，与明日的数个复杂事件，更合构成数个复杂事件。势力结合势力，问题牵起问题。无限的“过去”，都以“现在”为归宿。无限的“未来”，都以“现在”为渊源。“过去”“未来”的中间，全仗有“现在”以成其连续，以成其永远，以成其无始无终的大实在。一制掣现在的铃，无限的过去未来皆遥相呼应。这就是“过去未来皆是现在”的道理，这就是“今”最可宝贵的道理。

现时有两种不知爱“今”的人：一种是厌“今”的人，一种是乐“今”的人。

厌“今”的人也有两派。一派是对于“现在”一切现象都不满足，因起一种回顾“过去”的感想。他们觉得“今”的总是不好，古的都是好，政治、法律、道德、风俗，全是“今”不如古。此派人唯一的希望在复古，他们的心力全施于复古的运动。一派是对于“现在”一切现象都不满足，与复古的厌“今”派全同。但是他们不想“过去”，但盼“将来”。盼“将来”的结果，往往流于梦想，把许多“现在”可以努力的事业都放弃不做，单是沉溺于虚无缥缈的空玄境界。这两派人都是不能助益进化，并且很是阻滞进化的。

乐“今”的人大概是些无志趣无意识的人，是些对于“现在”一切满足的人。他们觉得所处境遇可以安乐优游，不必再商进取，再为创造。这种人丧失“今”的好处，阻滞进化的潮流，同厌“今”派毫无区别。

原来厌“今”为人类的通性。大凡一境尚未实现以前，觉得此境有无限的佳趣，有无疆的福利；一旦身陷其境，却觉不过尔尔，随即起一种失望的念，厌“今”的心。又如吾人方处一境，觉得无甚可乐；而一旦其境变易，却又觉得其境可恋，其情可思。前者为企望“将来”的动机，后者为反顾“过去”的动机。但是回想“过去”，毫无效用，且空耗努力的时间。若以企望“将来”的动机，而尽“现在”的努力，则厌“今”思想，却大足为进化的原动。乐“今”是一种惰性，须再进一步，了解“今”所以可爱的道理。全在凭它可以为创造“将来”的努力，绝不在得它可以安乐无为。

热心复古的人，开口闭口都是说“现在”的境象若何黑暗，若何卑污，罪恶若何深重，祸患若何剧烈。要晓得“现在”的境象倘若真是这样黑暗，这样卑污，罪恶这样深重，祸患这样剧烈，也都是“过去”所遗留的宿孽，断断不是“现在”造的；全归咎于“现在”，是断断不能受的。要想改变它，但当努力以创造将来，不当努力以回复“过去”。

照这个道理讲起来，大实在的瀑流，永远由无始的实在向无终的实在奔流。吾人的“我”，吾人的生命，也永远合所有生活上的潮流，随着大实在的奔流，以为扩大，以为继续，以为进转，以为发展。故实在即动力，生命即流转。

忆独秀先生曾于《一九一六年》文中说过，青年欲达民族更新的希望，“必自杀其一九一五年之青年，而自重其一九一六年之青年”。我尝推广其意，也说过人生唯一的蕲向、青年唯一的责任，在“从现在青春之我，扑杀过去青春之我；促今日青春之我，禅让明日青春之我”，“不仅以今日青春之我，追杀今日白首之我，并宜以今日青春之我，豫杀来日白首之我”。实则历史的现象，时时流转，时时变易，同时还遗留永远不灭的现象和生命于宇宙之间，如何能杀得？所谓杀者，不过使今日的“我”不仍旧沉滞于昨天的“我”。而在今日之“我”中，固明明有昨天的“我”存在。不只有昨天的“我”，昨天以前的“我”，乃至十年、二十年、百千万亿年的“我”，都俨然存在于“今我”的身上。然则“今”之“我”，“我”之“今”，岂可不珍重自将，为世间造些功德。稍一失脚，以致遗留层层罪恶种子于“未来”无量的人，即未来无量的“我”，永不能消除，永不能忏悔。

吾人在世，不可厌“今”而徒回思“过去”，梦想“将来”，以耗误“现在”的努力；又不可以“今”境自足，毫不拿出“现在”的努力，谋“将来”的发展。宜善用“今”，以努力为“将来”之创造。由“今”的功德罪孽，永久不灭。故人生本务，在随实在之进行，为后人造大功德，供永远的“我”享受、扩张、传袭，至无穷极，以达“宇宙即我，我即宇宙”之究竟。

庶民的胜利

1918 年 11 月

我们这几天庆祝战胜，实在是热闹得很。可是战胜的，究竟是哪一个？我们庆祝，究竟是为哪个庆祝？我老老实实讲一句话，这回战胜的，不是联合国的武力，是世界人类的新精神。不是哪一国的军阀或资本家的政府，是全世界的庶民。我们庆祝，不是为哪一国或哪一国的一部分人庆祝，是为全世界的庶民庆祝。不是为打败德国人庆祝，是为打败世界的军国主义庆祝。

这回大战，有两个结果：一个是政治的，一个是社会的。

政治的结果，是“大……主义”失败，民主主义战胜。我们记得这回战争的起因，全在“大……主义”的冲突。当时我们所听见的，有什么“大日耳曼主义”咧，“大斯拉夫主义”咧，“大塞尔维主义”咧，“大……主义”咧。我们东方，也有“大亚细亚主义”“大日本主义”等等名词出现。我们中国也有“大北方主义”“大西南主义”等等名词出现。“大北方主义”“大西南主义”的范围以内，又都有“大……主义”等等名词出现。这样推演下去，人之欲大，谁不如我，于是两大的中间有了冲突，于是一大与众小的中间有了冲突，所以境内境外战争迭起，连年不休。

“大……主义”就是专制的隐语，就是仗着自己的强力蹂躏他人、欺压他人的主义。有了这种主义，人类社会就不安宁了。大家为抵抗这种强暴势力的横行，乃靠着互助的精神，提倡一种平等自由的道理。这等道理，表现在政治上，叫作民主主义，恰恰与“大……主义”相反。欧洲的战争，是“大……主义”与民主主义的战争。我们国内的战争，也是“大……主义”与民主主义的战争。结果都是民主主义战胜，“大……主义”失败。民主主义战胜，就是庶民的胜利。社会的结果，是资本主义失败，劳工主义战胜。原来这回战争的原因，乃在资本主义的发展。国家的界限以内，不能含容他的生产力，所以资本家的政府想靠着大战，把国家界限打破，拿自己的国家做中心，建一世界的大帝国，成一个经济组织，为自己国内资本家一阶级谋利益。俄、德等国的劳工社会，首先看破他们的野心，不惜在大战的时候，起了社会革命，防遏这资本家政府的战争。联合国的劳工社会，也都要求和平，渐有和他们的异国的同胞取同一行动的趋势。这亘古未有的大战，就是这样告终。这新纪元的世界改造，就是这样开始。资本主义就是这样失败，劳工主义就是这样战胜。世间资本家占最少数，从事劳工的人占最多数。因为资本家的资产，不是靠着家族制度的继袭，就是靠着资本主义经济组织的垄断，才能据有。这劳工的能力，是人人都有的，劳工的事情，是人人都可以做的，所以劳工主义的战胜，也是庶民的胜利。

民主主义劳工主义既然占了胜利，今后世界的人人都成了庶民，也就都成了工人。我们对于这等世界的新潮流，应该有几个觉悟：

第一，须知一个新命的诞生，必经一番苦痛，必冒许多危险。有了母亲诞孕的劳苦痛楚，才能有儿子的生命。这新纪元的创造，也是一样的艰难。这等艰难，是进化途中所必须经过的，不要恐怕，不要逃避的。第二，须知这种潮流，是只能迎，不可拒的。我们应该准备怎么能适应这个潮流，不可抵抗这个潮流。人类的历史，是共同心理表现的记录。一个人心的变动，是全世界人心变动的征兆。一个事件的发生，是世界风云发生的先兆。1789 年的法国革命，是 19 世纪中各国革命的先声。1917 年的俄国革命，是 20 世纪中世界革命的先声。第三，须知此次平和会议中，断不许持“大……主义”的阴谋政治家在那里发言，断不许有带“大……主义”臭味，或伏“大……主义”根蒂的条件成立。即或有之，那种人的提议和那种条件，断归无效。这场会议，恐怕必须有主张公道破除国界的人士占列席的多数，才开得成。第四，须知今后的世界，变成劳工的世界。我们应该用此潮流为使一切人人变成工人的机会，不该用此潮流为使一切人人变成强盗的机会。凡是不做工吃干饭的人，都是强盗。强盗和强盗夺不正的资产，也是一种的强盗，没有什么差异。我们中国人贪惰性成，不是强盗，便是乞丐，总是希图自己不做工，抢人家的饭吃，讨人家的饭吃。到了世界成一大工厂，有工大家做，有饭大家吃的时候，如何能有我们这样贪惰的民族立足之地呢？照此说来，我们要想在世界上当一个庶民，应该在世界上当一个工人。诸位呀！快去工作啊！

“少年中国”的“少年运动”

1919年9月15日

我们的理想，是在创造一个“少年中国”。

“少年中国”能不能创造成立，全看我们的“少年运动”如何。

我们“少年中国”的理想，不是死板的模型，是自由的创造；不是铸定的偶像，是活动的生活。我想我们“少年中国”的少年，人人理想中必定都有一个他自己所欲创造而且正在创造的“少年中国”。你理想中的“少年中国”，和我理想中的“少年中国”不必相同；我理想中的“少年中国”，又和他理想中的“少年中国”未必一致。可是我们的同志、我们的朋友，毕竟都在携手同行，沿着那一线清新的曙光，向光明方面走。那光明里一定有我们的“少年中国”在。我们各个不同的“少年中国”的理想，一定都集中在那光明里成一个结晶，那就是我们共同创造的“少年中国”。仿佛像一部洁白未曾写过的历史空页，我们大家你写一页，我写一页，才完成了这一部“少年中国”史。

我现在只说我自己理想中的“少年中国”。

我所理想的“少年中国”，是由物质和精神两面改造而成的“少年中国”，是灵肉一致的“少年中国”。

为创造我们理想的“少年中国”，我很希望这一班与我们理想相同的少年好友，大家都把自己的少年精神拿出来，努力去做我们的“少年运动”。

我们“少年运动”的第一步，就是要做两种的文化运动：一个是精神改造的运动，一个是物质改造的运动。

精神改造的运动，就是本着人道主义的精神，宣传“互助”“博爱”的道理，改造现代堕落的人心，使人人都把“人”的面目拿出来对他的同胞；把那占据的冲动，变为创造的冲动；把那残杀的生活，变为友爱的生活；把那侵夺的习惯，变为同劳的习惯；把那私营的心理，变为公善的心理。这个精神的改造，实在是要与物质的改造一致进行，而在物质的改造开始的时期，更是要紧。因为人类在马克思所谓“前史”的期间，习染恶性很深，物质的改造虽然成功，人心内部的恶，若不剔除净尽，它在新社会、新生活里依然还要复萌，这改造的社会组织，终于受它的害，保持不住。

物质改造的运动，就是本着勤工主义的精神，创造一种“劳工神圣”的组织，改造现代游惰本性、掠夺主义的经济制度，把那劳工的生活，从这种制度下解放出来，使人人都须做工，做工的人都能吃饭。因为经济组织没有改变，精神的改造很难成功。在从前的经济组织里，何尝没有人讲过“博爱”“互助”的道理，不过这表面构造（就是一切文化的构造）的力量，到底比不上基础构造（就是经济构造）的力量大。你只管讲你的道理，它时时从根本上破坏你的道理，使你永远不能实现。

“少年中国”的少年好友啊！我们的一生生涯，是向“少年中国”进行的一条长路程。我们为达到这条路程的终点，应该把这两种文化运动，当作车的两轮、鸟的双翼，用全生涯的努力鼓舞着向前进行，向前飞跃。

“少年中国”的少年好友啊！我们要做这两种文化运动，不该常常漂泊在这都市上，在工作社会以外做一种文化的游民；应该投身到山林里、村落里去，在那绿野烟雨中，一锄一犁地做那些辛苦劳农的伴侣。吸烟休息的时间，田间篱下的场所，都有我们开发他们、慰安他们的机会。须知“劳工神圣”的话，断断不配那一点不做手足劳动的人讲的。中国今日的情形，都市和村落完全打成两橛，几乎是两个世界一样。都市上所发生的问题，所传播的文化，村落里的人，毫不发生一点关系；村落里的生活，都市上的人，大概也是漠不关心，或者全不知道它是什么状况。这全是交通阻塞的缘故。交通阻塞的意义，有两种解释：一是物质的交通阻塞，用邮电舟车可以救济的；一是文化的交通阻塞，非用一种文化的交通机关不能救济的。在文化较高的国家，一般劳农容受文化的质量多，只要物质的交通没有阻塞，出版物可以传递，文化的传播，就能达到这个地方；而在文化较低的国家，全仗自觉少年的宣传运动，在这个地方，文化的交通机关，就是在山林里、村落里与那些劳农共同劳动自觉的少年。只要山林里、村落里有了我们的足迹，那精神改造的种子，因为得了洁美的自然、深厚的土壤，自然可以发育起来。那些天天和自然界相接的农民，自然都成了人道主义的信徒。不但在共同劳作的生活里可以感化传播于无形，就是在都市上产生的文化利器——出版物类，也必随着少年的足迹，尽量输入到山林里、村落里去。我们应该学那闲暇的时候就来都市里著书，农忙的时候就在田间工作的陶士泰（托尔斯泰）先生，文化的空气才能与山林里、村落里的树影炊烟联成一气，那些静沉沉的老村落才能变成活泼泼的新村落。新村落的大联合，就是我们的“少年中国”。

我们“少年中国”的少年好友啊！我们既然是20世纪的少年，就该把眼光放得远些，不要受腐败家庭的束缚，不要受狭隘爱国心的拘牵。我们的新生活，小到完成我的个性，大到企图世界的幸福。我们的家庭范围，已经扩充到全世界了。其余都是进化轨道上的遗迹，都该打破。我们应该拿世界的生活做家庭的生活，我们应该承认爱人的运动比爱国的运动更重。我们的“少年中国”观，绝不是要把中国这个国家，做少年的舞台，去在列国竞争场里争个胜负，乃是要把中国这个地域，当作世界的一部分，由我们居住这个地域的少年朋友们下手改造，以尽我们对于世界改造一部分的责任。我们“少年运动”的范围，绝不止于中国：有时与其他亚细亚的少年握手，做亚细亚少年的共同运动；有时与世界的少年握手，做世界少年的共同运动，也都是我们“少年中国主义”分内的事。

总结几句话，就是：

我所希望的“少年中国”的“少年运动”，是物心两面改造的运动，是灵肉一致改造的运动，是打破知识阶级的运动，是加入劳工团体的运动，是以村落为基础建立小组织的运动，是以世界为家庭扩充大联合的运动。

少年中国的少年啊！少年中国的运动，就是世界改造的运动，少年中国的少年，都应该是世界的少年。

图书馆与中国教育[①]

1919 年 12 月 13 日

今天是贵校图书馆二周年纪念日，兄弟得参与盛会，觉得非常荣幸。我今天虽然谈到图书馆教育的事情，可是教育是诸位专门的学业，我对于教育没有特别研究，所以说的，或则是很肤浅。

图书馆和教育有密切的关系。想教育发展，一定要使全国人民不论何时何地都有研究学问的机会；换一句话说，就是使全国变成一个图书馆或是研究室。但是想达到这种完美教育的方针，不是依赖图书馆不可。

图书馆有两种：一是社会的，一是学校的。社会图书馆的对象是社会一般人民，学校图书馆的对象是学生。这两种的性质不同，所以形式也不一样。我对于图书馆没有什么研究，不过现在担任北京大学的事情，所以谈一谈学校图书馆。

图书馆的历史，在中国和西洋，都是很久。老子曾经当过柱下

---

① 本文是李大钊在北京高等师范学校图书馆二周年纪念会上的演讲。

史，这就是现在管理图书馆的人。可是古代图书馆和现在的性质完全不同，古代图书馆不过是藏书的地方，管理员不过是守书的人。他们不叫书籍损失，就算尽了他们的职务。现在图书馆是研究室，管理员不仅只保存书籍，还要使各种书籍发生很大的效用，所以含有教育的性质。

现在图书馆已经不是藏书的地方，而为教育的机关，所以和教授法有密切的关系。教授法若是变更，那么图书馆也不能不变。从前旧教授法是以教师为主体的，现在不满意这种制度，在教科书和讲堂以外，还由教师指出许多的参考书做学生自学的材料。按这种新教授法去实行，若没有完备的图书馆，藏了许多的参考书，绝不能发生效果。所以现在图书馆主张复本增加，就是主要的书不仅只一本，而备了许多本。美国某大学设了助教制度，从前只有一个教师的，现在添了许多助教，这班助教不必上讲堂授课，只在图书馆里搜罗书籍供学生参考。这种制度有两层利益：一层可以消除师生间的隔阂，一层可以鼓励研究的兴趣。因是实行这种制度，所以图书馆的复本不能不增加。

旧图书馆采文库式，取书的手续非常麻烦。阅书的人不能亲自拿书，只能在目录里查出书名填在单子上叫管理员拿来；若是拿来的不合用，又要按从前手续去换。现在欧美各国为节省无谓的手续和虚费的时间，并且给阅览的人一种选择的便利，所以多主张开架式。但是开架式有一层弊处，就是损失较多。不过这是少数金钱的损失，算不得什么。据美国的统计，开架式所得的利益比损失大得多。英国有安全开架式，比较稍好一点。此外，又因为开架式发生目录的问题。从前的目录是字典式，就是以书名的 A、B、C、D 排列，这种目录很宜于文库式，因为可以使管理的人便利。但是开架式的目录宜于分类，就是依书籍的性质去分别。因为图书馆就是研究室，阅览的能随时翻阅才好，若是用字典式，那就太不方便了。

以上说的两层：一是复本增加，一是开架式。这都是图书馆的新趋势。

北京大学图书馆从前是开架式，不过设备很不完全。后来移到一座新地点，这地点本来是做学生寄宿舍的，所以房子很小，全不合图书馆的建筑。近来没有法子，只得拿小的房子当文库，大的当阅览室，把合于新趋势的制度反而废掉了。从前敝校想移到西山去，恐怕不能成为事实。所以现在想法子废去文库式，采用开架式，但是开架式最重要的是公德心。敝校阅书的有一种不好的习惯，就是借去的书籍，往往不按期交还。图书馆的职员虽然很多，但是天天办的都是些借书的手续，所以这个图书馆不是研究室，变成借书所了。现在打算从明年起，无论谁都不许借书，减少这些办无聊手续的职员，添聘些助教式的学生，那么于图书馆的新趋势，或则接近一点了。

图书馆和教育有密切的关系，和社会教育更有关系。贵校是研究教育的，所以我希望贵校添设图书馆专科，或是简易的传习所，使管理图书的都有图书馆教育的知识。这是我个人的希望，觉得贵校是最相宜的。从前清华学校拟设图书馆专科，后来因经济不够，所以不办。它想明年暑假办一个图书馆教育传习所，但是它在城外，也有许多的不便利，所以我仍是希望贵校举行。这是关系中国图书馆前途的事情，也是关系中国教育前途的事情，请诸位注意。

今与古[1]

1922年1月8日

我今天所讲的题目，是“今与古”。今是现在，古是过去的时代。我们现在把今与古来对讲，是要考查现在的人与古来的人有什么不同之点，现在的人与古来的人有什么关系。这些问题，对于我们生活很是重要，所以来大略说一说。有人在文章上发表他的意思，常说“世道人心，今不如昔”，“人心不古”，“现在的风俗道德人心，不如古来的风俗道德人心”。讲这些话的人，大半都是“前辈”“长者”。他不满意于青年，也不满意现在的一般人，于是发为感叹，而动其怀古的思想。但是我们想想，是不是今人真不如古人？是不是发这样感想的人错误？这是个很有趣味的问题。我们先考究他们所以怀古的原因：

（一）发此种感想的人，对于现在的人心、风俗、政治、道德，都不满意，感觉苦痛，因而厌倦现在，认现在都是黑暗的，没有光

① 本文是李大钊在北京孔德学校发表的演讲。

明的。这种厌倦现在的感想，并不是坏的感想，因为有了这种感想，对于各种事务，才都希望改进。有了希望改进的思想，才能向前进步，才能创造将来。若是不满意现在，而欲退回，把现在的世界回到百年千年以至万年前的世界，这不光是观念错误，并且是绝对不可能的事。这是伤时之人厌恶现在，而触动他怀旧之心的一个原因。

（二）人大半是羡慕古人之心太盛，如古人在当时不过是一斤八两的分量，到现在人看来就有了千斤万斤的分量，这是受时间距离太远的影响，因而在心理上发生一种暗示，这种暗示可以把古人变成过于实在的伟大，如同拿显微镜看物一样。例如火在人类史上有极大的关系，因自有火的发明，而人类生活遂发生很大的变动；又如农业，也是人类史上一个很大的发明。不过火同农业的发明，是社会的进化，并不是所谓神农、燧人一二人的功德。而旧史却不认为是社会的进步，而认为是少数神圣的发明，这是年代距离太远，传闻失实所致。又如黄帝，古代有无其人，尚不敢必，但是世人尊敬他的心，比他本人值得我们尊敬他的分量，高得多多。又如某校请一位本国教员，并不见得学生怎样信仰、怎样欢迎，要请一位有与本国教员同等学问的外国教员，就非常地尊敬欢迎，就是出洋留学的，也觉得比不出洋留学的好些。谚云“远来的和尚会念经”，这是普通的心理。推想起来，这又是因为受了空间距离太远的影响。过分地崇敬古人，其理亦与此同。我们的子孙对于我们，或现在一般的人，所发生的尊崇心，是我们想不到的高厚，也未可知。

（三）社会进化，是循环的，历史的演进，常是一盛一衰，一治一乱，一起一落。人若生当衰落时代，每易回思过去的昌明。其实人类历史演进，一盛之后，有一衰，一衰之后，尚可复盛；一起之后，有一落，一落之后，尚可复起；而且一盛一衰、一起一落之中，已经含着进步，如螺旋式的循环。世运每由昌明时代，转为衰落时代，甚而至于澌灭。因而许多人以为今不如昔，就发生怀古的思想，哪里知道衰落之后，还有将来的昌明哩！

（四）随着家族制度，发生崇祀祖先之思想，也可以引起崇拜古人的观念。故崇拜祖先的礼俗，亦是使人发生怀古思想的一个原因。

（五）现在也有不如古来的，如艺术。艺术乃是有创造天才的人所造成的。艺术不分新旧，反有历时愈久，而愈见其好者，因此也可以使人发生怀古的观念。

怀古的思想，多发生于老年人之脑际，青年人正与相反。一派以为今不如古，总打算恢复三代以上的文物制度，一派以为古不如今，因此在学术史上就发生了争论。在17世纪初期文艺复兴后，法兰西、意大利就有今古之争，于文艺（诗歌文学）上，此争尤烈。崇古派则崇拜荷马，崇今派则攻击荷马。这种争论，大众以为不过是文学上的枝叶问题。自孔德出，才以为这种争论，不光是在文学上如此，各种知识，都不能免，才把这种争论的关系，看得很大。这种争论，起于意大利，传至法兰西、英吉利，前后几百余年。

在历史学上进化、退化的问题亦成争论。崇古派主张黄金时代说，以为人类初有历史的时期，叫作黄金时代，以后逐渐退落，而为银时代、铜时代、铁时代，世道人心，如江河之日下云云者以此。崇今派以为古代没有黄金时代，古时的人，几同禽兽，没有什么好的可说。现在是由那种状态慢慢地进化而来的，如有黄金时代，亦必在将来，现在或是银的时代，过去的时代，不过是铁时代、铜时代罢了，其说正与崇古派相反。布丹说："崇古派说古来是黄金时代，全然错误；他们所说的黄金时代，还不如他们所说的铁时代的现在；假使他们所说的黄金时代，可以召唤回来，和现在比一比，那个时代，反倒是铁，现在反倒是金亦未可知。”中国唐虞时代，今人犹称羡不置，一般崇古的人，总是怀想黄、农、虞、夏、文、武、周、孔之盛世。但此是伪造，亦与西洋所谓黄金时代相同。他们已经打破黄金时代之说，我们也须把中国伪造的黄金时代说打破，才能创造将来，力图进步。这全靠我们的努力。这个责任我们都要负着。在中国古书里面，亦可以寻出许多今古的比论，如“后生可畏，焉知来者之不如今也”，其语气在古代，似有新的意味，且近似进化说。《书经》上说：“人唯求旧，器非求旧，唯新。”这又是人是旧的好，器是新的好的意思。

中国人怀古的思想，比西洋人怀古的思想还要盛，因为西洋科学早已发明。科学是在自然界中找出一定的法则，有如何的因，便有如何的果。他们能用科学方法证其因果，又能就古来的，而发明古来所未有的。这样，古人的发明，都有明了的法则，都遗留给后人，而今人却能于古人的发明以外，用科学方法有所新发明。中国科学不发达，古人遗留下的多是艺术的，创造全靠个人特有的天才，非他人所能及。故中国人崇古的思想，格外的发达，中国人对于古人格外仰慕，对于古人的艺术格外爱恋。

怀古思想发生之原因，及中外怀古思想不同之点，既如上述。现在我发表我对于这种思想的批评。

古代自有古代相当之价值，但古虽好，也包含于今之内。人的生活，是不断的生命（连续的生活）。由古而今，是一线串联的一个大生命。我们看古是旧，将来看今也是古。刚才说的话，移时便成过去；便是现在，也是一个假定的名词。古人所创造的东西，都在今人生活之中包藏着，我们不要想它。例如现在的衣服，其形式材料，及制造的方法，极其精致，古来次第发明的痕迹，都已包藏在内。像古人所取以蔽体御寒的树叶兽皮，我们又何必去怀想它！

黄金时代说是错误的，因为人与自然有关系，如太阳光、空气等等。人离开自然，就不能生活。古时的自然产生孔子那样的伟人，现在的自然亦可以产生孔子那样的伟人。同一的太阳光，同一的空气，在古能生的人，在今又何尝不能生？古代生的人，如何能说是万世师表！崇古派所认为黄金时代产生之人，现在也可以产生出来，我们不必去怀古。怀古的思想，固可打破，但我们不能不以现在为阶梯，而向前追求，决不能认现在为天国。当时时有不满意现在的思想，厌倦现在的思想。有了这种思想，再求所以改进之方。如现在中国国势糟到此等地步，我们需要改造，不要学张勋因怀古而复辟，要拿新的来改造。他们是想过去的，我们只是想将来的。历史是人创造的，古时是古人创造的，今世是今人创造的。古时的艺术，固不为坏，但是我们也可以创造我们的艺术。古人的艺术，是以古人特有的天才创造的，固有我们不能及的地方，但我们凭我们的天才创造的艺术，古人也不见得能赶上。古人有古人的艺术，我们有我们的艺术。要知道历史是循环不断的，我们承古人的生活，而我们的子孙，再接续我们的生活。我们要利用现在的生活，而加创造，使后世子孙得有黄金时代，这是我们的责任。

怎样做新闻记者工作[①]

1922年2月12日

我今对于我们北大同学，发起这个北大新闻记者同志会，抱着很大的希望。我以为新闻事业，是一种活的社会事业。刚才胡先生（胡适）说新闻事业，是要研究“活的问题”“真的问题”，不希望诸位替人家做那“充篇幅”的事情。我现在更希望诸位对于新闻事业，是社会的事业，这一点也特别注意。因为社会是复杂的、多方面的关系，要想把这不断的、发生的、多方面的社会现象描写出来，而加了批评或指导，非有相当的学问和知识不可。以前新闻界，所以有很多缺点，就是因为从事新闻业者的眼光不能映注到全社会的生活上的缘故。现在我们北大同学从事新闻事业的，如此之多，将来必能“改造”“提高”新闻界。因为大学是一个最高的学府，所研究的学问，是多方面的，故由大学出身的人，必有比较的多方面的知识，或有与多方面的知识界接近的机会，希望诸位同学出其所

① 本文是李大钊在北大新闻记者同志会成立会上发表的演讲。

学，把新闻界在社会上的地位提高，给新闻界开一个新纪元。

新闻记者的责任，于记述事实以外，还应该利用活的问题，输入些知识。胡先生说，新闻宜注意活的问题，不应单讲克鲁泡特金、马克思等等死的学说。这话诚然不错，但是材料虽是死的，若是用当也未尝不可把它变成活的。譬如平日登些克鲁泡特金的学说，人便全不注意，若当接到克鲁泡特金逝世的消息，那一天，把他的历史、他的学说，写出来贡献在社会上，便可以引起社会一般人的注意了。又如但丁的历史和他的文学，在平日登出来，充充篇幅，实在于一般看报的人，没有多大的意味，若在去年有为他做六百年纪念的事实那一天登出，便可以引起社会一般人的兴味来。又如今天高师为达尔文一百一十三周年诞辰纪念，开博物展览会，并讲演会，北京的报馆，若有在今日把达尔文的历史、肖像和他的学说的概要登出来的，岂不是格外有趣吗？又如 1871 年 3 月的巴黎自治团，在平时写出来，人并不十分注意，若在去年 3 月十八九日恰恰是五十周年的纪念日，把这一段历史记载出来，登在报上，岂不是绝好的材料吗？可见死的材料，若是随着活的事实表现出来，便是活的、有趣味的材料。最好的材料，若作平日充满篇幅之用，因为它与现实的生活不相关联，于阅者亦丝毫不发生兴趣。照这样子做去，一切的科学知识，都可以觅得机会，利用一种活的事实，输入给大家。例如新疆、甘肃发生地震，我们便去访问地质学家。太阳忽然现出红光，我们便去访问天文学家。某种政治问题发生，我们便去访问政治学家，请他就此事实为学理上的说明。此外如有各国学者来华，亦当随时访问，叩其意见，以转为介绍于社会。这是新闻界对社会灌输知识的职分与方法，这点诸位要注意的。

新闻是现在新的、活的、社会状况的写真。历史是过去、旧的、社会状况的写真。现在的新闻纸，就是将来的历史。历史不应是专给一姓一家作起居注，或专记一方面的事情，应该是注重社会上多方面的记载，新闻纸更应当如此。但是现在新闻界，遇着“督军的举动”，或“阔人的一言一行”，都是用大字，排在前几版，那穷人因穷自尽，或其他种种因为受环境压迫发生不幸的结果，乃社会上很大的变故，反用小字，排在报的末几版不注意的地方。这是旧习惯未退尽的一个最大的表现，也就是新闻界的一个大缺点。这一点也希望诸位同学注意。

我们北大同学，在新闻界的人，发起这样一个团体，是一件很有关系的事。胡先生说，不希望主张必定一致，希望人人能发挥个性固然不错，但是有了这个团体，总可以借此情谊，立在同一的知识的水平线上，常有机会来交换各人不同的意见。遇有国民的运动发生时，我们总可以定一大目标，共同进行，以尽指导群众，而为国民的宣传的责任。

敬祝北大新闻同志会的进展无涯！

青年的责任[①]

1922年9月3日

今日与诸君讨论的是“青年问题”。我们青年尤其应该明白青年所处的地位。现在社会的组织，犹是老年人和青年人。而老年人所有的精神是保守的，青年人的精神是进步的、发展的。因有这两种人在社会，所以一方面能保存固有的状态，一方面能发展未来的文明。我们青年所守的态度既然是进步的、发展的，那么“人”的未来事实，完全为我们青年的责任。进一句说，我们青年的群众运动，就是社会革命的先锋。近几年来政治所以弄得这般糟，是由我们青年着了旧时的观念，不喜过问。所以政治上都让一班无头脑的老人去干，让那些武人军阀去玩弄。总之，我们从前的观念是错误的，不能成立的。

前几年，人家以为教育与政治是两件事，不用妥协。到了现在

① 本文是李大钊在上海社会主义青年团“国际少年日纪念会”上发表的演讲。

简直受了此种误解而破产。须知政治不好，提倡教育是空谈的，从前蔡元培先生等即抱此种观念，绝不干预政治，结果国立北京八校竟有停办的危机。所以，我们决不能把政治离开不顾，任一班坏人去做。我们需要急起相持，非争到我们手里不止。

中国现在的特殊情形由来有两种：一种是外来的压迫，即受国际帝国主义、资本主义的支配；一种是国内武人军阀的压迫。要求从此种情形中解放，完全须由我们团结起来奋斗。五四运动是因外交问题激起的。但此次青年运动的结果，社会上受影响很不小。所以我们要政治运动，也要像军队似的团结起来，促进民主主义，要有步骤地进行。民国以来做此种政治运动，有国民党和进步党两个团体。而国民党的目标是民治的，所以比较算是一个完全的政党。现在还有更和我们有关系的团体运动，如劳动运动、妇女运动，都是民主主义的纯粹运动。

几年来战争不已，而每次战争的结果，何尝不是影响于我们人民的生活。所以我们此后对于政治，决不可再有漠视的态度。国际帝国主义、资本主义，都是我们的仇敌。

就孙、吴两氏统一中国的方策与《北京周报》记者的谈话

1922 年 9 月 17 日

在上海最先会见了孙文先生。孙先生首先从北上问题谈起，他认为如若能恢复民国八年的国会，又能恢复当时的非常总统，我的北京之行也许必要，但目前已把民国六年的国会恢复了，我本人就连打破这“六年国会”、恢复“八年国会”的一点武力都不掌握，所以，我之北京之行既已失去必须去的任何理由，而且也没有这个必要了。对中国处在如此混乱状态之下的这种局面，我时常在考虑解救它的方法。我以为应恢复合法的国会、护法总统、护法政府，与此同时使中央在事实上拥有强大的武装力量，以此来削弱各督军的势力，这是促进统一的最好方法。我决不承认现在这样的督军割据的联省自治，应当一面采取集中兵力于中央的办法，一面扩大县的自治权力，从而削弱现有督军的权力。

在逐步加强兵力于中央来实现全国统一的同时，紧接着就需要组织强有力的政党，所以我目前正在改组中国国民党，使本党能有

更多的工人参加进来。这样经过改组后的大政党，一方面要讨论政治手段的运用，做一般政党应做的工作；另一方面为了谋求社会的根本改革，还要努力唤起民众的觉醒，归根到底是要把它建成一个群众革命的先锋组织。总之，我国在近期内，想要依靠短暂的统一来实现永久的和平那是不现实的，除了四万万民众的觉醒和真正的群众性的改革之外，别无他途可寻。

在上海做了短暂停留之后到了洛阳。回到这里后听到种种风言风语，说什么奉、直还将再战，吴佩孚要移驻郑州等等，但在洛阳期间一点儿也看不出有这种迹象。至于移兵郑州一事，将来怎样无法预测，但在近期内确实没有这方面的动静。眼下吴氏正在热心地实践他那前些时刚刚公布的兵工政策，早上五点前就全体起床出动操练到七点，然后再到附近的山上植树。吴氏说：如果孙文先生肯出任兵工会的会长，那么他自己愿意担任副会长，率领现有的数十万士兵开到大西北新疆、青海一带去开荒种地。另外，孙、吴两氏还就前几天报上披露的，近日刚刚收到的徐树铮致吴佩孚论述统一方策的信谈了他们的意见。

下面将就此谈谈我个人的一些看法：

联省自治或联邦制度，作为制度本身不一定就不好，然而像现在这样有督军在各地实行割据的情况之下，要想直接实行这种办法那是行不通的。首先在中央必须备有强大的兵力，然后依靠这种力量削弱各省督军的武装，与此同时还要承认县的自治权力并不断发展这种权力，这才是最上策。在这一点上孙、吴两氏的意见是完全一致的。然而，当一接触到如何向中央集中强大的兵力，又如何去削弱各督军的权力时，就感到这是一个十分困难的问题了。现在我国的形势与日本相比较，很像明治维新当时的状况，不过日本当时确实有过真正的军阀，这就是被称为长州、萨摩这样强有力的藩主，这些藩主协同一致推翻幕府，也就是推翻了支持军人的那些藩主，把国家政权从“武家”手里夺取过来。但在我国并没有这样真正的军阀，在现有掌握兵权的人们当中，几乎没有任何人愿意把政权从军人手中移交给人民，把自己也变成人民中的一员参加进去。看来，我国的现状倒不在于因有军阀而苦恼，苦恼的倒是没有真正好样的军阀。

不过，从另一方面看，没有这种真正的军阀，倒可能相对地加快统一的步伐。何以见得呢？因为在我国能称得上是军阀的人们，即那些被称为督军、师长的人们，都不是真正的军人，只不过是一介商人而已。一个普通的商人只能从倒卖商品中取得盈利，而督军之类的特种商人，却是通过培植个人权力和在权力所及的范围内收取苛捐杂税的办法谋取私利，因而对他们来说，维护权力并不是主要的目的，其真正的目的是用所占有的权力谋求个人的利益。倘若一般的民众都觉悟起来，使他们觉得再也不能像以往那样捞取利益了，那他们就会马上离开那个职位。就像王占元之流，当他把数百万（据传如此）家产弄到手之后，一旦发觉再像以往那样捞钱已十分困难时，便立即离开了他的职位，就是一个明显的例证。因此，只有动员民众起来反对各督军等盘剥私利，这才是削弱督军权力最有效的方法。

不过发动民众并不那么容易。这里也还有另一种方法，那就是用财政手段使督军失去养兵的力量。向来只要中央政府的财政稍有结余，就被各督军取走，所以不管有多少钱，中央总是要陷在财政艰难的困境中，加上因各省督军的权势不见削弱，因而各国虽然几次答应贷款，仅只停留在反复表态上，据说大宗贷款是不会答应的。现在已与几年前大不相同，只要中央能有数千万的收入，把各督军的兵力集中到中央手里是不难办到的。就是说现有各督军，凡他们自己所能筹集到的军费都由自己筹集，每个师团都要有几个月以至十几个月的缺额，如果明确规定这些军费由中央来支付，那么各地的士兵必将拉起队伍向中央集中。到了那时，各地督军会不会因害怕自己兵员的减少，去谋求军费自给来挽留其兵士呢？正如前面说过的，各督军既然作为一介商人而存在，就决不会把已经装进腰包的钱再倒出来。假如今后督军割据的状态再继续十几年，那时的情况会怎样？虽不可确知，但就目前的情况看，一些督军由于深知自己将会当不成军人，所以绝对不会把中饱私囊的财物再吐出来，在这种情况下各督军的兵力自然要向中央集中，地方的兵力必然逐渐削弱。一旦兵力被集中于中央之时，就可以对其一部分加以真正的军事训练，成为中央的军队，而将其余的大多数用于开垦、矿山等使用，这样一来统一也就自然形成，剩下来就只有东三省和广东的问题了。可以想见，只要中部地区的各种力量都集中于中央一处，就不会有什么力量能与之相抗衡。

然而，实行这一计划如果没有数千万元的资金，也就只能作为一纸空谈而告终。我们应当采取的，只能是逐步实施的办法，必须首先唤起民众的觉醒，然后还必须依靠民权运动的力量来削弱督军的势力。目前各地的工会组织已在考虑这一问题。商会、农会等虽还未形成公开的运动，但由于各地捐税过重，又都深受军人之害，只要对此持反对态度，运动一经发动，就有可能轻而易举地把督军们赶下台，而且由于各地深受军人飞扬跋扈之苦，都深切期望能有一个统一政府的出现，世界各国也都盼望中国有一个统一的政府。这些希望之变成现实，也许要花费一些时间，但统一政府的出现已是必然的明显的事实，我们应为它的出现而努力。

社会问题与政治[①]

1922 年 12 月 17 日

今天讲的题目是“社会问题与政治”。未讲本题之前，且先讲社会与政治的关系。有的人说：社会不良，政治是不能好的。于是他们把政治完全抛弃，专做社会的事业，以为把社会改良好了，才能有好的政府。又有一派人说：政治不良，社会是不能好的。比如我们只顾做社会事业，不顾政治如何，惨淡经营，劳心劳力，不知费了多少时光，才有些成效，但政府不良，诸多掣肘，甚至为它所破坏，前功尽弃，所以当从政治下手，政治好了，社会问题即容易解决。

这两派的主张，均是有理，但均系偏见。须知社会与政治，是互为因果的，不可偏重一面的。今从我国现状观察一下：自民国成立以后，专制政体虽被推倒了，然而政治仍旧是腐败。一般人心理，都觉政治不可为，于是转过来纯做社会运动。可是政治愈无人改革，

① 本文是李大钊在北京中国大学哲学读书会上发表的演讲。

愈不能好，社会也愈不能改良，且许多年经营的社会事业，也许一旦被不良的政府破坏了。所以现在很有些人得到这种觉悟，以为拿政治做改良社会的手段，是“事半功倍”的。

但什么是社会问题？这个定义，实在难定。我们姑且略说一句，就是：凡社会呈了不安的现象，而图解决之的方法都是。比如劳工问题、妇女问题、人力车夫问题、鸦片、缠足等等问题，都是社会问题。这些问题，所以不易解决者，大半因经济的关系，因为经济的不均与不安，许多问题，都从此发生。社会上小的问题，可以不说，至于大的问题，我们想解决它，非靠政治的力量不可！因为社会问题，往往混入政治问题。即如烟酒问题，若从小里看，似乎用不着政治，但若是视为和民族的强弱有密切的关系时，则不得不从政治、法律方面去解决它，因为政治的力量很大，最容易收效果。

今天所讲的，不是广泛的社会问题，是和政治最有关系的问题。经济的不平等，我们在社会上随时随地可以看出。想解决这些问题的人，现在可分为二派：

一、社会改良派：因政治组织不良，拟徐图改善之；

二、社会革命派：因政治组织不良，拟根本推翻之。

按这两派互有长短。怎么讲呢？第一派，徐图改善，故凡事要待有好机会，才去实行改革，易流为“等机会派”。第二派，专谋根本改革，必须待条件完备，才去实行，如条件不完备，虽小的机会，它也不屑进行，以致耽搁了许多机会。这是两派的各具毛病。

大凡党派，不外三种区别，就是急进、缓进和折中（或左、右、中央）。现在社会上有一种倾向，即前二派都超于折中派（中央派），大有超越党籍而互相接近之势。这个新倾向，于社会改良上最为有利，就是在条件（经济）未完备以前，亦不专候，一方面向大的目标做去，一方面有小的机会亦不抛弃。既不像第一派专等机会，也不像第二派太失机会。

现在社会上有两个最大的问题，就是：

一、妇女参政问题；

二、劳工问题。

这两个问题，是大家都知道的，大家都想解决它的，现在都牵到政治问题了。因为妇女、劳工，在法律、经济上都不得平等，均已组织团体，向立法机关请愿，竭力运动。他们唯一的请愿机关，就是国会。但是不会这样容易成功，并且不是根本的解决。比方妇女问题，除参政以外，不平等的地方还有许多哩。前次女子参政协会等开会竟有警察来干涉，后来才查出警察法上有女子不准集会结社一条。所以参政问题，办到与否，是一个问题，即能办到，也没有多少补救。劳工问题也是这样，只要求法律的认可，也是不中用的。

要想解决这两个繁重的问题绝非简单的平民团体所能办到，非组织强有力的政治团体去解决它不可！有了强有力的政治团体，则能握到政权，先得到了政权，则可以徐图解决自身问题。换言之，第一步先运动参政权，参政权得到后，即可在议会上列席，得以建议和监视。一方面组织强有力的政团，解决一切社会上不平等的问题。

但以上所举的两个问题，都是由于经济不平等而来，因此经济能力薄弱的人，受经济能力富强的支配，所以欲根本解决，非打破这个阶级不可。主张根本改革的俄国，最看重政治力，当劳工革命欲以无产阶级打破有产阶级，以造成世界的幸福以前，各妇女即和劳动者联合，组织团体，先取参政权、普选举权等。因为妇女和劳工有密切的关系，所以应当和衷共济，组织平民团体，得到政治力量以后，再借以解决社会问题。

中国现在虽然不能希望根本改革，但是点点滴滴的改革也非靠政治的力量不可。女高师学生到日本参观的时候，日本社会主义者，力劝伊们不要轻视政权。盖固有政权，改革社会才有力量。我想现在要改革社会的问题，最要者：

第一，先争得宪法上的平等权，如女子参政、劳工立法等，然后拿争到的政权去解决各种的问题；

第二，要做联合运动，妇女劳工固当联合，此外凡目的相同的都应该联合起来，一点一滴地去做。

现在我们可得一个结论，就是：欲改良社会，非靠政治的力量不可，因为政治的力量，可以改革一切的社会问题。

史学概论[①]

1923 年 11 月 29 日

我们研究史学，第一先要研究的就是：什么是史？

在中国能找出许多关于史的材料来，什么《史记》咧，《汉书》咧，《三国志》，《资治通鉴》，廿四史……在西洋也可以找出什么《罗马史》咧，《希腊史》咧，等等的书。这类的书，就是史吗？

这类的书，固然浩如烟海，但这不是史，而是供给吾人研究历史的材料。从前许多的旧历史学家，都认为这是历史，其实这是研究历史的材料，而不是历史。历史是有生命的、活动的、进步的，不是死的、固定的。

吾人研究有生命的历史，有时须靠记录中的材料，但要知道这些陈编故纸以外，有有生命的历史。比如研究列宁，列宁是个活人，是有生命的，研究他，必须参考关于列宁的书籍，但不能说关于列宁的书籍，便是列宁。

① 本文是李大钊在上海大学发表的演讲。

明白了这点，那历史和历史材料的异点，便可以知其大概了。

我们再讲历史学的发展。历史学是起源于记录。英文的“史”字（History）是问而知道的意思；德文的“史”字（Geschichte）是事体的意思。发生事件而记录起来，这是史学的起源。

从前历史的内容，主要部分是政治、外交，而活动的事迹，完全拿贵族当中心。所以福理曼（Freeman）说：过去的政治就是历史，历史就是政治。他把政治和历史认成一个，不会分离。

这样解释历史，未免失之狭隘。历史是有生命的，是全人类的生活。人类生活的全体，不单是政治，此外还有经济的、伦理的、宗教的、美术的种种生活。他说历史就是政治，其余如经济、宗教、伦理、美术的种种生活，能说不算是人类的生活吗？可以把它们放在历史以外吗？

及后到了马克思，才把历史真正意义发明出来，我们可以从他的唯物史观的学说里看出。

他把人类生活，做成一个整个的解释，这生活的整个便是文化。

生物学当然是研究生物的，植物学当然是研究植物的，人类历史也当然是研究人类的生活，生活的全体——文化的了。但文化是整个的，不可分离。譬如这座楼，可以分出楼顶、楼身和基础来，假使基础摇动，楼身、楼顶全得摇动；基础变更，楼身、楼顶也得跟着变更。文化是以经济做基础，他说有了这样的经济关系，才会产生这样的政治、宗教、伦理、美术等等的生活。假如经济一有变动，那些政治、宗教等等生活也随着变动了。假使有新的经济关系发生，那政治、宗教等等生活也跟着从新建筑了。

他不但发明文化是整个的，他并且把历史和社会的疆域分开。他说：人类的社会，按时间的，纵起来看是历史；按平面的、空间的，横起来看是社会。他又说历史是“社会的变革”。不但过去的历史是社会的变革，即是现在、将来，社会无一时不在变革中，因为历史是有生命的、活动的、进步的，而不是一成不变的。历史的范围不但包括过去，并且包有现在和将来。

至于什么是历史学家的任务，希腊的历史学家、后世称为“历史之父”的希罗陀德（Herodotus）已经告诉过我们：

一、应当整理记录，寻出真确的事实；

二、应当解释记录，寻出那些事实间的理法。

据此，历史家的任务，是在故书篓中，于整理上，要找出真确的事实；于理解上，要找出真理。但同是一个事实，人人的解释各异。比如实在的孔子过去了，而历史的孔子，甲与乙的解释不同，乙与丙的解释又不同，昔人与今人的解释又不同。人人解释既然不同，他整理以后，找出来自以为真确的事实，当然又不同了。

须知历史是有新鲜的生命的，是活动的、进步的，不但不怕改作和重作，并且还要吾人去改作、重作。信手在我们中国历史里边找出几个例来看：

一，在中国历史神话期中，说我们的衣服器具有许多是半神的圣人，给我们在一个相距不远的时代，一齐造出来的。这样记录，我和在座诸君在十年或廿年前，或者都以为真实的。现在我们若拿新的历史眼光来看，知道那些记录完全是荒谬的。现在借着科学的知识，发明一种新机器，也得费若干年月，在那蒙昧时代，怎能这样迅速！

据人类学家考察，人类的起源，是因人从前有四条腿，和别的动物一样。女性的人，怕她的孩子被他兽残杀，乃习用其前足抱子而奔。人是这样渐渐地进化，才成了用手、用胸、用两足走路的动物。人类渐渐地站起来用足走路以后，腹部因蔽体的毛稀薄，感畏风寒，乃渐取树叶遮盖，后来旁的地方怕受风寒，也会想法去遮盖了，这就是衣服的起源。由树叶到衣服的进步更不知道经过了多少年月！

由茹毛饮血的生活而渐进于游牧的生活，由游牧的生活而进于畜牧生活，而进于农业生活、手工业的生活、机器工业的生括，这里边有很悠久的历史，并不会一时得到的。我们现在根据进化论去解释这些记录，比在数十年前的观念已大不同了。

二，中国古代的姓，如妫、姞、姬、姜等字，都从女旁，这些字何以都从女？前人的解释，多谓人因地而得姓。例如某某的母居姜水，故姓姜；某某的母居于妫水，故姓妫。但由我来解释，不是这样。我以为妫水、姜水的地方，是因人而得名的。因为有姓姜的在那里居住，所以名为姜水；有姓妫的在那里居住，所以名为妫水。姜、妫的姓都从女旁，是因为那个时候，是母权时期，所以子从母姓。我们再就社会的现状观察，姓张的村子叫张家村，姓李的庄子叫李家庄，都因所在的姓氏而得名，绝不是因为住在张家村才姓张，住在李家庄才姓李的。那些妫水、姞水、姬水、姜水的名称，也因为古代的人好临水而居，那水也就各因其姓氏而得名了。

我们拿着新的历史眼光，去观察数千年前的故书陈籍，的确可以得着新的见解，找出真确的事实。

三，就近二十年来，河南所发现的古物，更可以断定旧日史书的虚伪。中国经济学上的名词多从贝，如货字、买（買）字、贾字等都从贝。按历史学家考察，最古的时期中，经过一种靠贝为生活的时期。中国旧史的记录的：中国在太昊、神农时，已有金属铸造货币。但现在按河南发现的龟版文字一为考察，那些上面所刻的字并无从金边的字，而只有从贝的字。果然当时已是用金器时代，何以不能发现一个金字？

中国古书固然伪的很多，然在较为可靠的《书经》的《商书》篇亦是说“具乃贝玉”，当时贝玉并称，而不说具乃金玉。果然当时已有金属制造品，何以在殷代以前，不发现一个“金”字？

到了后来《诗经》上才发现许多“金”字，往往“金”“玉”并称，便有“金玉其相”一类的话了。

就此可断定，旧史所记是虚伪的。在殷代以前，还是靠贝的生活，还是石器时代，殷代以后到了周朝，才入了铜器时代，才有金属的制造品了。

这样的例举不胜举，我们按这许多例，可以断定往日记录有许多错误，是可以改作重作的，是必须改作重作的。但我们所改作的、重作的，就敢断定是真实的、一成不变的吗？历史是有生命的，僵死陈腐的记录不能表现那活泼泼的生命，全靠我们后人有新的历史观念，去整理它，认识它。果然后人又有了新的理解、发明，我们现在所认为新的又成了错误的，也未可知。我们所认为真实的事实和真理的见解并不是固定的，乃是比较的。

希腊历史学家格罗忒（Crote）出，又有人说，他的《希腊史》比希罗陀德的好，第一因为希氏缺乏批评精神，第二因为希氏喜欢什么，便注意什么真实。但我们要说公平话，他所注意的未必是对，在希罗陀德时代，能够得到那样结果，已经很难得了。我们不能因见了格罗忒，便来菲薄希罗陀德。格罗忒的《希腊史》，果然就是最完全的吗？这也不过是比较的真实的罢了。

所以历史是不怕重作改作的，不但不怕重作改作，而且要改作重作，推翻古人的前案，并不算什么事，故吾人应本新的眼光去改作旧历史。很希望有许多人起来，去干这种很有趣味的事，把那些旧材料、旧记录，统通召集在新的知识面前，做一个判决书。

从前的孔子观念，是从前人的孔子观，不是我们的孔子观。他们的释迦观、耶稣观，亦是他们自己的释迦观、耶稣观，不是我们的释迦观、耶稣观。他们本着迷信为孔子、释迦、耶稣作传，辉煌孔子、释迦、耶稣为亘古仅有天纵的圣人、天生的儿子，说出许多怪诞不经的话。我们今日要为他们作传，必把这些神话一概删除，特注重考察他们当时社会的背景，与他们的哲学思想有若何关系等问题。历史原是有生命的，不是僵死的；原是进步的，不是固定的。我们本着新的眼光，去不断地改作重作，的确是我们应取的途径了。

以上的话，归结起来：记录是研究历史的材料；历史是整个的、有生命的、进步的东西，不是固定的、死的东西；历史学虽是发源于记录，而记录绝不是历史。发明历史的真义的是马克思，指出吾人研究历史的任务的是希罗陀德。我们研究历史的任务是：

一、整理事实，寻找它的真确的证据；

二、理解事实，寻出它的进步的真理。

十八年来之回顾[①]

1923年12月30日

今日是母校十八周年纪念日，就是母校十八岁生日的一天。母校的生日，好像母亲生日是一样。母亲生日的那一天，同胞兄弟庆祝一堂，是很高兴的。我们母校的生日，我们同学大家也欢聚在这个礼堂，和庆祝母亲的生日是一样的高兴。所以我今天说不出是怎样的快乐！发生了许多的感想，只好就这个题目——十八年来之回顾，说出我的感想来。

十八年世界上的事情很多，若件件去讲，是办不到的。只能回顾与我们有关系及重大的事，还就着我所知道的说，那我不知道的，只好待别位同学来讲，那没有关系及不重要的也得丢开一边。那么，就分二部去讲：一部是人民运动的经过，一部是本校同学运动的经过。

人民运动的经过，又分我国与外国的事情。现在先说我国的，

---

① 本文是李大钊在直隶法政专门学校十八周年校庆会上发表的演讲。

讲完了以后，再把外国的重大事情，简单说明。

母校诞生在光绪三十二年，即西历千九百零六年。[①] 回顾光绪三十二年，不禁又想到三十一年，即母校诞生的前一年。当三十一年时候，前清政府派五大臣出洋，考察宪政。吴樾在东车站放炸弹，要把五大臣炸死。他的意思是阻止前清的假立宪。霹雳一声炸弹响，那革命历史就开始了。孙中山在海外组织同盟会，做革命的运动。同时母校也随着这声炸弹响，产生下来。

光绪三十二年前清颁布假立宪，正母校诞生的时候。革命运动很激烈，而前清政府防止得也很厉害。母校成立，从我们一方面看，是预备革命和改造的运动；从前清政府一方面看，是拿我们一般人做假立宪局面的点缀，或说是为假立宪造就人才。随着这两方面不同的意思，母校于是乎诞生。

光绪三十三年即西历千九百零七年，是母校诞生第二年。徐锡麟刺杀安徽巡抚，在安徽起义，结果失败，同志死难的很多。清廷一面防止不测，一面敷衍人民，人民则为积极的改革运动。改革运动有主张请求立宪，有主张革命，而有立宪派、革命派的分别。立宪派的人就联络海外华侨，请求清廷立宪。清廷看人民的要求，不得不敷衍，遂饬各省设立咨议局。革命派的人，像孙中山先生也联络同志，在云南起义，结果归失败。一年之内，清廷对于人民要求（立宪派）取敷衍主义，对于人民反抗（革命派）取防止主义，禁止人民聚会开会演说及学生参与政治运动。

光绪三十四年即西历千九百零八年，光绪死，罢免袁世凯职，

---

① 该校前身为1906年12月创办的北洋法政专门学堂，民国建立后改名为直隶法政专门学校。

清廷由摄政王摄政。各省人民都起来要求开国会，运动很激烈，清廷不得已允人民要求。这一年母校的同学也参入要求开国会。清廷命各省咨议局开会。是年宣统即位（宣统元年）。

宣统二年，北京资政院及各省咨议局开会，外患有安奉铁路问题发生。在天津方面遂引起学生的激烈的政治运动，我们同学也参入运动，也分立宪派、革命派。立宪派运动的结果失败，温世霖被发往新疆。革命派运动，像本校教员白雅雨先生，奔走于滦州第二十师军队中，后殉于难。这是本校最紧要的一年，详细情形，留在回顾本校同学运动的经过，再为细说。

宣统三年，3 月间黄克强先生率青年同志，归自海外，在广州起义，死难的很多，有七十二烈士，其实死的不止七十二烈士。七十二烈士都葬在黄花岗，其初名字不全，到了民国十年，才把七十二烈士名字填清楚。我曾到过黄花岗，起一种特别感想，殉难的都是纯洁的青年，做政治运动的大牺牲，这黄花岗与民国产生很有关系。这次虽遭失败，却是后日成功之母，而一般革命家都因之而起。清廷又下令收川汉铁路为国有，而黎元洪等起义武昌，各省响应。我们同学当时也参加革命运动，有奔往滦州的，有奔往徐州的，细情也留到回顾本校再说。后来革命成功，在南京组织临时政府，宣布约法，举孙文为临时大总统。蒙古宣告独立。

民国元年，清帝退位，参议院成立。女子同盟会要求女子参政权。

民国二年，革命元勋宋渔父（宋教仁）先生，极力主张把同盟会扩张成国民党，受袁世凯的嫉妒，暗使人把宋渔父先生刺杀在上海。汪精卫先生很反对这事，他愿意维持同盟会，以为同盟会是革命党的根源，在革命没有成功以前，不应该把同盟会解散，组织国民党，把不纯粹革命分子拉进来，至今汪先生尚以此事作为遗憾。宋先生在上海被刺，有主张平和解决的，有主张用武力与袁世凯解决的，于是遂有“二次革命”起于南京，结果失败。国会正式开会，各省省议会也开会。因有“二次革命”的缘故，袁世凯解散国民党。宪法起草委员会自行解散，江苏省议会解散。

民国三年，袁世凯解散参众两院，停止各省省议会开会。欧洲大战发生。

民国四年，筹办“筹安会”，伪造民意，佐袁世凯为皇帝，意欲推翻共和，重建帝制。日本乘机于5月7日提出“二十一条”，迫中国承认。当时蔡松坡先生在京，袁世凯监视甚严，后来蔡先生逃至云南，与唐继尧起义。

民国五年，西南诸省宣布独立，反对袁世凯称帝。袁不得已取消帝制，忧愤而死。副总统黎元洪又召集各省省议会，重开国会。这年内有最可纪念者，黄克强先生死于上海，蔡松坡先生死于日本，民国伟人又弱了两个！

民国六年，罢免段祺瑞职。山东、福建、江苏等省，反对国会。黎元洪辞职，冯国璋继任。西南诸省反对解散国会，宣告独立。张勋率兵入京，拥宣统复辟，推翻共和。段祺瑞在马厂誓师，打败张勋，重建共和，段祺瑞又重掌中央政权。西南诸省组织军政府，召集非常国会，举孙中山先生为总统。吴佩孚在岳州开会，主张与南方用武力解决。

民国七年，南方军政府重新组织，反对北方徐世昌为总统。北方召集新国会，举徐世昌为总统。段祺瑞练参战军，以备与德国开战。

民国八年，学生反对“直接交涉”，作五四运动，驱逐曹、章、陆。南北两政府在上海组织和平会，南北议和。段祺瑞所练参战军，改为边防军。

民国九年，直皖战争，结果直系胜，皖系败。北方政府解散学生会，阻止学生参入政治运动。南方军政府瓦解。

民国十年，南方举孙中山为大总统，川、鄂宣布自治，吴佩孚率兵往攻，川、鄂发生战事，结果川、鄂败，自治军也失败。

民国十一年夏天，直奉战争，结果奉张败，直曹胜，黎元洪复职，恢复旧国会。南方陈炯明背叛孙中山先生，有广州战役，同时有妇女参政运动。

民国十二年，南方孙中山先生复至广东。北方强迫黎元洪下野，直系利用国会贿选，曹锟被选为总统，成现在的局面。在国民方面，有京汉铁路工人罢工风潮，国民党重新组织。10 月 10 日北京政府颁布宪法。

以上是人民的运动，或对军阀，或对政府。然后再把外国的事情，很可注意的，说一下。

宣统二年，葡萄牙革命，建共和。千九百十四年欧洲大战发生。千九百十七年俄国革命，劳农政府成立。千九百十八年德国也起革命，建共和国。千九百十九年欧战停止，起始议和。

我国与外国外交方面重要事情：宣统二年有安奉铁路问题发生；宣统三年有片马问题；民国四年日本提出“二十一条”；民国八年日本约求鲁案直接交涉，俄国劳农政府宣言放弃前俄在中国攫取的权利。

现在要讲十八年来本校同学的运动经过，我们在这一方面做一番回顾。我对于同学的政治运动知道得很少，只可就我知道的来讲。

我最初进校的时候，就有风潮发生，社会给这个风潮起了名字，叫“酱油风潮”。这个风潮是因什么所起呢？说来很有趣味。在座的都是前后同学，无妨当小说告诉大家。有浙江的同学杨君，年纪很轻，都在食堂上用饭的时候，他要用点酱油，唤厨子不答应，他就用筷子敲饭桶。斋务长李先生把杨君责斥了几句，杨君年纪本小就哭起来了。诸位同学对他很表同情，就同黎监督交涉，一方面学生在现在没有被火烧的东大讲堂（现在已改成图书馆）开会。斋务长看见学生开会，恐怕有政治上运动，走告黎监督，黎监督也不问所以，往藩台臬台衙门去报告，带来许多的兵把学校围住。学生推举了八个代表去讲话，八个代表的名字记不清楚，讲话以后也没有什么结果，无条件地就把八个代表都斥退。别位同学很不平，以为我们举出来的代表无故斥退，我们无颜再在校内居住，于是大家都搬在外边旅馆。黎监督劝阻大家，拿很和蔼的态度，没有效果。又经绅士劝解，劝大家回校，八个代表是不能回校的，诸位可替他们介绍别的学校。后来都回在校内，推出代表来，白惺亚先生等和监督打官司，也没有什么结果。

这次风潮其初原因很小，不过为酱油而已。到了后来，拿兵围起学校，斥退代表，闹了个很大，学生方面有不得不如此的缘故。这次风潮影响是怎样呢？风潮影响于我校是很大的，是很恶的！早先斋舍整理得很好，秩序很整齐，经了这次风潮以后，都变坏了。风潮的结果没有好结果，只得到恶结果。所以外人对这次风潮很不满意，我们对它也觉很不幸的！希望我们同学，以后不要以小故而起绝大的争端，倘若遇见这样事情，务请和平解决才对。

政治运动分二派：一是立宪派，一是革命派。那时中国北部政治运动的中心，首推天津，天津以北洋法政学校为中心。所以我校在政治运动史上，很关重要。我们今天要谈谈，以后还怕没有人知道。时当宣统二年，日本要强迫攫取安奉铁路，东省代表来津求援，天津学生在东马路开会欢迎，共举温世霖为会长。本校同学立宪、革命两派，立宪派公开运动，革命派秘密运动。同学多数属于立宪派，少数属于革命派，于永滋、王德斋两位先生是革命派中心人物。立宪派打算全体往北京请愿，要求政府开国会。本校同学在东大讲堂（现改图书馆）开会，同学秦广礼断指写血书，激扬民气。同学孙可君断肘，大家非常激烈。孙君断肘之后，全身为血所染，许多同学鼓掌叫唤，都以泪相见。此时同学只以血泪相见，李监督、邓和甫都劝大家不必自杀，可以积极想法就是了。那种悲惨激昂的光景，我终身不能忘！大家闹了一天，夜间开会，相约明天黎明整队到广东会馆开会，做请愿的运动。过河的时候，碰见李监督，李监督善言相劝，教大家回校再商议，学生不肯。平时学生对监督谈话时非常客气，这时候也不客气了。一直到了广东会馆，商议上府院请愿。全天津学校的校长及提学司也都来到广东会馆，劝阻大家不要走，大家不听，把诸位校长及提学司围在中间。这时候的群众心理，哪里还可以理喻？若工夫一大必有不测。李监督为人聪慧机警，见这般光景，实有不了之势，他就站在台上，对众嚷道："你们要请愿，我们帮着你们。"众鼓掌。"大家出发的时候，必须有秩序。"众鼓掌。"我们要先走一步。"众鼓掌。于是，各位校长及提学司得免于难。大家全体出发，电车也停了，到了府院衙门前都坐下，要求立时给北京打电报，使其立宪开国会，还要立时等回电。又整队往省议会去请愿，在道上碰见道台坐着马车，大家把道台打了个不亦乐乎，马车也碎了。后来同学劝止，才把道台放走，逃了一条命！这是大众的狂热，于事业上没有多大效果，但当这时候也没法劝止，后来学生各归本校。

风潮闹完之后，当局方面以为风潮起的原因，都因为会长的鼓动，于是把温世霖放逐到新疆去，学校方面提倡提前放假。当时大家没有出息，见学校里提前放假，都归家去了！像这狂热的政治运动，不一时就消灭。这次风潮的结果，大家把温世霖先生送到新疆，谁也不闻不问了！

这次风潮，算立宪派运动失败，而革命派进行越发有力，从此立宪派的人也都倾向革命派，大家都觉得对温先生义气上过不去，只好再等机会。革命派组织秘密团体，上海的《克复报》、福建的《民心报》、香港的《中国报》，对于革命思想，充量绍介。同学订阅该报不少，大家都抢着看报，情愿不上班，也得看报，于永滋、王德斋先生亲往邮局去取。同学奔走革命的，白雅雨、于永滋往滦州，王德斋往徐州。白先生平时很古板的，这时也做革命的运动。滦州革命失败，同学以为白、于二先生不免于难，噩耗传来，大家悲伤得很！后来才知道白先生确乎身殉于难，于先生幸免。给白先生开追悼会，就在这个礼堂上。那追悼白先生挽联的字句，今天我来在这礼堂上，还仿佛有人念给我听！当天津学生政治运动正在昂激的时候，上海《民立报》上天天有一段时评，告诉我们学生，应该做什么样运动。后来清廷起用袁世凯的时候，袁世凯在河南即打电〔报〕给天津督署严防某法校，就是本校。可见本校当时很受官府的注意。河下驻扎有兵，是监视本校同学的运动。当时有两位日本教员，一系吉野作造，一系今井嘉幸，在本校当教授，后来两位归国都极力鼓吹平民主义，绍介民治思想，做民权运动，教导他们国民，日本国民很受他的恩泽。剪发运动也很有趣味，同学黄君首先剪发，那时剪发的很少，都以为稀奇，当黄君进食堂的时候，大家哄然笑他，监督知道了，给黄君为剪发记了一过。

而今回顾从前加入政治运动的同学，已经有些死亡凋零了，真是不堪回想！白先生雅雨在滦州革命的时候就死了，断肘的那位孙先生在“二次革命”也死了，还有许多死了我不晓得。那么，同学参加政治运动的死去了大半，而民国建设还没有成功，有许多责任在我们身上，我们没有开出路子来，觉着非常的惭愧，只好把我们没有尽的责任，推到后来诸位同学身上。早先我们的历史是很短小的，算不了什么，光华灿烂的历史还在后边。我今天说的这些，不过是本校历史的“破题承”，那本校历史的正文，不知道将来有多少人，像我站在这地方，给大家讲那本校有声有色的历史。现在本校历史是很幼稚，但历史没有不继续的。我们已经过去了，我们已经离了本校在社会上去做事，那发扬本校的精神，尽国民的责任，希望诸位后来的同学，在学校极力培养自己的学问，赶快去担负那些责任，不要回顾，不要踌躇，一往直前。高先生所说国家是工具，我们要知道怎样应用，有许多法子，利用国家不出流弊。我到母校以后，一方感慨，一方乐观。感慨的是，参加政治运动的同学，死去大半，不能再相见了！牺牲他们大好生命，而民国的国家，天天在昏迷不醒之中。早先食堂里饭桶声，也听不见了，食堂的房舍，也改变了。乐观的是，校中树木早先很小，现在都森郁起来，那种焕发活泼的气象到处弥漫。我们母校里历史，也是像这样发展的，越发展越大。同学也是新陈代谢，老同学凋零，担不起他们的责任，同时新同学来替他们，担他们的责任。像东楼不戒于火，尽成灰烬，是很不幸的，但旧的已去，新的才来，旧的给新的让位置。这样看来，我们的历史，不过是小小的本校历史的序文，本校历史的正文在将来。我希望以后的同学齐心努力，给本校历史正文第一页第一章下头一笔。整顿我们的国家，恢复我们的民族，专赖诸位同学，齐心！努力！

人种问题[①]

1924年5月13日

人种、民族与国民。讲到人种问题，必先分辨“人种”、“民族”与“国民”这三个名词的意义。何谓国民？国民的意义是从政治、法律的概念中发生出来的，故不问人种与民族之同异，只需在一种政治之下形成共同生活的人们便叫作国民。何谓民族？民族的区别由其历史与文化之殊异，故不问政治、法律之统一与否，而只在相同的历史和文化之下生存的人民或国民，都可归之为一民族。……[②]至于何谓人种？则更不问政治、法律之统一，历史、文化之同异，只就人类学的范围，从生理上考察其特征而发生的概念，便是人种。

人种与民族之关系在不同的各种族之间，自然要发生一种“异视”的感觉。这是种族的本能。英国白徕士（Bryce）男爵于1951

① 本文是李大钊在北京大学政治学会发表的演讲。

② 此处略有删节。

年2月在伦敦大学的讲演中，指明这种本能有下列各重要之点：

一、这种“异视”的本能，在原始时代糅杂的种族之间，往往存在，一到相同的种族间，就似乎立即消灭，看不出来。

二、在文化进步的时期内，政治上的竞争和宗教上的冲突，各本其所有的“确执”，往往把人种的“异视”的冲突压倒了。

三、人种中“异视”的冲突，有如海中的暗礁一般，时时存在海底，却不表现于海面。然在异种的政治或宗教的冲突激烈时，这种“异视”的作用，能使此冲突扩大而强烈。

不过，近世民族感情之发达，并不根源于这种“异视”的作用，而是依据于言语、文学及历史传说之共同而后成立的。在18世纪的末期已有人承认此说了，至于19世纪，更因民族感情的迅速增长而光明显著。可见人种的差异，确是民族冲突之附要的原因。

到了现在，我们可以看出民族冲突中带有人种差异的色彩，由此就可以看出民族与人种的关系。从前人种竞争以至于人种斗争的种种学说并不盛行，例如德国，在1880年有人讲到这类问题，一般人都以为无关重要，不加重视。但在现在，凡谈世界大势的学说或问题，无不言及人种，无不与人种有关系，就可见其重要了。

我们于同种之中也能寻出争斗的事实，更可证明人种差异的“异视”实在是一切斗争的附因。白徕士更以为民族观念发生显著的原因，又由于法国革命的影响。因为自法国革命成功以后，欧洲各国人民发生政治生活的感觉，对于国内国外的政治压迫，群思抗拒，因此遂发生国民统一的要求。这种要求不免又牵动了人种的枢纽，于是就发生人种的关系，又因此而发生民族同异是以人种为中心的观念。所以民族独立，无论在欧亚各洲的各民族主义运动，均是特别激昂。

在德国1846年的人民自治运动，不过为要求在民族国家之下的政治统一。至于现在科学发达，商业进步，愈使民族观念日益强烈。又兼有各民族的文学家、诗歌家以及美术家的作品，往往激动起各民族自尊自雄的精神。从此民族间就因之发生竞争，甚至于战斗。俄国革命运动就含有这种民族主义的意义。

民族主义。民族之成立由于什么？有以为由于统一的语言的，有以为单凭统一的语言不足为成立之原因，而要更兼有主观的事实，要在相互的意识之承认及精神上认为同族之后而民族才能成立。此外有以为民族之成立纯由地理（Nation）的事实使然，其以言语、文字、政治和宗教之统一系统，不足以为民族成立之原因。法国Odysse Barot（新闻家）、Elise Reclus（地理家）、Justin&Romner（新闻家）三人都拥护这派（地理的）学说。有以为法国民族是单纯的民族者，Barot驳之，而指明法国之民族由于法国的地理使然。欧洲除葡萄牙、瑞典等国外，都不是单纯的民族所组织的国家。就如英国虽小，也由于威尔士（Wales）、爱尔兰（Ireland）、苏格兰（Scotland）、英格兰（England）的民族组合而成。至于法国，则为Romandy、Proochce、Giuenne、Garcony、Larraine、Brittany等小民族所组成。各民族的特性质，都各自保存，不稍渝灭。Barot以为现在欧洲的民族，其以言语、文字……的统一为成立的原因者，不过是暂时间人为的民族，将来必至崩裂瓦解。所以他主张自然的国家，是以小民族的国家代替欧洲大民族的人为的国家。他的意思，只有依地理上山川形势的天然分划，才可为民族成立的根据。但是，果真依照他的学说做去，英国就不仅分为四国了。于此也可见他的“地理的”民族学说，不能自圆。

欧洲人的世界观。欧洲人以为他们的文明，除了基督教之外，再没有别的可说。他们对于世界的观念，以为只有白人的世界。法人 Theodor Jouffroy 以为野蛮人将来能进化到文明的地步，其系统可分为三：一、基督教；二、回教；三、婆罗门教。只有基督教是进步的，改化不已而能适应世界潮流的，其余二者与基督教相比，是懒性的、迟滞不进的。因此构成基督教的国家，只有日渐进化，日益文明，其余的国家，只有退步，只有堕落。倘若基督教长此不发生其他特别原因，则世界将变为基督民族的世界！现在德、法、英三国各以其科学的、哲学的和实用的民族特性引导文化的进步，实在可算是构成欧洲文化的先驱，一切欧洲的战争，将来也一定可以停止的。这是依据历史的事实所得的断定。不过，Jouffroy 的结论，总以为世界完全是白人的，未免言过其实了。

白人在世界居于引导文化的先驱，视异色人种为低下阶级而自居于高上的地位，因此人种在世界上也成为阶级的问题，于是世界上就形成了相对的阶级。人种的斗争于将来必定发生，这是可预为断定的。而且这斗争或许为白色人种与有色人种的战争而与“阶级斗争”并行哩！我们于俄国革命的事实可引为例证。俄国革命虽然有白色人种，然而参加有被压迫阶级的有色人种，其目标则同是反抗压迫阶级的白色人种。可见低下阶级的有色人种与高上阶级的白色人种之“阶级斗争”已粗具雏形，其进展则方兴未艾。

1910 年英人辛博森（Putnan Weale）著《毛色之争》（*Contest of Colours*）一书。他以为凡物皆有此性，人为万物之一，故人亦有此性——因毛色的不同而发生的冲突，但有因嗜好的缘故，能相调和的。如中国人虽为黄色，然性喜白色，或即此例，也未可知。据 Weale 调查各色人种的数目，有如下表：

白色人种

欧洲	453，500，000
北美	85，000，000
澳洲	6，000，000
南美	20，000，000
非洲	1，500，000
附杂白色人种	40，000，000
合　计	566，000，000

黄褐及黑色人种

亚洲	947，000，000
非洲	140，000，000
太平洋诸国	2，000，000
北美	10，000，000
合　计	1，099，000，000

白色人种的总数与黄褐及黑色人种的总数比较起来，后者多于前者。据上段的推述，人种斗争将来必与阶级斗争同时表现出来，其胜利者亦可依此比较而预断为有色人种。法人 Gobineau 著《人种不平等论》（1850 年出版）略谓人种既然不同，优劣亦自不免，据他的判断，以为亚利安人种为最优，而代表亚利安人种的尤以日耳曼族为最。但是他持一种悲观论，以为优的总要堕落，而将来多数劣级人种相联合来与少数优级人种相斗争，后者必败，前者必胜，亦是理所当然。此外，尚有许多历史学者也承认其说为得当。

至于法人 Oictor Cousin（哲学家，其思想很受黑格尔的影响），他的论点，完全立足于地位（Place）。他以为这种优胜劣败的事实与地位有重大的关系，如人与自然，都是在同一地位之下才发生的，如一民族所在地之山川形势，于历史上即为各时代的民族舞台。他分历史进化为三时期：在第一期的，以无限制的力量观念的为生活，完全信赖上帝；在第二期为有限的；在第三期为前二者混合起来的。故第一期的舞台常在广大辽阔的平原，有汪洋溟渺的海水为疆界——这在亚洲，即东方文明。第二期的舞台很窄小，在希腊、罗马等处。第三期的舞台是在有内海的大陆，如现在的欧洲便是。由此可以寻出不同的民族各有其不同的文化，这不同的文化之发生又各由其不同的地位了。然而一民族的特性必代表其一时代的理想，但须于这时代的总精神之下乃能了解。因为同一时代，各民族所代表之理想其相同的比相异的还多。不过各民族之相异的特殊理想都可认为真识，而不是完全的真理。若用哲学的眼光，把他们这些真识合而为一，乃为完全的真理。

不同的民族所代表之理想至于冲突、爆裂，于是发生战争，故战争不过是民族理想不相调协的象征。因此于胜败的结果必有强弱的理想可以表示出来：昨日的真理，到今日可为错误了。战争显得是真理与错误之决斗，胜利也就是真理战败错误的凯旋，故胜败不是听天，而是必然之理——即真理必胜。因此又于战争的胜败可以测定民族精神和其特性的价值的高低。——这是 Oictor Cousin 附带的战争论，也可引为谈人种问题的考证。

我们革命的先锋孙中山先生自从提倡三民主义（民生主义其目的；民族主义是达到这目的的手段，是三民主义的主干；至于民权主义，乃运用民生主义的方法）以来，关于民族主义，在中国国民革命运动中的解释略有更变。其在未革命时（辛亥以前），所谓民族主义，不过是对汉满民族而言的意义；其在既革命（辛亥）以后，所谓民族主义是指合中国汉、满、蒙、回、藏五族为一家，只不过稍有汉族为中心的意义。至去年中国国民党全国代表大会于广州开会，关于民族主义又有新的解释。这解释系分对外、对内两方面：在现世中国的民族，为要独立而反抗其他任何民族的侵略与压迫，这是对外；同时在国内经济生活不同的民族要使其解放，自决而独立，这是对内。国民党的民族主义经了这番新解释，其意义也更新而切当了。

这种民族主义的新意义与人种问题很有关系，诸君可于上述的理论中看出来。同时，又是我们中华民族应对世界民族加入阶级战争的准备，这也是我们要特别注重的。我们中华民族在世界上贡献，大都以为是老大而衰弱。今天我要问一句，究竟它果是长此老大衰弱而不能重振复兴吗？不的！从五四运动以后，我们已经感觉得这民族复活的动机了。但我又要问一句，这民族究竟真能复活吗？时机倒也到了，只看我们是怎么地奋斗和如何地努力！我们如能使新的文化、新的血液日日灌输注入于我们的民族，那就是真正新机复活的时候。但是，回过头来看一看我们现在所有的现象：无论什么团体，时间不过许久，其中就发生一些无谓的争执与乎卑鄙的猜忌……种种鬼鬼祟祟的怪现象，这是很可悲观的啊！但是我们无论如何，都要猛力勇进，要在〔未〕来民族舞台施展我们的民族特性，要再在我们的民族史以及世界史上扬显着我们的民族精神！这就是我今天提出这个人种问题来与诸君谈谈的意思。望大家从此努力！

在列宁逝世二周年纪念大会上的演讲

1926年1月21日

同志们！列宁先生已去世二年了！他的死是世界的大损失，而且他给了我们很重的责任。今天我们追悼他，就回想到我们的中山先生。前两年我们在广州开第一次代表大会的时候，列宁的噩耗传到广东，先生亲自出席大会来报告这不幸的消息，曾经有很沉痛的演说，使得到会的同志都有感动，都不能忘。去年今日，我们的中山先生便呻吟在床蓐之上，我们那时抽工夫来纪念列宁，而我们的领袖也就没有希望能把他的抱负发展了！所以我们同时感觉列宁的死是个损失。中山先生的死也是我们的损失，二年以来，国民革命的局势如何紧迫，而两次死去我们的领袖，损失何等的重大，我们的责任更如何的重大！我们所以不能不联想到中山先生，而感觉自己的责任更应该努力！

因列宁先生想到中山先生，我们就可以比较地看他们。中山先生的人格伟大，无论是他的朋友、他的信徒、他的仇敌，都没有不承认的。列宁的人格伟大，也无论是他的朋友、他的信徒、他的仇敌，都没有不承认的；在俄国的人民非共产者，他们往往反对共产，却对于列宁个人非常崇拜。他们的革命精神，两人也有相同之点：列宁遇到反动不灰心、不失望，中山先生亲自说过“二次革命”失败亡命东京的时候，手下人人灰心，先生以为革命党人并没有损失，不必灰心，再干好了！这样，列宁精神就是中山精神，就是革命者的精神！我们应该服膺这种精神！

列宁主义是帝国主义时代无产阶级革命的理论与策略，中山主义是帝国主义时代被压迫民族革命的理论与策略。在理论上，中山主义与列宁主义是可以联合成一贯，策略上也是能联贯一致的。所以，列宁主义者可说就是中山主义者；中山主义者也就是列宁主义者！他们的主义同是革命的主义。假使中山先生在俄国，他一定是个列宁；假使列宁生在中国，他也一定是个中山！他们主义表面看起来不同，实在是他们环境的不同。中山先生与列宁的目的相同，可是惜乎环境不让他实现得如列宁那样成功！他最初想联合菲列滨（菲律宾），先帮助他们革命成功，再来实现中国的革命。中国国民党最初有日本的革命党人，这都是他主张联合世界革命的表现，与列宁的主张相同。他们主张以党治国，列宁主张以无产阶级的党治国，中山主张以国民党。党的制度是集权，两两相同。何以列宁能够在俄国革命中表现出他主义的成功，而中山先生不能呢？这全是环境的不同，我们的经济落后。他们两人的思想和人格的伟大，全无异点。

前年广州大会追悼列宁，中山先生演说，非常沉痛。他说：“列宁死了，俄国绝不危险，因为他们已经有了很完密坚固的组织。假使我死了，你们看中国如何？我们的党如何？”我们听了非常悲伤。他当时的遗言，现在如何？他那时就教我们好好组织，就把革命责任交给了我们！即如把共产党加入组织，就是他自己将国民革命与世界革命的关系，亲手给连接起来了。他的主义，我相信现在还没有把光华发扬得出来，将来全世界的革命成功，才是中山主义的胜利！我们哪里好分出什么此疆彼界来，谁是中山主义者，谁是列宁主义者？现在无论列宁主义者或中山主义者都不应该两下分离！等到中山主义胜利的时候，也就是列宁主义胜利了！在座的同志们，你们不管是列宁主义信徒、中山主义信徒，应该紧紧地联合起来！

孙中山先生在中国民族革命史上之位置[①]

1926 年 3 月 12 日

由 1804 年英人炮火击破中国的门户，强行输入毒害中国人民的鸦片，中经英法联军之役、中法之役、中日之役、庚子联军之役、日俄之役、日德之役，一直到 1925 年五卅运动以来，帝国主义者在上海、沙面、汉口、九江等处，对于中国民众的屠杀，是一部彻头彻尾的帝国主义压迫中国民族史。

由 1841 年，广东三元里乡民因愤英人挟战胜的余威，迫我偿军费六百万元，割香港，集众数万，奋起平英团。1842 年粤人听到英迫我缔结《南京条约》，赔款二千一百万元，开五口通商，割香港，留下协定关税的根萌的消息，聚众数万，反抗英人，焚其商馆。1845 年粤民举办团练，抗拒英人复入广州。1849 年，粤人集乡团十余万于河干，拒禁英人入广州城。中经太平天国的革命运动，三合会、哥老会覆清仇洋的运动，乃至白莲教支流义和团扶清灭洋的运

① 本文是李大钊在清华大学发表的演讲。

动，强学会、保国会的立宪运动，兴中会、同盟会的革命运动，一直到由“五四”到“五卅”弥漫全国的反帝国主义的大运动，是一部彻头彻尾的中国民众反抗帝国主义的民族革命史。

这一条浩浩荡荡的民族革命运动史的洪流，时而显现，时而潜伏，时而迂回旋绕，蓄势不前，时而急转直下，一泻万里。它的趋势是非流注于胜利的归宿而不止。简明地说，中国民族革命运动史，只在压迫中国民众的帝国主义完全消灭的时候，才有光荣的、胜利的终结。

孙中山先生所指导的国民革命运动，在中国民族解放全部历史中，实据有中心的位置，实为最重要的部分。他承接了太平天国民族革命的系统，而把那个时代农业经济所反映出来的帝王思想，以及随着帝国主义进来的宗教迷信，一一淘洗净尽。他整理了许多明季清初流下来以反清复明为基础，后来因为受了帝国主义压迫而渐次扩大着有仇洋色彩的下层结社，使他们渐渐地脱弃农业的宗法的社会的会党的性质而入于国民革命的正轨。他揭破满清以预备立宪、欺骗民众的奸计，使那些实在起于民族解放运动而趋入于立宪运动的民众，不能不渐渐地回头，重新集合于革命旗帜之下。他经过了长期矫正盲目的排外仇洋运动，以后更指导着国民革命的力量，集中于很鲜明的反帝国主义的战斗。他接受了代表中国工农阶级利益的共产党员，改组了中国国民党，使国民党注重工农的组织而成为普遍的群众的党，使中国国民运动很密切地与世界革命运动相联结。他这样指导革命的功绩，是何等的伟大！他这样的指导革命的全生涯，在中国民族解放运动中，是何等的重要！

我们要想了解中山先生的思想及其事业的重要，必须先考一考他的时代及境遇。先生的生存期，是从1866年到1925年，这是帝国主义侵略中国最酷烈的时代。先生的诞生地是广东省的香山县，距广州很近，广州是中国开放海禁最早的地方，这是帝国主义最初侵入中国的门户。西历纪元4世纪时，印度南洋一带，已有闽粤人的足迹。10世纪至13世纪间，是广州的繁盛时代，最初来广州的是亚拉伯（阿拉伯）人，欧人是西、荷等国人。1784年美舰“中国皇后”号到粤。1840年鸦片战争以前，广州成为澳门的季节出张所，外国在那里设立商馆，只准经过行商的手，与中国贸易。中国对于居留广州的外人，设有种种的限制。1600年英国东印度公司成立以来，伊利查别兹女士特许其有对华贸易独占权。到了1833年，对华贸易权才由东印度公司，转移到私人商业手里。在这东印度公司有对华贸易独占权的期间，英帝国主义者只是羡忌葡人先占的澳门，只是常常在广州的门户以外徘徊着，想伺一个机会进来占据广州，像葡人占据澳门一样；但是因为广东民众严密的监守、强烈的抵拒，终于没有能够偿了他的愿望。所以1830年以前，中英商业的平准，还是于中国方面有利，银币不断地由印度、英国、美国输入中国。在那个时顷，英棉及一定限度的羊毛亦输入了少许。1833年以后，英棉及羊毛继长增高地以巨额输入于中国。鸦片的流毒，像潮水一般地涌进来。中国的银币，亦像潮水一般地流出于印度，几乎耗尽了中国民族的膏血。在那一世纪，英国政府的收入有七分之一靠着卖鸦片于华人，同时印人需求英国的制造品，亦全靠在印度的鸦片的出产。那时英国资本主义发展的结果，输出于印度的商品额量一增高，则其取自印度而需要卖给华人的鸦片额量，亦必随着增高。英国此时需要打破中国门户，不仅是为印度出产的巨额鸦片谋一尾间，并且是为那在他本国畅旺出产的制造品谋一销售的市场。英人为达此目的，乃于1840年用猛烈的炮火，攻击中国南方不给外人开放的门户——广州，以武力强挟鸦片及其他商品等经济势力，压迫中国。结果英国的炮火打破了中国的门户，帝国主义遂由广州侵入了中国。

1840年鸦片战争以后，中国的门户洞开，外国商品因得以畅行输入而无阻。这个外国制造品的引入，对于本国的制造品自然要发生破坏的影响。此时这个影响于中国与其曾影响于小亚细亚、波斯、印度者，全是一样。在外货竞争之下，中国的纺者织者遭遇了最大的艰难，社会生活随着外货压迫的比例，呈出不安的现象，发生了破产的手工业者及农民的大众，加以鸦片的不生产的消费，因鸦片贸易而生的贵金流出，鸦片战争的对英赔款，以及关于鸦片贩卖的贿赂公行，以及公家行政的弊端百出。总此诸因，增加了巨大的人民负担，新税增设，旧税增额，遂以酿成太平天国的大革命。

太平天国的运动，是并合明亡以来“反清复明”的民族运动、随着外力侵入中国的耶教运动，以及骤变帝国主义政治的、经济的压迫而发生的国民革命运动三大系统，汇注而成的。有明既亡，许多孤臣遗老，亡命南来。在闽粤一带的下层民众，留下了秘密组织，把反清复明的民族思想，深深地撒布在中国民族最深最下的层级，希图保存其种萌，而待时以发育。这个藏留民族思想于下层阶级的事实，足以昭示吾人以革命的力量，常含蓄于工农阶级的下层民众之间，并且预示吾人以中国民族解放的成功，多半要靠工农民众的努力。闽粤一带以及海外的三合会（一名天地会）即是这种反清复明的秘密团体。太平天国的运动中，亦曾容纳了三合会的一部。太平党与三合会的宗旨不能尽合的地方，约有两点：一、太平党信耶教，而三合会信道教与佛教。二、太平党主张于颠覆清朝以后建立新朝，而三合会则主张恢复明室。故二者未能完全合一。至于反清复明的民族运动，在满清初入关时，已经与耶教思想有了接触。明室遗族在广东曾与罗马教皇有文书的往来。明皇族及其遗臣，那时已有百数十人加入耶教。太平党人之有耶教的关系，一方是那个时代随着帝国主义侵入中国的耶教影响的反映，一方是明末的民族思想与耶教思想结合的历史的因缘。看那太平党人的教主“朱九畴”“洪秀全”的名字，便知他们的教门，必与朱明孑遗洪门会党有所渊源。

太平天国的年代，是由1850年到1864年。在这十四年间，正是英产业发展最猛的年代。这一班抱有民族思想的农村青年们，身受外来的经济压迫，目击鸦片的流毒，以及官僚政治的腐败，自然要发号召那些种田烧山不能自给的农夫、破产失业的手工业者，以及那些因为贿赂公行，而进身无路、落第不平的士子起来，恢复他们的民族的国家了。

太平天国的运动，是满清入关以来中国民族反抗满洲的民族革命运动，同时亦是反抗帝国主义武力的、经济的压迫的民族革命运动，他们的严厉地禁吸鸦片，便是表示他们对帝国主义者以炮火护送来的毒物，非常的厌恶，同时又是帝国主义经济的压迫下的农民革命运动。看他们占据南京以后，颁布了一个含有平均性质的土地令，便知那次的革命，多半起于农民经济的要求。

太平党人虽然知道鸦片是帝国主义者麻醉中国民族的毒物，而不知宗教亦是帝国主义者麻醉中国民族的东西，其作用与鸦片一样。

他们禁止了鸦片，却采用了宗教，不建设民国，而建设天国，这是他们失败的一个重要原因。他们宗教感念，在好的方面，减少了狭隘的人种的仇视，在坏的方面，遮蔽了帝国主义者凶恶的真相，埋没了这次革命的反帝国主义性，使他们没有看清他们所认为洋兄弟的，可以摇身一变而为扶助满清、扑灭太平天国的常胜军。

1850年顷，英国产业有猛厉无比的发展，有濒于产业危机的征象。即有大规模的移民出国，即有加里佛尼亚（加利福尼亚）与澳洲，仍不能调剂英国产业的伸张与市场扩大的平衡。当时英国茶税的减低，希望以增加茶的输入，奖励增加对华制造品的输出，就是为了开新市场扩旧市场的必要。太平天国动乱，缩小了英国制造品的市场，可以使英国产业危机的迫至，加速社会的革命。大师马克思在当时说过，英国造成了中国的革命，中国的革命将要反响于英伦，经过英伦，反响于欧洲。所以英国对于太平军动乱取两面的态度，一面利用这次动乱，与法国联军压迫满清，使它放弃那天朝上国妄自尊大的态度，而不能不降服于帝国主义之前，许与增开口岸，为帝国主义者扩大市场；一面以武力干涉太平军，使之不能入重要的港口，援助满清，以消灭中国的民族解放运动。观于1858年《天津条约》成立以后，英公使巡游长江过南京时，以炮艇轰击南京太平军的炮台。1860年李秀成攻上海时，英人卜罗斯以通商大臣的资格，通告以武力干涉中国的内乱。1861年英海军大将何伯训令亚柏林舰长，干涉太平军入上海或吴淞境内，干涉太平军攻击宁波，并与太平军关税冲突。1862年英舰在长江为清军输送兵士，及接济军火。英法联军以武力干涉太平军入上海，英海军助清廷夺回宁波。英人与清恭王勾结组织中英舰队。1863年李鸿章以英将戈登统所谓常胜军，助平太平天国。至1864年，太平天国亡。

这样看来，太平天国的灭亡，不是亡于满清，乃是亡于英法帝国主义者。满清降服于帝国主义者，以中国民族的权利，贡献于其前。他们遂助满清，扑灭了含有民族革命性的太平军。自是以来，援助反动势力以扑灭民族革命运动，遂成为帝国主义者宰制中国民族的传统政策。在太平天国的动乱中，英法忙于侵略中国的时候，美国的势力，遂压迫到日本，以后各国踵至，日本民族亦受了不平等条约的束缚。

这是太平天国时代帝国主义压迫东方的大势。

太平天国虽然灭亡，可是中国的民族解放运动，并未即此而中断。太平天国灭后二年——1866年，孙中山先生诞生。由1866年到中山先生逝世的1925年，中国民族解放运动，总在那里蓬蓬勃勃地向前涌进。中山先生在这个运动中，是个唯一的指导者。他以毕生的精力，把中国民族革命种种运动，疏导整理，溶解联合，以入于普遍的民众，革命的正轨。他那临终的遗嘱，明明白白告诉我们中国的国民革命，是世界革命的一部。

先生所生的时代及其环境，在在都使他自觉其所负民族的历史的使命的伟大；英法帝国主义的跋扈、太平天国的痛史，在在都足以激动他革命的情绪，而确立其决心。帝国主义对于中国进攻加紧一步，他的革命的奋斗猛进一步。

先生承接了太平天国的革命的正统，而淘汰了他们的帝王思想、宗教思想。整理了三合会、哥老会一类的民间的民族的结社，改进了他们的思想，使入于革命的正轨，1900年合并了兴中会与三合会、哥老会而为中和党、兴汉会。1905年，又在日本东京成立中国革命同盟会，“二次革命”失败后，又在东京改组中华革命党。1924 年又在广州改组中国国民党，容纳中国共产党的分子，使中国的国民革命运动与世界革命运动，联成一体；使民族主义的秘密结社，过渡而扩成现代的工农团体，一体加入国民革命党；使少数革命的知识阶级的革命党，过渡而成为浩大的、普遍的、国民的群众党。这都是先生在中国民族革命史上继往开来，铸新淘旧，把革命的基础，深植于本国工农民众，广结于世界革命民众的伟大功绩。

宋庆龄

(1893—1981)

生平简介

宋庆龄（1893—1981），祖籍广东省文昌（今属海南），出生于上海。政治家、社会活动家，爱国主义、国际主义战士。1907年偕妹妹宋美龄赴美国留学，1913年大学毕业，获文学学士学位。1915年10月25日与孙中山在日本东京结婚，其后与孙中山一起分担流亡之苦，积极参加和支持民主革命。孙中山去世后，她坚决维护、忠实执行“联俄、联共、扶助农工”的三大政策。1926年1月当选为国民党中央执行委员会委员。抗战期间参加和组织了一系列重要的爱国行动，为宣传和支援抗战做了大量工作。1946年7月23日发表反对独裁和内战的声明。1948年被邀请担任在香港成立的国民党革命委员会的名誉主席。1949年9月受中共中央邀请，到北京参加中国人民政治协商会议第一届全体会议，当选为中央人民政府副主席，10月1日参加开国大典。1951年9月18日在北京接受“1950年度加强国际和平斯大林国际奖金”十万卢布并全部献出，作为发展中国儿童和妇女福利事业之用。此后数年，多次参加各种国际会议，访问了许多国家、地区，继续致力于维护世界和平的工作。曾任全国人大常委会副委员长、政协全国委员会副主席、中华人民共和国副主席、全国妇联名誉主席等职务。1981年5月16日被全国人大常委会决定授予“中华人民共和国名誉主席”称号。是年5月29日在北京寓所病逝。

东西方妇女联合起来，为改造世界而奋斗[①]

1924 年 11 月

今天到这里来，我感到很愉快。衷心感谢你们的盛情邀请，我想趁此机会就我们共同关心的题目——妇女运动，讲几分钟。我深深地钦佩日本妇女的许多突出的性格：通情达理，质朴，忍耐性，以及对重大牺牲的承受力，这点尤为重要。这些品质，使日本妇女足可担当亚洲妇女运动的领袖。日本妇女在日本历史上所肩负的重要使命，不容置疑地证明了：妇女地位是一个民族发展的尺度。当今世界上，只有意识到这点的民族，才能成其为伟大的民族。我高兴地发现，日本妇女积极关心与其日常生活有关的事情，以及有关国家的公共福利事业。中国妇女正同你们并肩战斗，去推倒歧视妇女的古老围墙——反对妇女参与公共事务。

我们妇女对正义的要求，并不限于在某些欧美国家，这种要求

① 本文是宋庆龄在神户高等女子学校发表的演讲。

正成为强大的世界运动。印度、土耳其、埃及和波斯的妇女也开始起来维护她们的权利。今天，在库尔特斯坦山区的广阔版图上，有一位妇女当了总统；在土耳其，妇女当上了教育部长。妇女无意于那类政治荣誉，但必须参与妇女界的社会的、公民的以及工业的福利活动，必须争取与妇女和儿童切身利益有关的事情的发言权。

不论是种族和信仰，没有任何东西能比共同的利益更能把人们维系在一起。因为这种共同的利益是为正义而斗争。我恳切呼吁：东方和西方的妇女，为改造世界而联合起来！联合起来要求普遍裁军，废除歧视政策，废除不平等条约，我们妇女必定会取得成功。

最后，我希望中国和日本的妇女，争取实现那个人类不为动物本能所支配，而由理性所指导的日子。

团结一致，努力实现三民主义[①]

1926 年 1 月

各位同志：

我觉得很抱歉，因为种种的环境，不能早日来此参与盛会。现在承诸位的好意，推为主席，私心自问，非常惭愧，也非常感谢！我这次回到广东来，觉得有一件事是非常安慰的。因为此间一切的政治军事都很有进步，而且比先生在的时候弄得更好。这不是我个人安慰，而且亦安慰了先生在天之灵。所以，我觉得前途是非常乐观非常有希望。但是，我还要希望诸位团结坚固，不要受人家的挑拨，不要因一二人的私见便争意气。因为先生的主义成功不成功，全仗诸君的努力。如果诸位能大家合作，则先生的主义一定是能够成功的，能够实现的。如其不能合作，则先生的主义绝不能成功的。所以，我竭诚地希望诸位，要大家合作！

① 本文是宋庆龄在国民党第二次全国代表大会上发表的演讲。

国民党已不再是一个政治力量

1931 年 12 月

当作一个政治力量来说，国民党已经不复存在了。这是一件无法掩盖的事实。促成国民党灭亡的，并不是党外的反对者，而是党内自己的领袖。1925 年孙中山病逝北京，国民革命突然失却了领导，以致中辍。幸而当时在广州的党内同志严格遵守他的遗教，以群众为革命的基础，使北伐能于短期内在长江流域取得胜利。但是不久之后，蒋介石的个人独裁与军阀和政客之间的相互争吵，造成了宁汉分裂，使党与人民之间的鸿沟日益加深。

残暴的大屠杀和恐怖迫使革命转入地下。国民党以反共为名来掩饰它对革命的背叛，并继续进行反动活动。在中央政府中，国民党党员力争高位肥缺，形成私人派系，以巩固他们的地位；在地方上，他们也同样剥削群众，以满足个人的贪欲。他们和一个又一个的军阀互相勾结，因而得以跃登党和政府中的高位。但是，忠实的、真正的革命者却被有意地百般拷打，以至于死。邓演达的惨遭杀害就是最近的例子。

五年以来，内战和政治阴谋循环不已。由于背弃了革命政策，各敌对的派系都向帝国主义者投降，并且不惜利用武力和最下流的手段。过去北洋军阀政客所不敢做的事，都在“党治”的名义下毫无顾忌地做出了。因此，国民党今天已名誉扫地，受到全国的厌弃和痛恨，还有什么可奇怪的呢？孙中山的遗嘱连一天也没有真正实行过。

近来宁粤两派发生分裂，形成两个对峙的力量。双方各自指摘对方的缺点，又夸耀自己的长处。他们用虚伪的政治口号，比如“政治公开”“民主统治”“革命外交”等，作为欺骗中国人民大众的武器。但实际上，广州和南京这两派都以军阀为靠山，都在力争它们的帝国主义主子的欢心，而且都背叛并屠杀中国人民大众。

由于日本公然侵入我东北、广州和南京，这两个集团由于国难当前和舆论的谴责，都不得不暂时停止公开的战争，而召开所谓“和平统一会议”。

阴谋围绕着会议进行了三个月之久，争论的中心问题不外乎党中央委员会和政府中职位的分肥。关于构成全国极大多数的农民工人的苦难和急需，在这个会议上没有一个字提到。这些敌对的派系，昧于自私自利，完全看不出个人独裁、党的堕落和帝国主义瓜分中国，都是它们使国民党脱离了群众的结果。

唯有以工农政策为基础的党才能为社会主义打下基础，才能粉碎军阀的势力并摆脱帝国主义的枷锁。假如所谓“和平”与“统一”进行顺利，从而各派都满足了它的贪欲，那么“和平”不过是和平地分赃，“统一”不过是对群众进行统一的掠夺而已。绝不可能想象中国人民愿见这样的“和平”，或全国愿要这样的“统一”。

我们现在已经可以在南京看到这种统一的第一个果实。仅在三天以前，在帝国主义国家使节的命令之下，这个“统一政府”竟力图镇压爱国的学生运动。在不到十二个小时的时间内，兵士和流氓包围了学生，棒打枪刺，把他们像畜生一样地赶出城去。学生多人死伤，据报另有大批失踪。

暴行是在这样的时候演出的：一支外国帝国主义的军队正向锦州推进，而所有卖国贼和帝国主义分子正受到优遇、阿谀和保护。在口头上讲着革命外交、全民民主和言论、出生、集会自由的人们到达南京后，这个暴行就发生了。可以明白地看出，新的统一的政府是由日、法、英、美等帝国主义的代理人组成的，是服务于这群利害冲突的主子的，它将继续接受帝国主义者的命令，镇压中国民族求解放的任何一种形式的群众运动。

我不忍见孙中山四十年的工作被一小撮自私自利的国民党军阀、政客所毁坏。我更不忍见四万万七千五百万人的中国，因国民党背弃自己的主义而亡于帝国主义。

因此，我不得不率直地宣布，既然组织国民党的目的是以它为革命的机器，既然它未能完成它所以被创造起来的任务，我们对它的灭亡就不必惋惜。我坚决地相信：只有以群众为基础并为群众服务的革命，才能粉碎军阀、政客的权力，才能摆脱帝国主义的枷锁，才能真正实行社会主义。我深信：虽然今天当权的反动势力在进行恐怖活动，中国千百万真正的革命者必不放弃自己的责任；反之，由于国家当前形势的危急，他们将加紧工作，朝着革命所树立的目标胜利前进。

中国的自由与反战斗争[①]

1933 年 9 月

同志们和朋友们：

如果没有帝国主义者和国民党当局的恐怖和干涉，而我们能够公开举行一个会议的话，那就会有成千上万的代表、中国亿万被剥削人民发出他们的呼声。虽然出席这个会议的代表人数为了明显的理由不得不受限制，可是这个较小的集会仍然充分地代表劳苦大众的利益，代表着他们抗议日本以及其他帝国主义者对中国人民的屠杀战争。

我不想笼统地、全面地讲那日益增长的战争危险。可以说，中国早就在战争中，而且侵略中国的战争发展成为世界大战的烈火，只不过是短暂的时间问题了。

目前是资本主义制度垂死的时代。资本主义正在不顾一切地寻

① 本文是宋庆龄在上海召开的世界反对帝国主义战争委员会远东会议上发表的演讲。

求出路，解决自身的矛盾。资本主义者面前的唯一出路，就是加重对人民的剥削和压迫，并准备进行重新瓜分世界市场的新战争。资本主义制度陷入混乱中，越陷越深。日趋衰亡的资本主义的全部特征是：经济制度崩溃，帝国主义对立尖锐化，法西斯主义抬头，民族沙文主义的最野蛮的表现登峰造极，对劳苦大众及其领导者施用了最残酷的压迫、酷刑和残杀，文化与生产的进步停滞。但是资本主义制度带来了毁灭它自己的阶级——无产阶级。无产阶级凭着它生产上所占的地位和明确的阶级利益，已经发展了自己的思想意识；而且今天已经取得了领导地位，领导着全世界被剥削和被压迫的人民——一切资本主义国家，殖民地和半殖民地国家里的工人和农民从事斗争。因此，目前的时代标志了一个新的社会制度——社会主义的诞生。因为资产阶级和地主的阶级利益与阶级势力妨碍了社会向更高的形式和平地发展，因为如果生产与分配的工具仍然掌握在少数剥削者手里，群众便不能生活下去，所以无产阶级革命便成为我们这一时代最迫切的社会需要了。资本主义者在战争中寻求自己的生路，劳苦大众必须在革命中寻求自己的生路。

历史很明显地指示我们：战争的破坏性必然一次比一次厉害，战争所带来的灾难必然一次比一次惨重，战争中间相隔的时间必然一次比一次缩短。但同时战争并不能解决而只能加深资本主义制度的矛盾。随着一次次的战争，革命势力积聚了力量，壮大了自己，更加走近它们最后的胜利。

1870—1871 年的普法战争产生了巴黎公社；1904—1905 年的日俄战争加速了俄国资产阶级民主革命的发展。1914—1918 年的世界大战大大地推进了全世界的革命运动，而且使俄国工农革命获得胜利，奠定了大规模的社会主义建设的基础。

很明显地，以日本帝国主义为首的瓜分中国的运动，将加速整个亚洲、中国和整个资本主义世界的革命势力的发展。

我很想在这里说明我自己对于各种不同形式的战争的态度。战争是一种政治工具，是用以实施一种特定政策的工具。多数的战争是为了要征服土地和民族、占领新的市场以及夺取新的原料来源而发生的。所有这些战争都是反人民的。这些战争给终生勤劳的人民带来无穷的忧患和无比的苦痛。战争如不导向革命，便使工人、农民遭受更深的奴役。这些战争以及战后的“和平条约”往往增加规模更大的新战争危机。因此，以自己全部的力量来反对这样的帝国主义战争，“把战争变成内战以推翻资产阶级”，以摧毁统治阶级的政权，便成为广大群众的任务了。

现在，帝国主义者为了克服那分裂它们日益尖锐化的矛盾，正竭力企图以重新分割中国和发动反苏的干涉战争来取得暂时的妥协。侵略并不从日本对中国的强盗战争开始。远在日本夺取台湾以前，其他帝国主义国家早已控制了中国的一切战略要地，强迫中国人民吸食鸦片，支配中国的财政经济政策，阻碍中国的经济发展并利用中国的军阀和其他反动分子做它们的爪牙，来达到各帝国主义不同的目标。

孙中山谋求中国独立的努力已经被地主和大资产阶级的国民党所破坏。国民党背叛了 1925—1927 年的群众运动，并且自那时起，一贯地采取屠杀工农、敌视苏联、向帝国主义摇尾乞怜的政策。正因为国民党采取了这个政策，才使日本帝国主义能够顺利无阻地侵略中国，夺取东北，深入控制华北，而且现在正野心勃勃地向南窥伺，图谋攫取全中国。

也正是这种政策，鼓励并帮助了英帝国主义者窥伺川西边界。

也正是这种政策，帮助了法帝国主义蓄意侵略云南。也正是这种政策，帮助了美国在中国建立财政和政治霸权，帮助了国际联盟（英国和法国）更进一步实施帝国主义共管中国的恶毒计谋。目前还看不到侵略的终结。这还不过是帝国主义在国民党继续不断的卖国行为的帮助下，从事中国历史上最大规模的掠夺的开始而已。如果人民大众不起来阻止帝国主义列强和它们的国民党傀儡的罪恶行为，中国一定会全部被瓜分，中国人民也将遭受更惨重的奴役。

不仅如此，帝国主义列强将来一定还要以中国人民为牺牲来从事彼此间的相互厮杀。战争将继续不断地发生，而在这些战争中，帝国主义列强将利用中国的人力和物力来实现它们自己的目的。今天，中国东北的人民已经在替日本帝国主义当炮灰了；将来，全中国的人民，在中国军阀、地主和资本家的帮助之下，将被迫给各帝国主义者充当炮灰。

日本帝国主义正在把东北建造成将来反苏战争的根据地。它并且在企图扩大它的根据地，想先控制黄河以北的土地，然后加以占领，再进一步侵略内蒙和蒙古人民共和国，最后征服全中国。至于英帝国主义，它和美国有尖锐的矛盾，和日本帝国主义在亚洲的冲突也在增加，对印度革命怀着畏惧，并对苏联怀抱仇恨；它正在拼命设法组织欧洲帝国主义者的反苏集团，以图延缓帝国主义强盗间不可避免的战争。

这是目前局势的真相。希望从任何帝国主义者或国际联盟那里取得帮助是犯了叛国之罪。希望从国民党的政策中获得生路，简直是愚蠢。国民党今天正在更有意识地、缜密地计划着向日本帝国主义及其他帝国主义做全部的、无条件的投降。国民党的领袖只有一个要求和希望，那就是，希望帝国主义者允许他们继续执掌政权，以便分得一份由蹂躏和榨取中国人民而得来的利益。

只有从人民大众本身才能获得帮助和生路。中国的亿万民众——在工人阶级领导下的广大农民群众，如果联合起来为粮食和土地而与帝国主义及国民党做斗争，那是不可抗拒的。亿万工人和农民已经在进行这个斗争了。广大的苏维埃区域已经在中国存在了许多年，这个事实便是广大的中国人民将走上这同一条道路的希望、诺言和保证。

只有从这些斗争中才能发展出权力和力量，来解放中国，统一中国，驱逐帝国主义，收回东北和其他失地，给中国人民以土地、粮食和自由，并给各个民族以生存、发展的自由。

只有这些斗争，才能把中国从连年战争的无穷苦难与长期资本主义剥削的残暴行为之中解救出来。只有实现无产阶级革命、土地革命与反帝革命，才可以建立使中国将来发展到社会主义的基础。

帝国主义的支持者问我们："你们既然反对帝国主义战争和白色恐怖，那么为什么不反对革命中使用武力呢?"

对于这一个问题，我们可以明白地回答："革命阶级为反抗压迫而使用武力，是完全有理由的。被压迫人民为争取民族解放而使用武力，是完全正确的。在这两种情形之下，武装斗争是必需的，因为反动势力永远不会自动放弃它们的权力。"

帝国主义战争、军阀战争、干涉苏维埃中国或是干涉苏联的战争、对民众的压迫和恐怖行动，这一切都是为了反动的目的。反动的武力只能以革命的武力来对抗。只有在这样的立场上，我们才可以明了目前中国民族革命危机中我们的任务。我们并不是反对一切战争。如果是这样，那我们就会直接受帝国主义者的利用，帮助我们来解除中国人民在目前和将来的斗争中的武装。我们是拥护中国的武装人民反对帝国主义的民族革命战争的。

只有在人民千百万地奋起的时候，中国才能获得解放。法国人民在大革命中反对优势的外国侵略者的斗争，俄罗斯的工农击退一切帝国主义者的联合武力的斗争，这种历史的先例指示了中国人民的出路。

现在有句很流行的问话是："中国被压迫的人民如何能够与这样强大的敌人做斗争而获得胜利呢?"可是，我们祖国的历史不是已经给我们一个回答了吗?北伐战争教导我们：革命的武力远胜于反动的武力，而且能够以寡胜众。中国的工农红军屡次与十倍于自己力量的军队作战，而且取得了胜利。武装不是唯一的决定因素，思想意识也有其作用的。

……①国民党还在削弱我们广大劳动群众的抵抗力。国民党对于群众进行抗日斗争的任何形式的运动，都予以镇压。国民党以最残酷的方法镇压工人、农民、学生以及在它的统治区域里的义勇军。国民党动员了一切可用的武力，来大规模地进攻苏区。国民党和日本帝国主义者商谈秘密条件，将东北和华北奉送给日本，而把其余的中国领土贬为帝国主义的殖民地。国民党向外国乞求援助——金钱、武器和子弹，来和中国的人民作战，因此就更加完全依赖帝国主义者。这不是生路，这是中国民族的死路。

我们在进行着反日反帝的民族革命战争的同时，必须为建立真正的中国人民政府而斗争。这样的政府只能由工人农民自己来组织。中华苏维埃共和国临时中央政府给中国劳动人民指示了出路，苏维埃政府和工农红军愿与任何军队订立军事协定，抵抗日本帝国主义

① 此处略有删节。

（附加的条件是武装人民和给人民以民主权利），这提议指明苏维埃政府准备与帝国主义作战的认真态度。这些呼吁虽然获得了群众和兵士的同情，但至今还没有得到任何有效的响应。这表明各军事单位的长官要不是亲帝的、国民党的工具，便是没有进行真正斗争的勇气。

总而言之，我们反对帝国主义战争，但是我们拥护武装人民的民族革命战争。只有这样的战争才能把中国从帝国主义的统治下解放出来；也只有在民众从国民党统治下解放出来，建立了自己的工农政府之后（像中国有些地方已经做到的），民族革命战争才能胜利完成。

我们坚决反对中国的军阀战争。各派军阀不断地为争夺地盘进行战争。国民党内的各系派不顾民众的利益，不断地为争权夺利而动武。帝国主义各集团利用军阀来扩张自身的利益，并削弱中国。这些战争给中国广大人民和兵士带来了无比深重的灾害。很明显地，这些依附国民党和帝国主义者的中国军阀，必须消灭净尽。

最后，我们对全体中国人民，对劳苦大众还有一个呼吁，呼吁大家在反对日本和其他帝国主义的斗争中，即在争取中国统一、独立和领土完整的斗争中，团结一致！让我们团结起来，向那些背叛国家，把我们的国土一省一省地出卖给帝国主义者的人们做斗争！让我们团结起来，用我们最大的力量来保卫那已经由帝国主义统治和封建剥削的羁绊中解放出来的中国工人和农民，他们现在正受着国民党军队第五次而且是最大规模的进攻。这次的进攻直接受到美国贷与蒋介石政府的五千万美元中一千六百万美元的帮助，受到美国的飞机、炸弹和飞行教练的帮助，受到日、意、美、法的军舰对国民党的全力帮助（如最近的闽变），受到帝国主义各色各样物质的与精神的帮助。

让我们联合起来保卫苏联，反对干涉苏联的战争！让我们在整个远东，尤其在中国，发动一个强有力的运动，反对帝国主义战争。

实行孙中山遗嘱[①]

1937年2月

在这民族生死存亡的关头，国民党三中全会在南京召开，全国人民的眼睛都焦灼地注视着它。中国已经被日本的侵略逼到了忍无可忍的境地，最后牺牲已经不可避免。日本的挑衅已使抗日运动达到了高潮，并且在继续发展中。日本企图占领华北的种种努力是显然失败了，日寇进攻绥远的企图也已经失败，它强迫中国政府接受它的条件也没有成功。中国人民已经立下志愿，下定决心，不再向日本帝国主义让步，而准备收复失地，这在我们民族生活上有着极重大的政治意义。

丧权辱国的对日谈判必须停止！

最不幸的，还有一些政客依然不了解实际形势而害着"恐日"病。他们过高估计日本帝国主义的力量，过低估计中国人民的力量。这种错误的观念是没有根据的。

---

① 本文是宋庆龄在国民党五届三中全会上发表的演讲。

日本不能战胜中国。因为，第一，它在经济和财政两方面都太脆弱，不能做持久的战争。第二，日本人民本身反对战争，日本人民政治活动的高涨，表示他们对于使日本劳动人民增加重担、沦为赤贫的黩武冒险政策是怎样的忧虑和愤懑。第三，日本兵力在数量上处于劣势。最后的，也是具有决定性的因素，就是中国人民本身已决心抗战到底。

如果认为在远东的一般情势如此不利于日本的时候，日本仍能派遣十五至二十师兵力到中国来作战，那就未免荒谬了。日本以这样区区的兵力，永远没有希望达到它的目的，而事实上日本的工业与后备兵力都不容许它派遣更多的兵力。这小量的兵力分散在中国广大的国土上，不难被数量上占优势并为自己的生命与国家而作战的中国士兵所粉碎。中国的士兵已经从侵略者手中拯救了绥远，他们一定也会拯救全中国。

胜利将属于谁是毫无疑问的！只要政府能够执行先总理孙中山遗嘱！他在逝世前曾昭示我们，只有忠实执行他的三大政策，才可以救中国。改善人民的生活是任何中国政府的主要任务。几年来，铁道和公路建设虽然有一些进展，但人民的生活状况依然没有改进。乡村中是一片贫困、疾苦和灾难的景象。我们的农民仍受尚未废除的封建残余势力的搜刮，以及苛捐杂税的痛苦。我们千万不能忘记，农民是中国经济的骨干。城市中的失业问题正影响着劳苦大众，不仅工人的处境十分凄惨，青年知识分子也找不到工作。我们中国的青年虽然受了中等或大学教育，仍不免踯躅街头，得不到运用他们的知识的出路。

解决这个问题的唯一办法，在于促进我国的农村建设和工业化。

为要进行这项工作，必须遵循先总理遗教。政府必须解除对群众运动的钳制，发扬群众对建设的主动性和热情。只有这样，民主主义才能实现。我们决不能忘记，先总理常常教训我们，发动群众运动是一切工作获得成功的基本条件。只有依照孙中山的遗嘱与遗训，国家建设和农村改进工作才能以高速度向前迈进。实际上，要群众行动起来，政府必须结束训政时期，尽速召开国民会议，吸收有才能的人，不论他是什么党派，到政府中来。国民会议能否完成它的任务，全靠一种群众真能参加的选举制度。

为了便利选举，政府应立即废除新闻出版检查，实行集会、结社、言论的自由，释放一切政治犯，而且把先总理遗嘱中的民主政府真正变为事实。令人万分遗憾的是，直到今天，政府中仍有个别人士不了解救国必先结束内战的道理。在今天居然还可以听到“抗日必先剿共”的老调，这是多么荒谬！我们要先打断一只手臂之后再去抗日吗？我们已经有了十年的内战经验。在这期间，国力都耗费在内争上面。日本军阀将我们的土地一块块地割去，使我们的国家受到蹂躏。

每一个中国爱国志士现在都庆幸政府在这些痛苦经验之后已开始了解，救国必须停止内争，而且必须运用包括共产党在内的全部力量，以保卫中国国家的完整。中国人不应当打中国人，这是不言而喻的。中国的人民都不愿打自己的兄弟，他们知道这是违背民族利益的。一切内争是可以并且应当和平友好地解决。内战必须不再发生。和平统一必须实现。我们必须赶快建立反抗外来侵略的中国国防。

虽然救中国必须依靠中国人民自己，但是先总理曾指示我们，不要使我们自己在世界上处于孤立的地位，而要与以平等待我的民族合作。全世界都同情中国的抗日斗争，政府的任务是以最有效的方法去利用这种同情。我在这里所说的，并没有什么新东西，不过是已经去世的总理给我们的指示。我坚决相信如果政府能忠实地遵奉孙中山的遗嘱，并采取有效的步骤来执行他的三大基本政策，中国就能很快地从内部的骚乱与苦难中解脱出来，并且能获得全世界极大的尊敬。

中国走向民主的途中[①]

1937 年 10 月

中国已发动抗战，抗拒惨无人道的侵略者，我们的非战斗员惨遭屠杀，对这种不仅威胁中国且威胁全世界文明的公敌，谁还能保持消极态度？所谓日本开明的首相，竟说“日本的唯一方法是鞭挞中国，使之屈膝，使之不再有战斗的精神”。日本其他外交家亦诡辩着，他们所要求的只是中国应充分了解他们的“合作”建议，抗日思想应排除尽净。他们的野蛮行为，应该由我们解释为奉天承命的神圣事迹。这是怎样荒诞的事！目前日本虽仅威胁中国，但谁能保证到了某种时候，不会从行动上危害其他民族呢？

几十年来，日本帝国主义不断侵略中国，攫取我们的土地，最近六年来，日本的侵略现已发展为进攻华北、上海，达到中国生死存亡的最后关头。可是《白利安凯洛非战公约》和《九国公约》签字国，却坐视条约被签字国之一的日本撕毁，不加阻止。被日本军

① 本文是宋庆龄在上海为动员抗日发表的演讲。

阀认为“圣经”的田中奏折，是日本征服全亚洲的既定计划，世人对这一点，是否还需要我们来提醒？中国为什么贫弱？日本为什么能在中国领土内横行？扼要说来，十几年来，中国的虚弱无力，是由于内部的摩擦与自相残杀所致。日本想更进一步地侵略，可是它失败了。中国人民以勇武的决心与血肉之躯，抵抗侵略者的飞机大炮，不管日本军阀是怎样的疯狂，必定在我们的领土上遭遇灭亡，中国人都准备以最后牺牲，来保卫祖国。

过去三年中，反日运动的力量大增，内战早已终止了，一切内部的摩擦已消除，势不两立的蒋委员长与朱德将军也已言归于好。这次日本的新进攻，竟成了结合全中国一切资源和力量以抵抗暴敌的媒介。

如果必要，我们自然当以自己的力量来抗拒侵略者，可是我们已听到全世界的同情之声，因之庆幸我们并不孤立。我深信美国对我国争取自由独立的奋斗，必然同情。我们的抗争，不单是为了自己，也是为了爱护自由民主的人们。

你们自发地愿意抵制一切日货，这对于我们还有许多迫切的要求，请你们不要让任何一只船从美国开往日本去，因为日本可以把你们的出产物改造，来对付我们。金钱上的帮助对我们固然重要，但更重要的是请你们源源不断地输送军火来充实我们的军队。美国是用不着参加战争来毁灭这远东的法西斯威胁的。罗斯福总统的演词说出了全世界对国际恶棍的暴行都加以谴责，请你们拥护他的演说，使他的话能够见诸行动，趁残酷的火焰尚未延烧到全世界之前将它扑灭。我吁请美国人士起来领导这个神圣的十字军！

孙中山与中国的民主[①]

1944 年 3 月

十九年前，孙中山在他那以后成为中国进步史上基本政治文献之一的遗嘱中写道："余致力国民革命凡四十年，其目的在求中国之自由平等。积四十年之经验，深知欲达到此目的，必须唤起民众及联合世界上以平等待我之民族，共同奋斗。现在革命尚未成功。……最近主张开国民会议及废除不平等条约，尤须于最短期间，促其实现。"

这个文献的原则在今天具有什么意义呢？我们要了解它的意义，首先必须了解民族或国家间的"自由"和"平等"的联系；"唤起民众"和"联合世界上以平等待我之民族，共同奋斗"的联系。不平等条约的废除（这是我们的抗日斗争的结果）与国内民主会议的召开（这到目前为止尚未举行）联系在一起，说明了同一个重要思想：只有当国际民主实现之后，世界上才会有巩固的和平。今天我

① 本文是宋庆龄在美国纪念中山先生的广播演说。

们虽然在行动上不是大家都做到，但在言论上大家都承认这一点。“国际民主”的意义就是一方面国家之间是平等的，同时每一个国家内部也有一个建立在人民的利益与自由表达意志的基础上的政府。当孙中山必须用几句话来总结他一生为中国人民的最大需要而奋斗的思想与经验时，他首先提出了这两件事。

大家都知道，中国人民这次战争的目标正是孙中山一生的目标——争取充分的民族平等。中国被满清统治了约三百年。在过去的一世纪中，中国变成了列强的半殖民地，并几乎成为朝鲜第二。今天，我们的沦陷区是十足的殖民地，而我国其他地区则在不同的程度上正在从半殖民地转变成为完全的民族自由的地区。作为一个民族，我们必须而且一定要摆脱一切对外的屈从和依赖。但这绝不是说，中国人民现在或者将来是排外的，或者他们会有一天忘却孙中山的遗训——联合目标相同的朋友，联合真正的朋友，无论是国家、群众运动还是个人。因为这个遗训指出了中国人民的真正需要。所有的民族革命都曾得到世界各地进步思想行动的支持。美国的革命在英国人民中间有它的朋友，同时它本身又影响了法国的革命。我们推翻满清的运动深深受到美国的革命传统的影响，而我们反对军阀、争取人民政权、争取真正民族平等的运动，则又受到苏联的革命的鼓舞与支援。孙中山在反对满清和帝国主义侵略的斗争中，决不会认为国外朋友对于我们人民的运动的支持是有损国家主权的一种干涉行为。今天我们人民也不会那样想。对于像美国的孤立主义和压制印度独立之类的现象，我们认为有权加以批评，同时我们也承认别人有权分析我们国家中的情势并提出批评。

有人批评我们有依赖外国的倾向。我要指出，固然所有中国爱国人士都认为我们的抗日军队应该得到一切可能的援助，但是，只有那些采取观望态度，不积极参加我们民族斗争的中国人才会对人民缺乏信心，以致哭哭啼啼表示说，倘使明天外援不来，后天我们就会垮台了。为我们的国家和为我们的前途而战斗的人是要求援助的，可是，他们为之而做了这样多牺牲的目标是不受任何条件的影响的。

打倒帝国主义，促进民族解放[①]

1949 年 7 月

在中国历史上，帝国主义的侵略是一个屡见不鲜的事件。“七七”便标记着中国人民所遭受的侵略之一。但“七七”却又是一个具有特别意义的日子。因为 1937 年日本军阀对我们生命财产的血腥的侵犯，也改变了那一时期的整个国际阵线的面目。我相信，每一个在这儿的人，都会记得，日本军阀曾经怎样夸口说：中国军队不能抵抗三个月。然而每一个人却也知道，尽管敌人疯狂地轰炸和海军用大炮来掩护进攻，只是在上海，我们就曾经和敌人战斗了三个月。保卫未曾设防的上海，怎样会可能呢？对于这一问题的回答是：为了保卫我们的民族独立，每一个爱国的中国人民曾经准备了牺牲，这便形成了一个警告。必须承认，这一警告的重大意义正逐渐地加强，因为中国人民在今天已经处在一种更其不可征服的地位。在我们悠久的历史上，我们第一次有了真正的人民的军队，在他们的后

① 本文是宋庆龄在上海各界纪念“七七”大会上发表的讲话。

面是我们全体人民的力量。此外，我们为了民族独立与自由所进行的英勇斗争和取得的胜利，已经动摇了帝国主义者在中国、在亚洲统治的基础，他们的势力正在崩溃中。因此，我们向全国企图阻止我们巨大的民主浪潮的帝国主义者提出严重警告，我们向虚妄地制造国际战争烟幕并且威胁人民民主力量的和平愿望的反动派提出严重警告：滚开吧！否则你们将同归于尽。在今年“七七”，我们中国人民很有自信地瞻望我们国家的一个光荣的未来，在那时，人民的民族主义、民权主义和民生主义将要一并辉煌地实现。我们也预见了我们伟大的人民和伟大的国家幸福。中国人民民主共和国万岁！

蔡和森

(1895—1931)

生平简介

蔡和森（1895—1931），字润寰，又名和仙、泽膺、林彬，湖南省双峰县永丰镇人。中国共产党早期领导人之一。1913 年考入湖南铁路专门学校，不久转到湖南省立第一师范学校学习，在校内以才学出众著称。1918 年 4 月参与组织新民学会。1919 年偕母亲、妹妹蔡畅与女友向警予前往法国，在巴黎参与组织勤工俭学励进会。1921 年底回国，在上海经陈独秀等介绍加入中国共产党，并于次年中国共产党第二次全国代表大会上当选中央委员。他长期主办中共机关刊物《向导》。此后还担任过中共第三、四、五、六届中央委员，第五、六届中央政治局委员、常委等要职。1925 年作为中共驻共产国际代表团团长赴莫斯科。1927 年回国任中央宣传部长。在大革命失败的紧要关头，他支持毛泽东的意见，主张独立展开武装斗争。1928 年因病赴莫斯科治疗。1931 年回到上海支援中共广东省委，后前往香港。同年 6 月 10 日出席香港海员会议，被叛徒顾顺章等便衣特务逮捕，随即由港英当局引渡给广东军阀。是年 8 月 4 日在广州英勇就义，时年三十六岁。

革命的根本问题[①]

1927 年 4 月

此次回湘所见所闻，较三年以前之湖南不同，现在的湖南已注意到社会革命基础，这是各位同志努力所致。兄弟对于各位革命领袖，非常表示敬礼。现在革命发展，第一当注重的是农运问题；农运是整个革命根本问题。就历史言，中国历代政变，无不是由农民问题发生，如秦，如元，如明之灭亡，均是农民问题之影响。前清如太平天国，如义和团，均是农民运动之表现。谁能解决农民问题，谁即可以得天下。现在农民问题，较秦以来尤为重要。国民革命如不将此根本问题解决，证之历史，可断定不能成功。贵党中央执委会及湖南省政府、省党部对于农民问题已经制定出许多政策，不过实行起来，在贵党及整个革命运动中将起分化，因右派分子、资产阶级、地主，惧怕农运，心存破坏，此时若恐分化，即停止农运进行，与右派妥协。相信左派的革命领袖决不牺牲农民利益，而与右

① 本文是蔡和森在国民党湖南省党部欢迎会上发表的演讲。

派妥协；因妥协即无异宣布全部政治的死刑。第二当注重者，革命的社会基础。全民革命是一种理论，革命必于全社会中找到一个基础，对于各方，自不能面面俱到。现在革命的社会基础有两方面：一、农民，二、资产者。国民党保护资产者抑保护农民，这个路的分歧，关系革命的成败。孙总理、廖仲恺、汪精卫各领袖均重农运；右派分子如蒋介石辈注重资产阶级。农民阶级与资产阶级时有斗争，革命愈进展，斗争愈剧烈。贵党左派领袖，应当注意这革命基础。唯有占全国人民百分八十以上的农民是革命的中心军队。第三当注意同盟军。革命基础改建筑在农民上面，究以何种力量为同盟军队，此亦有二：一为资产阶级，一为工人阶级。右派代表资产阶级，左派应选择工人阶级；因工人方是真正的同盟军，资产阶级是压迫工农的，不能领导革命。第四注重者为革命武装问题。现在受国民政府指挥之军队在四十军以上，目下军事虽然胜利，但军队非完全的武装基础，因军事领袖随时有向后转之可能，彼可携带武装加入，也可携带武装遁逃，辛亥往事，可为殷鉴。根本问题在武装农民起来。武汉政治会议与湖南省政府、省党部已筹备农民武装，希望中央委员会与湖南省党部在总理主张下充分使农民得到武装，革命基础方不致动摇。第五应注重的是革命中的经济问题。革命不仅使政治变化，且要使经济变化；不仅俄国社会革命须使经济变化，即民主政治亦须注重此问题。法国革命，除改革政治后，亦推翻大地主与没收反革命财产，民主革命方能成功。现在革命不仅在打倒军阀与土豪劣绅，起政治上之变化；经济方面，如第一点所说之农民问题，即土地问题，亦即吃饭问题，生活不能解决，革命断难成功。解决经济问题，即是解决农民土地问题。20 世纪为世界革命时期，即苏俄社会革命时期。我们的民生主义，当然不能采私人资本方法，这无须多说。又财政问题亦为革命根本问题之一，现在财政成为最普遍、最困难问题，财政问题不是仅言整理可以解决。广东财政整理后每月收入增至一千余万，不过开源节流、洁除积弊之技术问题。财政为革命基础，法国革命，国家没收僧侣及外人财产并收殷户捐与发公债，因此法国革命全国农民均踊跃参加，因财有来源，非取于苛捐杂税之故。此次中央会议及湖南新政纲虽有决定，尚属萌芽，希望全国领袖对于财政政策具体规定，不仅消极地清源节流，并须筹备大宗的收入，又不加重一般人民的负担，以为革命基础。又理论问题，亦当注重。左派分子认为中国革命或湖南已经成功，其实尚在开始时期，左派分子要达到三民主义，发展工农运动，右派即谓为破坏革命，不知农民要求减租，工人要求增加工资，是无办法中之办法。右派理论谓国民革命不是社会革命，是三民主义的革命；工农运动是共产党做的，非三民主义之所应做的。如此立论，将三民主义与共产主义分而为二，以为要三民主义成功，即须打倒共产主义；打倒共产主义，即须破坏农工运动。不知要国民革命成功，须扶助农工，基础方能巩固；要扶助农工，即须与共产党合作。且三民主义之民生主义，其结果即是共产主义。如须包括资本主义，应为四民主义。如谓三民主义与共产主义不同，则须除去民生主义，应为二民主义。希望各同志拥护总理遗下三民主义，尤其是民生主义，以纠正右派理论。观于总理与列宁可以合作，可以断定三民主义与共产主义，不仅现在即将来亦可合作。

胡愈之

(1896—1986)

生平简介

胡愈之（1896—1986），原名学愚，字子如，绍兴上虞丰惠镇人。社会活动家、学者、出版家。1915 年起任《东方杂志》编辑，并发表著评文章。1919 年在上海参加声援五四运动的斗争。1925 年五卅运动中，编辑出版《公理日报》，报道运动的起因与发展过程。1927 年“四一二”反革命政变后在《商报》上发表对国民党当局的抗议信。后被迫流亡法国，入巴黎大学国际法学院学习。1931 年起先后主持《生活周刊》《东方杂志》《世界知识》《妇女杂志》等刊物。1936 年协助邹韬奋在香港创办《生活日报》。抗日战争全面爆发后，任上海文化界救亡协会国际宣传委员会主任，主持出版《团结》《上海人报》《译报》等报刊。1938 年组织编译出版了 E. 斯诺的《西行漫记》，并首次编辑出版了《鲁迅全集》。是年在武汉主编《国民公论》半月刊，并于次年迁桂林出版。1940 年赴新加坡帮助陈嘉庚办《南洋商报》，后流亡苏门答腊。抗战胜利后，在新加坡创办《南侨日报》《风下》《新妇女》等报刊。新中国成立后，历任《光明日报》总编辑、国家出版总署署长、全国人大常委会副委员长和政协全国委员会副主席。1986 年 1 月 16 日在北京去世。

学习鲁迅[①]

1940 年 11 月

这是我参加鲁迅先生年祭的第四次，每次都在不同的地方和不同的环境下举行。第一次在上海，正值“八一三”后的上海激烈战火中，在这样兴奋紧张的环境下，情绪最是激动；第二次是在武汉，那时距武汉失守已只五天，在危急中纪念鲁迅先生更有意义；第三次是去年，大后方的重镇桂林，情绪也很昂然；今天是第四次，很巧的是在战火圈外的香港，这是我所想不到的。

我每次参加鲁迅先生的纪念，就会想到鲁迅先生，想到我们的国家，想到我们民族的抗战。我想，假定鲁迅先生还活着，则他会作何感想？他将做些什么呢？我们知道，鲁迅先生不是躲在象牙之塔里的文艺作家，是从来未离开现实，倘若还在，他的笔一定不停地在写，但他将写什么呢？这是值得我们研究的。今天我们虽不能叫鲁迅先生起来讲话，但把他的作品，他所告诉我们的对目前的国

---

① 本文是胡愈之在香港鲁迅逝世四周年纪念会上的讲话。

家以及在我们的自身做一番检讨，是很有意义的。

我们都承认鲁迅先生是“民族魂”。为什么呢？因为他的作品，可以代表今日中国的痛苦文学，对中国今日的痛苦及未来的前途，知道得最清楚，在逝世四年后的今日，由于血的经验格外地感觉到鲁迅先生的话，更实际，更清楚，所以我们今天可以把种种事实，拿来做一番检讨。

今天的情形和鲁迅先生死时已大有不同，鲁迅先生不断指出中国有光明的前途，他从来没有悲观失望过。今天的中国，我们看出，是比鲁迅先生死前更光明了，四年来中国有了很大的进步。十三年前，鲁迅先生来过香港，在青年会演讲，题目是“无声的中国”，虽然内容是偏在文字方面的讨论，但他指出当时中国的伟大力量，尚未发出它的声音，那时中国还是一个“无声的中国”。今天不同了，中国的伟大力量已发出了巨大的声音，数千百万的中国人民已参加了对日本帝国主义的斗争，在西北，在东南，在一切敌人进攻的地区，人民已荷枪起来抗战，一切都已在进步中，这进步是在一天天增长，中国是已发出巨大的声音了。

但是今天我们不必再谈“抗战必胜”“建国必成”，这已是人所共知、共识、共信的事，主要在检讨我们当前的实况和任务。鲁迅先生曾经说过，月亮只有一面对着太阳，所以我们只能见到光明的一面，我们若是要认识现实，就须把黑暗的一面指出来。我们要学习鲁迅先生这种指破黑暗和不自欺欺人的批判精神，以求走上更光明的道路。

假若我们像鲁迅先生这样来检讨，一则不能不承认今天还存在着很多缺点，这些缺点鲁迅先生早已看出，而我们当时还没有看到。鲁迅先生对青年指出三点，第一要“生存”不能被消灭，第二要

“温饱”不能在饥饿中，第三要“自由发展”，一切生命，只有当它的活力能自由发展，才有希望。但他又指出：“生存”不是“苟活”，“温饱”不是“奢侈”，并且“发展”不是“放纵”，所以鲁迅先生教给我们的是：“生存”、“温饱”和“发展”，而不是“苟活”、“奢侈”和“放纵”。

抗战三年多，中国的人民大都已认识了鲁迅先生的教导，为什么要抗战，是为了“生存”“温饱”“发展”。今天有很多的地区，尤其是最近敌人的区域，进步很大，尽管很多地方，尤其后方，更甚的在远离前线的后方，还很少进步，这是不可否认的。抗日战争是为了民众求生存，则其意义就很大，若抗战的原因，只是为了不能不暂时抗一下，企望等英美和日本开仗了，就不用再斗争，静待英美胜利后，就可以靠他人之力而得到胜利。这种心理，就是苟活的心理，我们若存有此种思想，那国家民族前途无望了。但今天不能说在后方已无这种苟安思想，自然，像卖国投敌之流，已脱离抗战阵营了，但仍有若干分子不愿斗争到底，想用种种方法，使抗战停止，就是做顺民也可以。鲁迅先生说：我们没有第三条路，若要不失自由，就要冒危险。十三年前鲁迅先生在香港演讲中说“坐监狱最安全，但就是没有自由”，今日这些不想冒险而图苟安的分子，与宁愿坐监狱的无异。

还有一种人想：在抗战中不用改善民生，前线将士和很多民众没有饭吃，也可以不管。这很不对，鲁迅先生曾说过：自由与温饱是不能分开的。

今天不仅要抗战，而且要建国，建一个三民主义共和国，以求民族的自由发展。但今天离开这真民主还远得很，鲁迅先生说：要民族有希望，就要老百姓能自由发展、自由地活，那么真民主总可以得到。

根据我三年来的感想，若鲁迅先生今天还活着，必定天天用笔揭发今日的黑暗，只有充分地把黑暗揭发，加以改善，中国才有光明的前途。

今天纪念鲁迅先生，觉得很惭愧，他教我们者多，而我们学得者少。今天到会的都是知识分子，知识分子在目前的责任很大，然而我们是做得很不够。

鲁迅先生也告诉我们，如何把我们自己联合起来，这个教导，我们学习了多少，担任文化工作的朋友，也要做一番检讨。

鲁迅先生说：救中国只要一个方法就够了，就是将一个老法子颠倒过来。过去中国人是欺软怕硬，见到对方是猛兽，那自己就变作绵羊；见到对方是绵羊，那自己就变成一头猛兽，要把对方吞吃下去。现在就把这个法子倒过来，就是看到对方是猛兽，则我们也变成猛兽；对方是绵羊，则我们也变成绵羊。这是一种救中国的好战略，很多人都没有接受鲁迅先生这个教训，看到对方可欺就欺一下，见到对方凶猛则打拱作揖。这种劣根性，在今日的文化界中，也仍多少地存在着。

鲁迅先生又告诉我们说：我们要有韧性，不管怎样，要硬到底，尽管自己力量小，也要干下去。鲁迅先生说，运动会中看赛跑，最可佩服的是跑得慢、落在后面的赛跑员，而他还是坚持着跑到底，在旁边的人，有的要笑他，但也有人严肃不笑，因为这种自知力不达而坚持跑到底的精神是最可佩、最可敬的。我们与敌人的比较，在军事及内部组织上，都不及敌人，但只要不停，终有走到目的地的一天，若是半路退下来，则永远无达到目的的希望了。

鲁迅先生说中国是个古国，这个古国为什么不行，是因为传下来的东西太多了，古董装满了头脑，于是使头脑硬化，不能适应新环境。硬化的另一种结果，是饱知人情世故。在硬化的社会中，可以妄作妄为，无人敢干涉。但妄作妄为的人又分为两种，一种是想做事，但不知要怎样做，所以妄作妄为起来。目前若干人有救国之心，但不知从何做起，这种人我们需要帮助他。反之，另一种妄作妄为的人，则完全是荒淫无耻，不可救药，这种人若也拉在一道，则是促使崩溃的到来。

目前我们要教育落后分子，教育落后分子的方法，有一个譬喻：如牵驴子过河，它走了两三步，看见前面大水，它一定要往后退回去。但是我们只要用力再拉几步，拉到了河中心，则它就不会再退回，因为它觉得前后都一样是大水，它就只好前进了。鲁迅先生曾说，勿忘记争取落后分子，至于无可救药，明知不对而要妄作妄为的分子，则无理可讲，对它须用“酸性剂而且须用强酸剂”。

鲁迅先生有时写了二三十篇文章骂一个人，直到十年以后，还在骂着一个人。所以有人说鲁迅先生会骂人。这种说法是不对的，因为鲁迅先生所骂的这一个人，是代表某种类型的一个形象，他骂的是某甲，但是某乙、某丙听到就会面红耳赤，因为他把这一个类型的标本一层层地剥开来连心肝五脏完全暴露了，这是最高的文艺手法，也是斗争中最锋利的武器。

我们在颓丧迷惘的时候，读鲁迅先生的文章，它可以给我们力量。我们在不知不觉之中时常流露出惰性，这最好是去读读鲁迅先生的文章，可以洗清头脑。

今日的中国正处在严重的阶段，帝国主义战争正扩大到远东，使中国的内政外交在改变中，中华民族一定可以得到解放，这是无问题的。但达到这个目的的日子，是不是还要很长？曲折的路是不是可以缩短一些，提早一些？这是我们的事情了。作家所以今天在鲁迅先生遗像面前检讨，应该老实承认做得不够，要继续学习鲁迅先生，继续努力。

叶　挺
(1896—1946)

生平简介

叶挺（1896—1946），原名叶为询，字希夷，生于广东省惠州市惠阳区周田村。新四军重要领导者之一，军事家、政治家。先后毕业于武昌陆军第二预备学校和保定陆军军官学校。1919年初在粤军中任支队副官，同年加入中国国民党。1921年任孙中山陆海军大元帅府警卫团第二营营长。1922年6月粤军总司令陈炯明叛变时奉命守卫总统府前院，掩护孙夫人宋庆龄脱险。1924年赴苏联学习，同年12月加入中国共产党。1925年9月回国任国民革命军第四军（粤军）参谋处处长，旋即参加讨伐军阀陈炯明的第二次东征战役。不久奉命转往肇庆，参与组建以共产党员为骨干的第四军独立团，任团长。南昌起义时出任前敌总指挥，广州起义时任起义军工农红军总司令，抗日战争中又出任新四军军长，皖南事变中被国民党扣押，拒绝蒋介石的威逼利诱，写出了著名的《囚歌》以明志。抗战胜利后获救出狱，后被中国共产党重新接纳为党员。1946年4月8日在从重庆返回延安途中，因飞机失事不幸遇难。1988年被中央军委确定为三十六位开国军事家之一。1989年11月经中央军委确定，被授予“中国人民解放军军事家”的称号。

纪念新四军成立三周年

1940 年 10 月 12 日

三年前，刚在南京快要失守的时候，那时国内团结有很大的进步，西北的人民抗日红军已改编为国民革命军之一部的第八路军，继此之后，在东南各省的红军游击队，也受命集合，改编为新四军。虽然，中间还不无许多折冲、周旋、别扭，但是依赖共产党中央的诚恳的决定的意见与提示，和八个省区的分散的游击部队之忠实于中共与中共的统一战线的政策，特别项英同志，起领导的决定的作用。所以，我明知道有很多困难，而为了促进团结，想对于国内团结与抗战，尽我自己的力量，我接受了我现在的职务。

汉口成立军部，军部移到南昌，再移岩寺，江南各省部队在岩寺的集中，在岩寺的点验和训练，江北部队由鄂豫边的出发，江南部队之进入苏南与皖南的敌后地区，以及江北部队之进入淮河敌后地区，从事于敌后的游击战，一直到现在，我们已整整打了两年多，大小一千二百六十五战，基本上完成了变敌人后方为前线的光荣任务。整个的三年时间，是匆匆过去了。时间是很快的，但我们没有白白过去。

大家知道这三年当中，别扭，误会，摩擦，是不断地在政治上、军事上来烦扰我们；饷款不济、军食不足、军装不备、弹药不充、枪械不补，是在军需上克制我们。我们却不把这些放在心头，大家只有一个志愿，打日本，救中国，即是“抗战”和“建国”，任劳任怨，埋头苦干，这在军事上取得了胜利，在军队建设上，打下了相当的根基，都不能不说是我们大家光明磊落的民族意识的表现。因为，大家都了解到国难严重的今日，我们不是争地位、争待遇的时候，不管怎样困难，我们也要抗战到胜利，这是每个中国人民的责任，更加是每个共产党员的责任。谁也不曾存过这样的念头，说是我们是被谁雇用在这里抗战的，雇用来抗战的，或拿多少钱抗多少战。没有这回事，我们根本没有这个念头，我们是拿得顶少，但我们愿抗得顶多，问心无愧，我们对得起民族，对得起国家，对得起千百代的祖宗，也对得起自己。

当然，我们还是要说，我们离胜利的时候还有相当距离，且我们的抗战已走过了一段艰难困苦的路程，摆在前面的，还要更艰难困苦，但是我们不怕它，我们还得坚决地勇敢地踏上去。即拿我们部队本身来说，也是这个同样的情形，要求大家把更大的勇气来冲破、来克服这些艰苦。米贵，就吃杂粮；没有新服装，就穿得破一点；没有子弹，就节省，做到一颗子弹打一个敌人，发扬白刃战斗。问题不在这里，我深知道我们三年来的胜利不是由于给养好，军需足，械弹多，而主要是由于我们执行了统一战线的政策，实行了“抗战建国纲领”，做到了军民合作，做到了官兵一致。同时，我也深知道我们三年来的胜利不是可以幸致的，就是在给养贫乏、军需穷困、械弹劣少的条件底下，依靠我们大家的艰苦奋斗的精神，忍受这些艰苦，克服这些困难，才能得到的。

因此，我以为过去的三年，值得我们前后方的指挥员、战斗员及一切工作人员，深自省察。今后，我们要继续发扬我们之所以取得胜利的原因，就是正确执行统一战线，坚决实行“抗战建国纲领”，完全做到军民合作，完全做到官兵一致。我们做了三年了，不，我们做了十几年了，我们还要一贯地做下去，做得更好。只要这样，就能够克服任何困难，就能够补偿任何我们的客观穷乏。

在纪念本军成立三周年的今天，我愿意这样提出来，作为我们今后大家共同努力的目标。

史 良
(1900—1985)

生平简介

史良（1900—1985），别名存初，生于江苏省常州市。法律家、政治家、社会运动家、女权运动先驱，中华人民共和国司法部首任部长。1919 年参加五四运动，曾任常州市学生会副会长。1923 年考入上海法政大学，不久又转入上海法科大学。1927 年毕业后任南京政工人员养成所指导员。1931 年开办了属于自己的律师事务所，很快便跻身于上海滩的名律师行业，其间依靠自己的力量在法庭上营救了大批重要的社会进步人士。九一八事变后，发起组织上海妇女界救国会，被选为理事。1936 年任全国各界救国联合会常务委员。因积极参加与领导抗日救亡运动被国民党政府逮捕入狱，为历史上著名的“七君子”之一。1942 年加入中国民主政团同盟（1944 年更名为中国民主同盟），后历任民盟第一届中央常委、副主席，第二、三届中央副主席。曾参与制定《中华人民共和国婚姻法》，废除了包办强迫、男尊女卑等封建主义婚姻制度。1979 年 10 月当选为民盟第四届中央主席。曾担任全国妇联副主席、全国人大常委会副委员长、政协全国委员会副主席等职。在担任民盟第五届中央主席期间，于 1985 年 9 月 6 日在北京病逝，享年八十五岁。

妇女与民主

1945 年 3 月 8 日

今天是世界妇女争取自由平等的纪念日。我很高兴在目前这种环境中，竟能在这样一种场合来和大家说话。

说起民主两字似乎很简单，好像就是叫老百姓做主人，其实并不就是这样简单。民主是做人的道理，是人类共同生活的方法，也可说是人生哲学。民主的意义不单包含政治民主、经济民主，它的基本意义，就是“我是人，大家是人，我尊重自己意见，也尊重别人意见”。同时我们在任何场合中，可以看见对不民主的反抗。比如主人打当差，当差反对时就说：“你不当我人！”“我也是人么！”

人有本身的价值，本身的人格，这也就是人所以是万物之灵的原因。不能说“我有人格，而人家没有人格”，而应是“我有人格，人家也有人格”，不能勉强别人与我一样，这样才算是民主。民主一方面是民主政治内容，也唯有民主才是真正政治的精神。因为政治上派别各有不同，有在朝的、在野的，专制独裁的只顾在朝，不顾在野；民主的不但顾在朝的，也顾到在野的。政治是应该有道德的，但只有民主才有政治道德。民主不分你不分我，只有正义、公理，态度是大方公正坦白的。……

我们为什么要民主？我们要民主绝不是因为世界潮流走向民主，或是因为人家压迫我们要民主，我们才要民主，而是我们本身的环境必须要民主，不民主很危险，非民主不可，是出于自己的需要。

同时民主也绝不是可以照人家的抄抄的，一定要大家依自己需要，大家来决定，依事实一步步地做，才是真民主。

我们光空空说民主是不够的，不但制度和机构要改成民主，主要的还在于我们能不能运用，光有民主的制度、机构，不能运用是没有用的。这就好比有一个人老是不守时，他的朋友送他一只表，希望他利用这表而能守时刻，但这人老脾气不改，并不用来看时刻，却只当装饰品，非但如此，还用来囤积，好等待高价卖出去。表是被动的东西，只有自己守时，表才有作用。同样民主就如戴表，如不能运用，就成为空名，有名无实，仍然不是真正的民主。民主政府内有议会，人民有立法权、监察权、创制权、复决权，不能运用，也就成为歌功颂德的假民主。所以一定要照实去做。怎样做呢？我们知识妇女先要训练自己，我们要学习运用，使本身实行民主。我们中华民国的政治体系是民主的，但三十多年来，真正实行了民主吗？这责任不只是政府的，也要怪自己为什么不争取，对贪官污吏为什么不提出反抗。就是今天，有些地方不准妇女开三八节纪念会，为什么不起来争取？

一个人的意识习惯，不是说一句话就能改的，一定要在日常生活中去改，要不断地检查自己，要尊重别人，同时也要在法律范围内去积极争取。

我们对于每一件事都要抱积极的争取态度：对某一件事如果政

府做得不够，我们应该出来协助；发生了一件重要的事情，看别人做得够不够，做得对不对，再想自己能不能做，自己做时应怎样做法，或去做些什么。这都是一种练习，我们对每一件事都可根据事实、理由去解决，不分公私，不看人，只有以事实、证据、正义做一切标准，这才是真正的民主精神。

……

现在要讲到妇女与民主。我们刚才说过，民主是“我是人，大家是人”。我们妇女说：“我们女人也是人。”妇女要民主可说是对不民主的反抗。我们中国妇女是不是真正站在人的立场呢？我们都是没有过真正人的立场的过来人，身受的痛苦自己知道。我做律师，在我最近三年来处理的三百三十二件案子中，和妇女有关的有一百七十一件，竟占百分之五十以上。这里有关财产的不到十件，大都是婚姻问题，其中除两件是男子来请我之外，一百六十九件都是女子来请我的。这些案子中都是因为男子原有妻，而另又在外接了一个。最近还发生一件事，有一个名人的太太，在学校读书，有人说她另有朋友，于是，就给她的丈夫打死了。这都是说明，女人还是男子的私有财产，可以任他们的喜怒随意处置。在座的各位固然都是妇女中的佼佼者，可是你到机关中去，是不是会把你们和男子一样看待？任何场合男子可以袒胸赤臂，如果女子也这样，就会被视为妨害风化！

我们现在不能再做驯羊，我们是人，有人的人格。我们要民主，固然不用着急；可是对于民主，各人态度不同，有些人同情民主，赞成民主，这固然比反对好，但是不够的。我们一定要积极争取，要加倍努力，我们妇女要踏上世界人的立场，中国社会人的立场。

我们现在要求于姐妹们的是什么呢？第一，要真正争取到每人天赋的自由、人的应有的权利，这要在任何环境中，不断地争取，看见不对的，要求改正。我们要尊重自己，也尊重别人。第二，我们对于根本不站在争取男女平等立场，而高扯妇女运动旗帜做点缀，把妇运当吃饭工具，样样要拉来自己做，可是包而不办，这种不给我们妇女站在人的立场的所谓妇女代表，我们要一概打倒！

我们要争取真正的民主，不要做国家的奴隶。我们要把国家造成乐园，不要让国家成为自己的牢监！

张闻天
(1900—1976)

生平简介

张闻天（1900—1976），原名应皋（也作荫皋），曾化名洛甫，字闻天，江苏省南汇县（今属上海市）人。无产阶级革命家和理论家。1925 年加入中国共产党。1931 年任中央政治局常委。1933 年任中央书记处书记。1935 年出席遵义会议，被选为中央政治局常委。1942 年到陕北和晋西北农村做了一年多的农村调查。曾长期兼任党中央宣传部长、西北工作委员会主任、《解放》周刊主要负责人、《共产党人》编辑，做了大量宣传教育工作。1945 年在中共七届一中全会上当选为中央政治局委员。抗战胜利后到东北工作，1946 年春任合江省（今在黑龙江省内）省委书记。1948 年春任中共中央东北局常委兼组织部长，并任东北财政经济委员会副主任。次年调任辽东省（今在辽宁省和吉林省内）省委书记，为东北根据地的开辟和建设做出了贡献。1951 年后任中国驻苏联大使、外交部第一副部长。1959 年被错定为反党集团成员。“文化大革命”中遭到迫害，于 1976 年 7 月 1 日在江苏无锡含冤病逝。1979 年 8 月中共中央对其冤案予以平反昭雪。

论青年的修养[1]

1938 年 4 月 12 日

同志们：

你们都是从全国各方面来的青年，所以我今天就同你们讨论讨论关于青年的问题。

从全国民族抗战开始到现在这个时期内，青年的确占着一个很重要的地位。我们无论从哪一方面来看，不论是军事方面也好，政治方面也好，文化教育方面也好，都可以看到广大青年群众的活跃。他们总是站在抗战的最前线，为中华民族的解放而牺牲奋斗。同时，由于抗战规模扩大和展开，青年的责任也更加重要了。怎样使我们的青年更能在抗战中尽他们的责任，是我们大家所要商讨的问题。我今天所要讲的青年的修养问题，即是想在这方面向大家贡献一点意见。

我认为中国现代的青年，有很多共同的优点，同时也有一些共

① 本文是张闻天在陕北公学发表的演讲，略有删节。

同的弱点。怎样发挥这些优点，克服那些弱点，即是青年的修养问题的内容。我现在就根据我们的经验与考察来具体讲几点，希望大家来讨论。

一、要有坚定的高尚的理想

青年有一个很大的优点，这就是他们有高尚的理想，不论这个理想是抗日救国也好，共产主义也好。他们对于现社会是不满足的，他们希望着一个理想的社会的出现。青年的这种理想是最可宝贵的东西，正是这种理想不断地鼓舞着我们的青年向前进步。正是这种理想使他们不愿在现社会中醉生梦死，而愿意为理想社会的实现牺牲奋斗。正是这种理想，使我们的青年，在过去，在现在，创造了许多惊天动地与可歌可泣的伟大事业。眼前的例子，也可证明这一点。比如你们，陕北公学的同学，究竟为了什么不远千里而来陕北这个比较荒凉的地区呢？陕北公学的物质条件是很困难的。住的是窑洞，吃的是小米饭，教育设备都很简陋。然而你们为什么不怕一切困难而来呢？如果你们不是为了寻找高尚的理想，我想你们是不会来的。所以高尚的理想对于青年是最可宝贵的东西。我们对于青年的理想，不但不应该鄙视，而且应该极大地爱护。旧社会里的人，常常骂青年为“理想太高”。这种骂法，我们认为是根本错误的，这只是证明那些骂青年的人的无理想之可鄙而已。孙中山先生三民主义的理想，不是也给人家骂为“大炮”吗？马克思、恩格斯、列宁、斯大林的共产主义理想，不是给人家骂为“空谈”吗？然而我们知道马克思、恩格斯、列宁、斯大林、孙中山的伟大，也正是在于他们有高尚的理想。所以青年有高尚的理想，正是青年的优点。

但是如果我们把青年人的某些理想研究一下，那我们即可发现有些青年人的理想不是理想，而是空想。空想可能常常是美丽的东西，然而究竟是空想而不是理想。那么，理想与空想的区别究竟在哪里呢？

首先，我们应该说，我们的理想是建筑在现社会的物质基础之上的东西。空中楼阁，究竟是幻想而不是理想，因为它是脱离现社会的物质基础而建立在空中的。一切伟大的理想，都从现社会的具体分析得来。闭户造车究竟只能是幻想而不是理想，因为已是个人头脑中间随便想出来的，而不合于具体的与实际的物质条件。……

其次，我们的理想应该适合于人类社会发展的必然趋势。我们说民族独立、民权自由、民生幸福的三民主义可以是我们今天的理想，因为中国社会今天正是向着这个方向发展着的。我们说共产主义社会是我们将来的理想，因为人类社会终究是要向着这个方向发展前去的。如果今天有人要恢复原始共产社会或恢复奴隶社会，或仿效君主专制或法西斯独裁的统治，那这种思想就不是真正的理想，因为这种思想是违反于人类现代社会发展的趋势的。这种思想，我们不叫它理想，而叫它作反动思想，因为这种思想不是要使社会走向前进，而是要它转向后退，就是所谓“开倒车”。一切不合于人类社会发展趋势的思想，只能是一种空想。

第三，理想与空想不同，就是理想是能够实现的，空想则是永远不得实现的，而理想的实现，需要有在一定的物质条件下所产生的社会力量。没有这种力量，理想也就不能实现。战胜日本帝国主义、争取民族独立的理想，就要依靠在全国一切不愿意当亡国奴的各阶级、各党派、各团体的民族统一战线的力量之上，离开实现自己理想的社会力量而谈理想，那也是一种空想而不是理想。共产主义的最高理想，离开工人阶级的社会力量，就成为乌托邦，成为空想。

第四，理想之为理想，除上述条件外，还需有实现理想的具体办法。比如，实现民族解放的理想，就要有建立、扩大与巩固抗日民族统一战线的办法。实现共产主义，就要有一定的纲领与步骤、一定的策略与战略。马克思列宁主义的策略与战略是每一共产主义者所必须学习的科学，因为离开了它们，理想虽是很好，然而仍然成为空谈而不能实现，使理想成为空想。

这就真是理想与空想的基本区别。我们的青年如果赞成我所说的这些区别，那么请你们就拿这几个标准，来检查一下自己的理想：究竟你们过去所抱的理想，是理想还是空想？如果是空想，那就应该决然抛弃。如果是理想，但又不完全，那就应该修正与充实，或重新加以检讨与整理。我们应该不客气地说，在我们青年的理想中，常常不免有些空想的成分，因此，他们有时对于自己的理想把握不定，而发生一些朝三暮四的摇摆现象。要免去这种现象，就必须把自己的理想建筑在结实坚固的科学的基础之上。

这是我所要说的第一个问题。

二、要为实现自己的理想奋斗到底

青年人在一旦觉醒，找到了自己的理想之后，都能够不顾一切为自己的理想奋斗。这种为实现自己的理想而牺牲奋斗的精神，是我们青年的一个很大优点。我们在社会中看到不少这样的人，他们也不满意于现状，他们也希望有个较好的社会出现，他们甚至同情共产主义，但是他们自己不愿意为改造社会而奋斗。他们舍不得自己的妻子儿女，他们舍不得自己的家乡故土，他们舍不得自己的生命财产，他们不得不“马马虎虎”地生活，不得不“做一天和尚撞一天钟”。但青年就不是这样。他们不了解到自己的理想则已，一旦他们了解到了自己的理想，他们就会抛弃一切，奔赴自己的理想，去为自己的理想而奋斗。这种不顾个人利害而牺牲奋斗的精神，是值得钦佩与歌颂的。

但是，实现理想，实在不是一件容易的事。理想虽是建筑在现社会的物质基础之上，但理想是超过现社会的东西。理想好比泥土中生长出来的花。它虽生长在泥土中，但它又不是泥土。所以理想看来常常是美丽的，而现社会则看来是丑恶的。要把这个丑恶的现社会变为美丽的理想社会，那绝不是一天两天以至一年两年的事，而需要几十年以至上百年的奋斗与工作。不但这样，在奋斗与工作的过程中还必然要碰到无数的困难与波折，有时甚至看来似乎是不能克服以至绝望的困难。所以不论在任何困难之下，坚持自己的理想，坚持为自己理想的实现而奋斗，是绝对必要的。没有这种坚持性，任何的理想也都不能实现。

一切伟大的革命家之所以伟大，不但因为他们有着伟大的理想，而且还因为他们始终能够为了自己的理想奋斗到底。孙中山先生“致力国民革命凡四十年”，虽是在他奋斗的过程中碰到了无数的困难，然而他始终坚持他的理想，为他的理想奋斗到最后。世界无产阶级的导师马克思、恩格斯、列宁、斯大林，他们的伟大，就是他们那种为自己的理想而坚持奋斗到底的精神，他们在丑恶的旧社会中看到美丽，他们在黑暗中看到光明，他们排除万难，克服一切困难而前进。

中国共产党人曾经完成了二万五千里长征，这件事震动了全世界。为什么二万五千里长征能够有这样伟大的影响呢？原因就在于中国共产党在这次长征中充分地表现出了它为了自己的理想而牺牲奋斗与坚持到底的精神。没有这种精神，就是一千里的长征也是不可能的。在这次长征中，我们的确曾经碰到了无数的困难，我们曾经碰到了几乎不能渡过的天险金沙江与大渡河。我们曾经碰到了人类几乎没有到过的雪山与草地，我们处在敌军的四面包围之中。困难几乎是不能克服的。然而我们那时只有一个思想，就是无论如何要克服这些困难，要为自己的理想奋斗到底。最后，我们还是完成了我们当时的任务，到达了当时的目的地。

就以今天的抗战为例吧，中国的民族抗战是一个持久的战争，困难也是很多的，波折也是很多的。如果我们碰到一些困难，遭受一些挫折，就悲观失望，就准备同敌人妥协，那中国就有亡国的危险。显然地，如果我们不能坚持抗战到底，则最后战胜日寇、实现民族独立的理想是不可能的。

正是在这个问题上，在为了自己理想的实现而奋斗到底的这个问题上，我们有些青年常常表示一些弱点。他们一开始往往以无限的热情与兴奋去奔赴自己的理想，但是一旦他们碰到困难，碰到波折，他们往往不能坚持到底，以致半途而废。过去常常有人以“五分钟热度”讥笑青年学生，这种讥笑在现在说来已经不对了，因为中国青年学生经过无数的斗争，现在已经有了极大的进步。然而在某些部分的青年中缺乏斗争的坚持性，则依然是不可否认的事实。

为什么在我们部分青年中发生这种现象呢？我以为有以下几个原因。

第一，我们的青年往往对于革命的持久性估计不足。要把人类的高尚理想实现出来的革命，像我在前面说过的，不是一天两天以至一年两年的事，而是几十年以至上百年的事。这是一个持久的斗争。不但实现共产主义理想是如此，即最后战胜日寇也不是一年两年的事，而是一个持久战。同志们大多数是从西安步行到延安的，你们对于走陕北的山地，大概已经有了相当的经验。革命就好像走陕北的山地一样，翻过了一座山又一座山。你们在路上不是常常想，翻过了前面一个山头一定再没有山了吧，一定可以到延安了吧。然而事实常常是相反的，山接连着山，而延安总是还在前面。这样你们在路上就要走十天，才得到达延安。这对于你们，就是一个很好的入学考试。然而革命究竟比翻山要持久得多，困难得多。如果我们青年参加到革命中来，没有持久斗争的准备，结果是一定要失望与半途而废的。正像你们到延安来，如果你们没有这样一定要到延安的决心，你们一定会半途而返的。

第二，我们的青年往往对于革命的困难性估计不足。要把人类高尚的理想实现出来的革命，不克服无数的困难是不可能的。革命绝不像上海的大马路那样平坦好走，绝不像吃饭睡觉那样容易简便。这简直同爬着没有人迹到过的崎岖的高山一样，山上没有路，没有人家，到处是荆棘与浓密的森林，到处有毒蛇猛兽的威胁，有些地方简直是不能越过的绝壁。但是我们必须前进，必须克服一切困难前进，我们有时会被荆棘树枝所刮伤，有时会被毒蛇猛兽所咬伤，我们前面的伙伴有时会用尽了一切气力而倒毙，但是我们必须前进。如果我们的青年参加到革命中来，不预先看到这种困难，没有克服一切困难的准备，那结果必然是“知难而退”。

第三，旧社会的思想习惯以及一切物质上的诱惑，也往往是使青年半途而废的一种极大的力量。我们常常看到一些有志的青年，受不起这种力量的压迫而退却了，而放弃了自己的理想。旧社会对于青年的理想，总是取着敌视的态度。他们用各种思想上的毒素，讥笑青年，陷害青年，使青年“老大”“颓丧”“消沉”。他们用地位、金钱、美女腐化青年，笼络青年，消磨青年的“朝气”。你们看到过无数这类的例子吧。当青年学生在学校读书的时候，往往“志向远大”，想“给国家民族谋点幸福”，“为人类解放做番事业”，然而一出学校到旧社会中混上几年，往往把过去的一切完全抛弃了。旧社会吞没了他们，旧社会融化了他们。所以，如果我们的青年不能同这种旧势力奋斗，坚持自己的理想，不为这些力量所动摇，那结果也必然是半途而废。

第四，我们的有些青年本身常常有一种“动摇性”，缺乏足够的忍耐与坚定。我们常常称这种特点为“小资产阶级性”。他们往往今天参加革命工作，就希望革命在明天胜利。如果明天革命不能胜利，那他们就失望而消极了。他们在革命形势高涨的时候，常常趋向狂热与盲动，而在革命形势低落的时候，则又转到消沉与绝望的深渊。他们胜利时常常为胜利冲昏头脑，失败时则又因失败而垂头丧气。他们不会把今天一点一滴的切实的工作，同他们远大的理想联系起来。他们不能穷年累月地去为自己的远大的理想而进行今天看来好像是没有结果的工作。他们常常讨厌这种“琐碎”与“麻烦”的工作。他们不能清楚了解，一切革命的工作，只要能够坚持地干下去，一定可以得到一定的成绩。巨大的建筑工程没有一砖一瓦的砌筑，是永远不能成功的。伟大的理想不经过许多胜利与失败，是永远不会实现的。

这些是常常使我们的青年不能坚持自己的理想，为自己的理想奋斗到底的原因。这些弱点的克服，是每一个中国青年的严重任务。这当然不是一件容易的事，然而这件事是必须做到与可能做到的。

当然，今天我们离开我们的理想还很远，然而我们总是在一天一天接近着自己的理想。社会主义的理想，过去还只是在书本上而现在已经在占全世界六分之一的土地的苏联，变成了完全的现实。所以只要我们能够坚持自己的理想，为自己的理想奋斗到底，我们的理想的实现是可能而且是必然的。

三、要学习实现理想的办法

有了理想，有了实现理想的决心，是不是就已经够了呢？还是不够的。我们青年还要有实现理想的办法。

青年有一种很大的长处，就是有热烈的革命情绪、纯洁坦白的胸怀。正是因为他们有热烈的革命情绪，所以他们能够勇往直前，不顾一切困难与个人利益，向着自己的理想前进。正是因为他们有纯洁坦白的胸怀，很少受到旧社会的各种陈腐的思想、习惯与传统的影响，所以他们比较容易接受革命的真理。青年同那些麻木不仁的人是不相同的，同那些顽固守旧的死硬派也是不相同的。青年是有生气的、活跃的、充满着愉快与光明的一代。他们是旧社会中生长起来的美丽的花，他们也是美丽的新社会的创造者。

在中国革命史上，我们可以举出无数例子，来证明中国青年如何常常站在民族解放的前卫地位，以他们的头颅与热血创造了无数可歌可泣的英勇的光荣的史诗。在今天伟大的民族抗战中，我们也可以到处看到青年怎样为民族抗战的最后胜利而进行着勇敢无比的斗争，如果他们没有热烈的革命情绪与纯洁坦白的胸怀，则一切这些事业的创造是不可能的。我们共产党人对于青年的这一优良的特质，尤其有深切的感觉。当我们在最黑暗最困难的时候，当在我们的周围到处是恐怖与造谣污蔑的时候，我们总是从许多青年朋友那里得到他们的同情与拥护。在今天，他们对于我们所表示的爱戴与信任，也是我们不能以言语来表示感激的。谁都可以看到，在我们延安，没有官可做，没有薪水可拿，没有很好的生活可过，还有不少人在我们的周围造我们的谣言，破坏我们，然而你们仍然不远千里而来，其原因何在呢？除了你们的那种热烈的革命情绪与纯洁坦白的胸怀，还能有其他的说明吗？

青年的这种优良的品质，是我们所应极力爱护与发扬的。

但是光是热烈的革命情绪、纯洁坦白的胸怀，还是不能实现自己的理想，完成伟大的革命事业的。有些青年的弱点，常常表现在不会使革命的热情去服从于革命的理智，不会把纯洁坦白变为对于真理的深刻的追求。响亮的革命口号，耀眼的革命词句，可以迷惑我们的青年，使他们发狂，使他们以此为满足。他们往往抓住问题的一方面，把它发挥，把它夸大，认为这是唯一的"真理"，排除一切其他的方面，否认一切其他的意见。他们的革命热情容易变为盲目的冲动，他们的纯洁坦白容易走向片面性、狭隘性与幼稚病。他们往往不能更冷静地去考虑问题，想出具体的办法来实现自己当前的任务，来实现自己的理想。这种弱点，当然是我们的青年所应该设法克服的。

我们应该使我们的青年清楚地了解到：在理想确定之后，有了为理想而奋斗到底的决心之后，学习实现理想的具体办法就有着决定的意义。在这一方面，我想向同志们贡献几点意见。

第一，就是要了解具体情况。我们无论做什么事，首先的问题就是了解情况。正像一个在前线上指挥军队的将军，他为了要实现他打胜仗的理想，就必须要讲求作战的方法。这里，首先就是要弄清敌情，然后来决定作战的计划。我们的工作方法也是如此。比如，你们将来从学校毕业之后，你们到一个地方去工作，你们的责任绝不是到那里去照你们自己的头脑中所想的来乱干一顿，而是要首先了解当时当地的具体情况，比如那里的抗战形势，那里的政治与经济，各阶级、各阶层、各党派、各民众团体以及党、政、军、民间的相互关系等。没有这种了解，我们就无法决定正确的工作方针与工作计划来实现自己的理想。

当然了解具体情况不是一件容易的事。但是，一切具体情况都是在矛盾中发展着的，都是依照普遍的辩证法的规律变动着的，所以只要我们能够把握住这些方法，那比较正确地去了解具体情况也不是不可能的。问题只是要我们的青年在接触具体情况的时候，能够更多地“想一想”，更多地研究一下，考察一下，绝不要以自己的一些片面的主观的了解为满足，世界上的一切都是非常复杂的，不是马马虎虎、冒冒失失就能够了解的。如果我们没有这种了解具体情况的要求与忍耐心，那我可以告诉大家，你们是什么事也做不好的。

当然，这并不是说我们一定要彻底了解具体情况之后才能开始工作。这种彻底了解，在一个短的时期内是不可能的，但我们要求在开始工作之前，有一种初步的与起码的了解。不然，到一个地方不管一切乱干一气，那是异常危险的。

第二，在我们对于具体情况有了初步的与起码的了解之后，我们就要根据对具体情况的了解来决定我们的方针、我们的任务、斗争的形式、工作的方法方式等。比如你们现在到上海工作，你们在了解到了上海的具体情况之后，你们就必须规定你们今天在上海需要做什么，能够做什么，而且如何做法。显然地，在上海日寇军队占领的地区，我们今天的具体任务、斗争形式、工作方法方式等，绝不能同其他区域相同，你们要考虑，究竟今天在上海是同在其他某些战区一样地去发展游击战争，进行公开的反日的活动，或者是这里需要执行另一种任务，即积聚自己力量准备待时而动的任务，采取另一种斗争形式，即秘密的反日斗争的活动呢？是组织公开的抗敌后援会，还是一方面组织秘密的抗日团体而同时去利用公开的合法的组织形式呢？只有正确地解决这些问题，我们才能使我们的力量巩固与发展，达到最后配合全国力量战胜日寇的理想。如果我们的任务规定得不正确，工作方法方式等都规定得不对，那我们必然会遭受严重的失败，而达不到我们的目的的。

在目前全中国人民的前面的最中心的任务是坚持抗战，最后战胜日寇。但是实现这个中心任务的方法是在各个具体的地方都不能完全相同的。我们青年要善于根据不同地区的具体情况，来决定实现这个中心任务的具体办法。由于中国政治经济发展得不平衡，由于中国的地大物博，所以实现目前中心任务的方法，都不能有千篇一律的公式。公式主义常常是我们实现总任务中的最大的障碍物。

就是各地方的具体情况，也不是固定不变的，它同样地变动着。所以你们就在一个地方的工作中仍然要时时刻刻注意新的情况的变化，而及时地改变自己的任务及工作方法方式等。至死不变的东西是没有的。这里，要求我们以极大的灵活性、机动性与创造性，来实现自己的理想。固执自己的死公式或老办法，结果必然会遭受严重的失败，而达不到目的地。

第三，在任务等规定之后，就应该立刻开始自己的实际工作。我们是革命家、行动家，而不是空谈家。“议而不决、决而不行”的恶习惯，我们青年是决不应该学习的。我们必须把我们自己所决定的方针与计划来见诸实行，只有革命的行动才能改造世界。革命的伟人马克思曾经说过，我们的任务不但在认识世界，而主要的在改造世界，要改造世界就要革命地实际工作。而且也只有在实际工作中，我们才更能进一步地认识世界，更正确地来决定自己的任务与工作方法方式等。也只有实际工作，能够考验我们过去的决定是否正确，充实与发展我们的决定，改正错误等。

所以我们青年在实际工作中也仍然不是盲目地乱干一顿，而要时时刻刻注意自己在实际工作中所碰到的一切问题，总结自己在实际工作中的经验。如果在实际工作中证明过去自己的决定是不正确的，是做不通的，那自己应该毫无怜惜地抛弃过去自己的决定，而根据自己对于具体情况的新的了解来重新决定自己的任务。如果有部分的错误，即应改正部分的错误。如果有不够的地方，即应以新的经验使之充实，使之发展。这里所需要的是虚心地服从真理的态度，而不是“自作聪明”去蛮干。不顾事实的蛮干，是会碰到钉子以致毁灭自己的。

所以我们的青年，应该时时刻刻在实际工作中实行工作的检查，发展自我批评，总结工作中的经验与教训，使我们的工作能够更好地得到进步与成绩。一切先进的革命的理论，我们也只能当作行动的指南而不能当作教条。一切先进的革命理论，也要在实践中充实自己与发展自己的。

我想，这三点是我们青年人在工作中所应该注意的。这三点的中心所在，即是要使我们的青年不但要有理想，有实现理想的决心，而且要学习实现理想的具体办法。

当然，青年人终究是青年人，他们一般是富于革命热情而缺乏实际经验，因此他们有时要“感情用事”，有点“冲动”，有点“幼稚病”。我们指出青年的这些弱点，并不想以此来责备青年，而只是要求青年们在自己的工作中注意到自己的这些弱点，克服这些弱点，使自己逐渐地在实际工作中成为一个比较“能干的”与“老练的”革命青年。

四、要同群众在一起去实现自己的理想

我们在前面已经讲过，要实现革命的理想，一定要依靠于一定的社会的力量，这社会的力量就是千千万万的群众。历史上的伟人，固然在创造人类历史中起了很大的作用，然而如果没有群众的拥护与群众的行动，任何推动历史前进的理想都是不可能实现的。所以我们青年要实现自己的理想，就必须要能率领群众去为自己的理想奋斗。

青年在革命行动中肯负责，肯出头，肯打先锋，这是很可宝贵的品质。在中国民族解放的历史中，青年常常起着先锋的作用，就是由于青年这种优良品质的结果。但是就在这个方面，部分青年仍然表现出他们的弱点，他们肯负责、肯出头、肯打先锋的品质，往往发展到好出风头，目空一切，自高自大，包办，不耐烦，脱离群众的偏向。这种例子，我是见得很多的，不知道你们见过没有，我想一定是见过的。

在陕北公学学习的青年，一般的是觉悟程度较高的一部分中国人，他们的确有责任去领导另一部分比较落后而又占最大多数的中国人，发动他们，教育他们，训练他们，以提高他们的政治水平与组织力量。没有先锋的领导，广大的比较落后的群众，是不会自己走到先锋的地位的，这是无可否认的真理。

然而怎样可以使我们陕公的青年能够负担起这个先锋的领导的责任呢？是不是我们青年装出一个领导者的架子，自命不凡，目空一切，就能够实现这个领导作用呢？是不是只要我们的青年把我们的理想在群众前面一解释一宣布，群众就会跟了我们走，就实现了我们的领导作用呢？这些都是不能成功的。任何领导者，如果自命不凡，目空一切，装出领导者的架子，那结果他不但不能领导群众，而且会脱离群众。至于把很美丽的理想讲给群众听，群众自然可能来听一下，然而要他们为了这个理想来牺牲奋斗，那单靠这种宣传工作是不能达到目的的。

领导群众，是一件非常不容易的事。青年人决不要把这个问题看得太简单了。这里，第一个问题，就是要求我们的青年到群众中去。我们的青年对于“群众”两个字的观念常常是比较抽象的，有时把“群众”理想化，有时看不起“群众”，而不能活生生地去了解“群众”。所以下决心到群众中去，实是开始领导群众时的必要的一步。

我们青年到了群众中之后，就要学习如何去接近群众，去同他们生活在一起，去了解他们，以至取得他们的信任。这里，首先就是要时时刻刻去为群众服务，处处能够为他们谋利益，为他们的利益牺牲自己的一切。其次，要我们处处谦逊和气，刻苦耐劳，宽宏大量，急公好义，诲人不倦，做人家的模范与教师。第三，要能够团结与培养群众中的积极分子，发挥积极分子的作用，依靠积极分子推动全体。第四，要以民主的精神与民主的工作方法来吸收与教育群众积极参加工作，不要个人包办一切。第五，要善于孤立最顽固的少数坏人，依靠群众的公愤去打击他们与驱逐他们。只要这样，群众社会把我们当作他们“自己的人”，就会信任我们，接受我们的领导。

无疑地，当我们真正深入到群众中去时，我们必然会看到群众中有许多落后意识、落后的思想与习惯，他们的狭隘的宗法的与行会的观点，这一切我们都会碰到的。然而我们是不是因此就失望而脱离他们呢？绝不是的。我们的责任，正是要提高他们的政治水平，克服他们的落后性。但是当我们认真在群众中工作时，我们更会碰到群众中的光明的一面，他们的丰富的革命性与他们的伟大的革命力量。我们在他们的深处，可以看到在旧社会的上层所没有的那种德行。他们的力量，他们的德行，可以给我们以最大的信心，使我们相信他们是我们的最伟大理想的负担者，而且他们最后一定能胜利。这就使我们在他们中间感觉到一种崇高的安慰与喜悦，这就使我们在任何困难的情形之下，总是不会脱离他们，而且总是要依靠他们的力量来克服一切困难。事实已经证明，正在证明，将要证明，一切我们当前的困难，只要我们真能发动千百万群众起来，并且依靠他们的力量，就是一定能够克服的。一切前进的革命者，是绝不应该惧怕群众的，相反地，他们必须依靠群众。

领导群众的第二个问题，就是要善于使群众根据自身的经验来了解我们的领导的正确。比如抗日民族统一战线的方针，开始时不是大多数中国人都能了解与拥护的，当时我们用什么口号使群众根据自身的经验来了解我们的方针的正确呢？这就是“停止内战，一致抗日”的口号。每个有良心的中国人，对于中国内战的痛苦都是切身感受到的，他们都能够懂得日寇的无限制的侵略同内战是不能分离的。因此他们也许还不了解抗日民族统一战线的方针，然而对于“停止内战，一致抗日”的口号是热烈拥护的。结果，内战停止了，中国开始统一了，抗日民族统一战线得到了初步的成功。不久卢沟桥事变发生了。当时我们用什么口号使群众根据自身的经验来了解我们的方针的正确呢？这就是“为保卫平津、保卫华北、保卫全中国而战”。每一个有良心的中国人，对于日寇的这种无限制的侵略已经到了不能再行忍耐的地步，他们都要求抵抗。全国抗战开始了，于是抗日民族统一战线有了进一步的成功。在抗战发动之后，我们用什么口号使群众根据切身的经验来了解我们的方针的正确呢？这就是“坚持抗战，争取抗战最后胜利”的口号。每一个有良心的中国人，对于这个口号是能够懂得的，因为谁都可以看到，如果中国今天半途投降妥协，那中国就会亡国，中国人就会变为亡国奴，而亡国奴是不好当的。于是抗日民族统一战线有了更进一步的成功。

这不过是举一个例子罢了，不但在提出口号上是如此，即在斗争形式的采用上也是如此，我们要使自己不脱离群众，必须采取那种能够吸引群众参加的斗争形式，他们认为今天可以而且需要的斗争形式，以锻炼他们，提高他们的觉悟程度与组织力量。在斗争形式上是如此，在其他问题上也莫不如此。

不估计群众今天觉悟的程度，而提出很高很“左”的口号，是决然不能动员群众参加运动的。这里需要采取各种过渡的办法来动员他们，再在运动中提高他们走向我们的理想。这里，一切急性病是有害的。这里，领导者的努力工作的精神，要同极大的忍耐心配合起来。群众的觉悟的速度，不但依靠于我们的工作，而且依靠于无数客观的政治经济的要素。革命是绝不能凭主观的愿望来制造的，在没有革命形势的时候，特别在反动的黑暗的时期，群众觉悟的速度非常缓慢，那时我们如果没有等待时机的忍耐心，而想用强迫命令的方法去对待群众，那结果是必然会失败的。所谓等待时机，当然不是不要努力工作，而是把我们的工作放在准备必要的力量上，以便将来革命形势到来时，群众成千成万卷入革命浪潮中时，我们能够站在浪潮的前面负担起领导者的责任。

在群众工作中的命令主义，结果没有不遭受失败的。群众在某种压力之下，可能勉强地服从，然而一切不根据群众自觉的服从，违反于他们意志的服从，最后必然会引起他们反抗并推翻那些压迫者或命令主义者。只有群众自觉地自愿地服从，才能发挥群众的积极性与创造力量到最高限度，来实现我们远大的理想。所以我们领导群众的中心问题，也就是如何使群众心悦诚服地来接受我们的领导，并且为了我们的理想的实现牺牲一切，这就要求我们在领导工作中善于使群众能够根据自身的经验来了解我们领导的正确。这里，应该反对那些光会喊喊革命口号、唱唱高调的空谈主义者，与企图以强迫命令的方法来“驱使群众为己用”的老爷们！

但是，当革命形势迅速发展、群众觉醒的速度一日千里的时候，我们要谨防自己落后于群众，变为群众的尾巴。在这种情况之下，我们仍然应该站在群众的前面，组织群众的积极性向着一定的目标前进。我们要善于迅速地改变过时的口号，提出新的更高的动员口号，采取大刀阔斧的办法来动员、组织与武装群众，推动群众斗争走向最高的形式。比如在目前被敌人占领区域的广大乡村与战区的情况，就是如此，群众抗日的斗争往往一开始就采取武装斗争的形式。在这里，几天内群众所达到的觉醒程度，可以比上过去的几十年。旧的口号、旧的斗争方式与工作方法等，绝不能满足群众今天的要求。群众的民族革命的高潮，会冲开一切这些陈腐的东西，找到他们的新的领导者，走向他们的目的地。

领导群众的第三个问题，就是要向群众学习。一切革命的经验，都是从群众的实际斗争中创造出来的，离开群众的革命实践，我们就不能有革命的理论。而群众的革命实践是长生的，是无穷的，是永远继续前进着的。它发展与充实我们的理论，它改正我们的错误，它使我们一天一天接近着绝对的真理，所以我们必须在群众斗争中去学习，在这个人生的大海中去学习，我们的学习是没有止境的。

群众的革命实践不断创造出极可宝贵的斗争形式、组织形式、工作方法与方式以及各种极可宝贵的经验。这些群众创造出来的东西，常常是一个领导者，即使是天才的领导者，也不能预料到的。有时一个领导者常常苦于找不到一个适当的斗争形式或组织形式以进一步开展群众运动，但是群众的革命实践常常创造了这种适合的形式。群众对于一个问题所发表的意见，他们对于一个问题的看法与感觉，常常是一个领导者，即使是天才的领导者，也想不到的与感觉不到的。而正是他们的意见、他们的看法与感觉，可以补足一个领导者对于某个问题的理解之不足与缺陷，使某个问题得到圆满的正确的解决。

所以，群众不但需要我们去教育，而且他们也教育我们。我们的青年切不要在群众前面摆资格，自高自大，瞧不起群众，而应该很虚心地去跟他们学习，很细心地去倾听他们的意见，与他们的脉搏一起跳动。

总之，我们在领导群众中的基本原则，是无论如何要领导群众前进，而同时无论如何不要脱离群众。脱离群众的先锋主义与落后于群众的尾巴主义，都是我们所不应该赞成的。

同志们，要把这样广大的、千千万万的、觉悟程度不同的群众动员到为我们的理想而牺牲奋斗的一条战线上，真不是简单的事。要达到这个目的，你们无论如何不要脱离群众，而要成为他们的领袖。

同志们！这就是我今天想同同志们讨论的关于青年的修养的四个问题。

同志们！我前面已经说过。革命是一件最伟大的事业，也是最困难的事业。我们在革命中犯些错误，甚至是非常严重的错误，是免不了的。至于青年朋友们，由于生活经验与斗争经验的缺乏，犯些错误更不是什么不得了的问题。我们决不能因为怕犯错误，就不干革命。相反地，我们就要在错误中学习。

我们青年人切不要以自己已经有的一点知识与一点经验，甚至一些生吞活剥的革命的公式与口号为满足。这对于青年们是最大的危险，因为这种满足就阻碍了你们的进步，结果必然会使你们成为无用的“空头革命家”。青年们必须以列宁的“学习学习再学习”的口号，当作自己的座右铭。你们今天在陕北公学学习，明天就要到抗战的前线与后方的实际工作中去学习。青年应该有最热烈的学习愿望、很高的学习精神与谦逊的学习态度。只有这种不断的学习，才能丰富你们的知识与经验，才能使你们成为一个能干的革命者，才能使你们更能负担起在自己肩膀上所负担的责任。

我重复地说，工作中的错误是谁也免不了的，我们就要在错误中学习。任何错误，不论为它曾经付了如何高昂的代价，只要我们从错误中得了宝贵的经验，那这种代价也是不算可惜的。所以，我们用不着怕犯错误。但犯了错误，我们应该知道很快地去改正错误，切不要坚持错误。任何错误，如果坚持下去，那是非常危险的。青年人应该打破“爱好面子”，不肯或者害怕承认错误的恶劣倾向，青年人应该“爱好真理”。一切错误的非真理的东西，都应该决然抛弃，丝毫也不应该留恋。只有这样，才能使你们不断地进步。

所以，同志们，你们更努力地去学习革命理论吧，更大胆地去工作奋斗吧，在学习的过程中，在工作奋斗的过程中，去锻炼你们自己成为钢铁一样的战士吧！要不怕困难，不怕挫折与失败，要不怕天不怕地，要再接再厉地不屈不挠地向着你们光明的伟大的理想前进！

论待人接物问题[①]

1938 年 7 月 26 日

同志们：

在民族抗战的大时代，动员全国绝大多数的人民参加抗日民族统一战线，是争取抗战建国彻底胜利的主要关键。为了达到这一目的，一个革命者，一个革命的政党，必须要有先进的科学的革命理论，正确的坚定的革命主张，实现这些主张的正确办法，以及艰苦奋斗的革命精神。关于待人接物问题，即为这种办法中的重要的一部分。

我们共产党人，在待人接物问题方面，同样站在马克思列宁主义的立场上。马克思列宁主义不但要求估计到中国社会各阶级在革命中的地位、作用及其相互间的区别，而且也要求认识一切中国人所有的民族的、社会的、历史的、文化的、思想的、风俗习惯的各种传统与特点。在待人接物问题上，估计到中国人的这些传统和特

① 本文是张闻天对延安抗日军政大学第三期毕业生的演讲。

点，再加以改造与发展，使之适合于中国革命的要求，这也是中国共产党人的重要任务之一。我们相信在这个问题上加以注意，对于动员全国最大多数的人民参加抗日民族统一战线，必定有很大的帮助。

我现在就这个问题提出一点意见，是否有当，希望同志们讨论。

要有伟大的胸怀与气魄

在待人接物方面的第一个要求，就是要有伟大的胸怀与气魄。

这就是说，决不要用党派的褊狭成见去看待无党无派的人，似乎除了本党本派的人外，那些无党无派的人都是不中用或不好的人。这种态度，显然是完全不正确的。“宽宏大度”——这本是中国人从来所称道的美德。一个革命的党派固然因为代表一定的社会历史利益，会有自己一定的党派性；固然根据自己的政纲吸收了一个阶级或几个阶级中的最先进分子；然而这并不是说除了这些先进分子外，就没有能干的与有用的人了。相反地，一党一派所吸收的优秀分子究竟有限，而人民大众中间有才干的与有用的人却是无穷的。革命的党派需要善于学习《中庸》上所谓“天地之所以为大”的精神，不但应该从他们中间不断地吸收最先进的分子入党，扩大自己的革命队伍，而且应该吸收一切非党的积极分子参加一切革命工作，依靠他们或经过他们的帮助，来完成革命的事业。如果人们的眼光，只限制在现时自己党派内的几十人身上，只相信这些人是可靠的，甚至想这些人来包办一切，甚至“包而不办”亦在所不惜，那我们可以说这些人是决然不能成就什么大事业的。

这就是说，决不要以一个幻想的公式去对待人，似乎只有合乎这个公式的才是好人，而不合乎这个公式的，就是坏人。这种态度显然是完全不正确的。因为天下的人虽然有着“人”的共同点，然而仍然是多种多样的。不但各党派与各党派间的人不相同，各阶级与各阶级间的人不相同，即在同一党派同一阶级内的人，虽是又有他们的共同点，也是不相同的。我们决不能把天下各种各样的人装进一个幻想的公式里去，这是非常显然的，如果一切不合于幻想的公式的人，就是坏人，那就怕天下坏人占大多数而好人却占少数了。如果这样，那未来光明社会的建立，还有什么希望呢？事实所证明的，也正好相反。不合于公式主义者的要求，然而有才干能做事的人，却正多着呢！

这就是说，决不要把自己的眼光限制在个人的家属、朋友、师生、同事、亲戚等更狭小的圈子之内，似乎只有在这个圈子内的人才是可靠的，在这个圈子以外的人就不可信任。这种态度显然是完全不正确的。因为在一个人的家属、亲戚、朋友、师生、同事中间固然也有可用之才，然而这个圈子究竟是非常狭小的，要在这个圈子之内解决天下大事，当然是不可能的。这种小圈子主义的现象，在中国旧社会内甚为普遍，其流毒亦甚深。关于这一点，想来用不到任何的说明了。

这就是说，决不要以一时的好恶去对待人。同志们不但要善于能如“禹闻善言则拜”，并要能够在一定的原则下，服膺中国古人所谓“不念旧恶”，实行恕道。人们的弱点，在于常常欢喜恭维自己、奉承自己、拍自己的马屁的人，而有这样弱点的人，对于那些正直不阿、大公无私的人，却常常抱有厌恶与不快之感，对于过去有过争论的人，有过恶感的人，常常表示怀恨。这种态度显然是完全不正确的。事实上，那些善于恭维自己、奉承自己、拍自己马屁的人，正是那些最容易把事情弄坏的人。而那些能够经常指出与批评自己的缺点与错误的人，却正是对于事情最有帮助的人、最可宝贵的人。历史上这样的例子是很多的。中国人从来所最为称道的美德之一，是“从谏如流”。事实上，在中国历史上，凡是愿意事业成功的，都是知道这点的。反之，都会陷于失败。所谓“禹汤罪己，其兴也勃，桀纣罪人，其亡也忽”，这已成为中国人公认的历史真理。而承认这个真理，就是一方面要善于自己批评自己，另一方面又要善于接受他人对自己的批评，不讳疾忌医。孟子说：“不信仁贤则国空虚。”这句话在国难的今日，是具有特别价值的。李世民（唐太宗）也说过以下几句中肯的话：“以铜为镜，可以正衣冠；以古为镜，可以知兴替；以人为镜，可以明得失。”抗日建国的事业，是一种极艰难的事业，如果不善于“以人为镜”，以求战胜敌人之道，则事业的成功是很困难的。如把人们对于自己的诤言、劝告、批评，当作人们对于自己的攻击，当作人们要破坏自己的威信，当作人们要同自己争取地位或所谓“争领导权”，这种人不论今天占据着何等重要的位置，是断然不能成就大事的。至于因为某人过去同我有过争论，有过恶感，所以我始终怀恨在心，这种小气的态度，也是错误的。相反的，不论某人过去对我如何不好，只要今天与我们的抗战建国的目标是共同的，那我们就应该不念旧恶，互相宽恕，大家一齐为共同目标的实现而奋斗。

最后，这就是说，我们必须善于找到同人家合作的共同点。许多人常常善于“吹毛求疵”，善于找人家“岔子”，善于找人家与自己的不同点，因而他们不能同任何人合作，始终陷于孤独。这种态度，显然是完全不正确的。怎样从一个同我在各方面都不相同的人中间，找出今天为了革命事业而合作的共同点，即使是很小的共同点，这正是我们所应该学习的本领。只有善于在各种共同点上与各种人们进行合作的人，从各方面推动人们与我们一同行动的人，才能把最广泛的人们团结起来，组织起来，走向一个伟大的总的战斗目标。“落落寡合”“洁身自好”的人，也许是非常清高的，然而究竟不能成就什么大事。

以上各点，都是造成伟大的胸怀与气魄的必要条件。气量狭窄、“目光如豆”的个人与政党，是决然不能“识人”、“容人”与“用人”的。这样的个人，这样的政党，决然不能成就什么大事业，难道还用其他的证明吗？因为谁都应该明白：抗战建国，改造旧社会，建立新社会的伟业，绝不是靠少数人所能成功的：这里需要成千成万有才干的人，需要千千万万普通的人，不很合乎公式主义者的理想的人。没有他们的参加，任何伟大的计划，是不会实现的。

在目前民族抗战的伟大时代，我们认为凡对于抗战建国有一点用处的人，都应该成为我们的好朋友，我们应该以同志们态度去对待他们，同他们发生亲密的关系，而且善于使用他们的才能，使他们能够为了国家民族尽他们的责任。就是这些人对于我们（即拿我们共产党来说吧）还有成见和误会，我们也决不能以此为理由而疏远他们。相反地，我们的责任，正是要同他们接触，正是要以自己光明正大的言论与行动去消除他们对于我们的成见与误会。

所以在待人接物方面，我认为首先要有伟大的胸怀与气魄，要能够打破一切虚见、一切公式、一切小圈子、一切私人的好恶等的限制，而容纳各种人才，使用各种人才，以便“人尽其才”，使他们在民族抗战中起他们的作用，即使是不大的作用也好。这种在抗日总原则下的“博爱”“宽宏大量”“兼容并包”的态度，是建立广泛的抗日民族统一战线的必要条件。

同志们都知道，我们是真诚地为实现国内各抗日党派的团结而奋斗的。我们希望大家，希望一切党派，在驱逐日寇的大目标上，减少摩擦，当然更不该互相排挤，而是需要互相帮助，互相让步。现代中国人必须善于警戒自己民族有过的历史覆辙。宋代欧阳修在《朋党论》一文中，曾正确地论到君子需要“为一大胆”，所谓“善人虽多而不压”，而国赖以兴。同时欧阳修又痛切地论到各代暴君的惨兴党祸，诛戮善类。他说到，“后汉献帝时，尽取天下名士囚禁之，目为党人”，唐昭宗时“尽杀朝之名士，或投之黄河”，说是“此辈清流，可投浊流”。结果，都乱亡其国。我以为我们现在特别需要沉痛记忆的，乃是明末罪恶贯盈的魏忠贤奸徒们排除异己、清除善类的流血党祸。魏忠贤奸徒们外纵强敌，而在内则对于一切善类概指为东林党而去之，因此就弄到“群小无不登用，而善类几空”。《诗经》上说得好：“人之云亡，邦国殄瘁。”民族的精华既被淘汰，而外祸披猖，就更不可收拾，现在日寇经过一切亲日派投奸托派以破坏我国内部团结，力图排斥一切赤心为国的民族先进分子——首先就是力图排斥中国共产党人，并力图将一切民族先进分子、热血青年男女概指为共产党，而以去之为快。这点，正是需要一切抗日革命的政党、一切爱国的同胞，所要特别警觉的。而要以历史的覆辙为鉴戒，就需要大家尽量发挥我民族本有的“宽宏大量”的美德，善于吸收一切民族的精华，而不限于少数人。

然而伟大的胸怀与气魄，绝不是同一切人“同流合污”。中国古代哲人说，一个人的人格应该“至大至刚”，这是很对的。一方面要宽大，另一方面却要坚定；一方面要具有远大的眼光和抱负，要宽宏大量，善于容纳人，另一方面却必须有坚强的气魄。为着一定的真理，而具有“富贵不能淫，贫贱不能移，威武不能屈”的大丈夫态度，要“疾恶如仇”，要“临大节而不可夺”，要“黑白分日月”。必要“至大”，才能成其“至刚”；也必要“至刚”，才能成其“至大”。褊狭小人说不上“大”，也说不上“刚”，这是很明显的。我们要善于同一切人合作，要能够“兼容并包”，这并不是无原则无目的地同一切人苟合。不是的，一个革命者、一个革命政党的任务，是要引导一切同我们合作的人逐渐走上坚决革命的道路，走上参加抗日民族统一战线、最后战胜日寇、建立民主共和国，直至建设共产主义社会的道路，使我们真能成为他们的好朋友、教师，使我们的行动真能成为他们的模范。

要有“循循善诱”与“诲人不倦”的精神

所以，待人接物方面的第二个要求就是要有中国古代哲人那种所谓“循循善诱”与“诲人不倦”的精神。这是什么意思呢?

这就是说，决不要为人们觉悟程度的不齐而表示失望，决不要轻视或鄙视任何思想落后与思想复杂的人。我们常常看到有些先进分子只欢喜跟同样先进的人们高谈阔论。而且谈起来可以终日不倦，以后就很快成为知己朋友了。但是对于思想落后或思想复杂的人，则表示不愿意接近，表示冷淡，三言两语之后，即表示“话不投机”，不愿再谈了。这种态度，显然是完全不正确的。这实际上等于放弃了我们自己的责任。因为我们的责任，正是要引导这些思想落后与思想不正确的人成为同我们一样进步的分子。我们要能够善于接近一切“名流学者”“庸夫俗子”“三教九流”“引车卖浆”之流，善于找到同他们接谈的机会，善于同他们进入精神上的接触，从具体的日常生活的问题，纵谈到一般的政治问题。只有这样，我们才能了解到他们内心的情绪与要求、他们的思想与感觉。只有这样，我们才能找出各种提高他们觉悟程度的具体办法。

这就是说，决不要以强迫命令的方法去让人们接受我们的意见。这种强迫命令的方法，也许可以一时使人家接受我们的意见，然而这不过是勉强地暂时地接受，不是自愿地长期地接受。这种接受是很少用处的。我们应该以思想上的民主态度来代替思想上的强迫命令。我们的意见应该公开提出来，同大家商讨。因为如果我们的意见是光明正大的，是合乎大家的要求的，是基本上正确的，那么这种自由的商讨，不但不妨碍我们的意见的实现，而且更能使我们的意见易于为大家所接受，做到使人“中心悦而诚服”。同时，我们的意见也绝不会没有错误，这种商讨，就可以考察我们的意见是否正确，使我们意见中的缺点与错误能够在商讨中得到改正与充实。而且也只有这种思想上的民主态度，才能使人们把自己心胸中所有的思想，大胆地无顾忌地和盘托出，使我们能发现其中的错误缺点而给他们以纠正与克服的机会。思想上的强迫命令或统制，结果只能使人们把自己的真心真意深藏起来，使我们反而无法去纠正与克服他们的真正的错误与缺点。我们在共同商讨中的主要方法，应该是启发式的，而不是教训式的；应该是从旁帮助，而不是“越俎代庖”。只有这样经过对方以自己的努力得来的思想，才能真正成为他们自己的思想。这种思想，才是最可靠的、最有力量的，能够使人们行动起来的思想。

这就是说，决不要对什么人都使用千篇一律的八股文章与老调。人们的阶级、阶层、社会地位、家庭职业、生活经历、习惯、性情、文化程度、年龄，希望、要求等各不相同，所以引导他们走上革命道路的方法也不能完全相同。例如对于工人所说的话，不能相同于农民，也不能相同于知识分子。如果千篇一律去进行工作，结果必然是牛头不对马嘴而遭受失败。虽然我们知道全中国最大多数的人都会参加到革命中来，但是他们将要经过的具体道路，决然不会完全相同的。有的经过康庄大道，笔直地向目的地前进，有的则经过许多羊肠小道，迂回曲折地前进，这些都是自然的现象。因为我们所对付的，是复杂的活生生的活人，而不是模型里铸造出来的死人。这里主要的基本的原则，是要善于使人们从实际的行动中，从经济的政治的与思想的斗争中，从切身的经验中，锻炼他们自己，提高他们自己的觉悟程度，使他们成为坚决的革命的战士。脱离行动、脱离斗争、脱离切身经验的宣传教育工作，是浮面的、不深入的，不能动员人们为了革命而牺牲奋斗到底的。

这就是说，对于人们的错误与缺点，要诚恳地劝导，采取忠恕的态度。错误与缺点是谁也免不了的，错误与缺点是要改正的。因此，对于有错误与有缺点的人，我们应该不怕麻烦地以诚恳态度去劝导他们，而且要善于利用具体的事实向他们证明，他们的错误与缺点，对于他们自己的事业何等不利。要有一而再，再而三的忍耐心，以至诚与忠恕的态度去感动他们。千万不要把“大帽子”（如汉奸或机会主义者等大帽子）随便戴在人家的头上，随便以讥笑谩骂与打击斗争的态度，对待犯错误与有缺点的人。即使有人在再三劝导之后，对于自己的错误与缺点还是不能了解，我们也要有等待他们觉悟的忍耐心。要给他们以充分的时间去思索，去纠正自己的错误与缺点，不要操之过急。我们总要更多地设法给人家一条自新的活路，不要把人家“逼上梁山”，使人家“走投无路”！

这就是说，要善于根据当时当地的具体情形、群众具体的要求和情绪，去进行教育群众和说服群众的工作，而坚持反对“朝三暮四”“东倒西歪”的各种动摇，反对有时看到革命形势的有利条件就兴高采烈到疯狂盲目程度，有时看到革命形势的不利条件就垂头丧气到悲观绝望程度的那种从这一极端跳到另一极端的现象。中国古人有句话说“过犹不及”，“过分”与“不及”都是不正确的。中国人过去讲究的“中庸之道”，如果不把它像古代及现时的许多人那样解释成为折中主义、调和主义，如果不像过去和现在许多人那样，认为它是把历史的东西和思想当成僵死不变的东西和教条，这就可以看作一定历史事物在一定时间空间中所持的坚定的、中肯的、恰当的、如《中庸》上所谓“强哉矫”的立场。一切过分的、偏激的或庸俗的、不及的论调，都是夸大片面性的结果。只有坚定不动摇的不偏不倚的正确立场，才能使人们迈步前进，才能有力量去克服一切困难，才能教育人们正确地把握现实与改造现实，我们共产党人所进行的两条战线的斗争，即是反对过分与不及的偏向的斗争。一些人把马克思列宁主义看成简单的“过激”言论，这实在是由于他们的无知。

在目前民族抗战的大时代，我们认为中国人中除了极少数死心塌地甘为日寇走狗的败类之外，绝大多数都是愿意为中华民族的最后解放而奋斗的。只要我们能够以“循循善诱”与“诲人不倦”的精神去进行教育，就一定能使全中国绝大多教人都成为民族解放的良好战士，而使反对我们的力量减少到最小限度。也只有这样，我们才能够使全中国的人同我们一起，向着光明的前途迈进。一切真正的革命者，真正革命的政党，决不能采取愚民政策，决不能惧怕民众走向自我觉醒，走向自由与光明的道路，而应该使自己成为他们的好朋友，成为他们的模范，成为他们的教师，使他们成为自由与光明的坚决拥护者。旧社会中人们的愚昧与无知，是人类进步的极大障碍。我们的任务是在扫除这种障碍物！

对人要有很好的态度

在待人接物方面的第三个要求，就是对人要有很好的态度。这是什么意思呢？

这就是说，决不要自高自大，目空一切，盛气凌人。那种态度，使你纵有多大本领也得不到人家的赞成与拥护，而且相反地，还会使你不能同人们接近，不能同人们共事，会使你到处碰钉子，会使你永远不会进步。那种态度，是完全要不得的。孔子说："如有周公之才之美，使骄且吝，其余不足观也已。"这话是很正确的。我们的态度，应该是谦逊的与和气的态度。具有这种态度，才能使我们同人们之间除去一切隔膜，建立起很好的同志与朋友关系，同他们打成一片。也只有这种态度，才能正确地认识客观环境与自己工作的对象，可能虚心地倾听人们意见，接受人们的批评，改正自己的错误与缺点。自然、社会、思想的现实，是非常复杂的，是永远发展着的，是多方面的，人类穷千万年的力量，还是不能把一切发现到最后的尽头，我们个人这一点知识、这一点经验算得什么呢？有什么可骄傲的呢？我们要从过去人类的知识与经验中学习，要从现在的工作中学习，要从普通的人们那里去学习一切对革命有用的东西。有什么能够使我们自满自足的呢？

但谦逊和气，不能理解为敷衍滑头的政客手腕。这两者是根本不相同的。谦逊和气，正是人们对于人生的诚恳的、严肃的态度。这中间贯穿着诚恳与严肃的内容。换句话说，谦逊和气正是诚恳与严肃的表现形式。

这就是说，必须要尊敬与仁爱。孟子说过：“爱人者，人恒爱之；敬人者，人恒敬之。”每一个人都有他的自尊心，都不愿人家侮辱他。所以对人的尊敬态度，是同人们接近的必要态度，所谓尊敬，当然不但是表面上、礼貌上的尊敬，而且也包含着对于对方意见的尊重，很好地倾听对方的意见，郑重地考虑他的意见，诚恳地互相交换意见，也只有这样，人们才肯倾吐自己的真意，把赤心拿出来，而便利于互相了解。但尊敬还须有仁爱来补充，这就是要善于关心人们的切身问题，善于为他们解决各种困难，善于照顾他们。一个人的感激心，就是从这种仁爱中产生的。而这种感激，就能使人们“永世不忘”。

这就是说，要能发扬自我批评的精神。关于这点，我在上面说到“容人”问题时候，业已说了一些，在这里我还要说几句，我们决不要幻想我们的工作是没有错误与缺点的，相反地，我们应该预先承认我们的工作是已有或可能有错误与缺点的，应该坦白地将自己的错误与缺点告诉人家。人家对于我们的批评不论是客气的，或是严格的，我们都应该仔细地倾听，接受其中的真理，即使是很细小的真理，即刻加以检查与纠正。我们应该有“见善如不及，见不善如探汤”的精神。我们是求进步与光明的人，我们不想保持任何陈旧腐败的东西，所以我们不但不怕自我批评，而且欢迎自我批评。也只有这种自我批评的态度，才能消除人们对于我们的误解与恐惧，才能使革命的事业真正很快推进。

这就是说，要真诚、坦白与婉转。我们对人应该真诚、坦白。只有如此，才有相互了解的可能。我们不应该把自己的真面目掩盖起来，用虚伪的态度去敷衍人家，同人家“打官话”。但是真诚坦白，并不是什么都是赤裸裸的、突然的、刻板式的、三言两语的、无情的、不讲面子的、没有任何转圜余地的。不是的，真诚坦白的态度，应该在婉转的形式中表现出来。采取各种曲折的形式，适合于对方的思想、习惯、性情的形式，使自己的真意能够逐渐表达出来，使对方能够懂得我的真意的“来龙去脉”，使双方能够有充分的时间互相交换意见、考虑问题，使双方有转圜伸缩的余地。这种婉转，不但不是虚伪的、矫揉造作的，而且正是合乎“人情之常”的。

这就是说，要“言而有信”。人们对于我们的要求，我们应该仔细考虑是否合理。如果是合理的，我们应该考虑我们是否能够满足。对于不合理的要求，我们应该婉转地拒绝，详尽地说明我们拒绝的理由。如果我们答应做某件事，就必须认真地把它付诸实现，决不要敷衍了事。做事要贯彻到底，决不要半途而废。“阴谋诡计”“口是心非”“言而无信”，是没落分子维持他们的统治与威信的办法，我们革命者与革命的政党，是决不应该采取的。

这就是说，我们在群众中，要能“以身作则”，要善于体贴群众，顾虑群众的利益，顾虑群众的困难。所谓“禹思天下有溺者，由己溺之也；稷思天下有饥者，由己饥之也”（上面这“由”字的意思和“犹”字同），要用这种急切和诚恳的态度，这种言行一致的精神，去对待群众的问题和困难，才能使群众了解我们对于他们的忠心。中国古代劳苦大众伟大的代表者——墨子，他生平以自苦为乐，所谓“墨子兼爱，摩顶放踵，利天下为之”，这种精神正是我们所应该继承而不断学习的。

这就是说，我们在群众中替群众解决问题、指导群众奋斗的当儿，必要采取敬谨而周密的态度。对于群众奋斗的步骤，应当慎思明辨，以求事业的正确进行和顺利成功。但这里，同时也绝对必须警诫并反对畏怯和临阵脱逃。必要不怕事，必要笃行、勇敢、从容、慷慨。当然“暴虎冯河”的粗笨办法，是要不得的。在民众中，在事业上，不要潦草，不要随便，不要不负责任。要时时记挂到我对于民族、社会，对于群众事业，负有极大的责任，所以要力求正确，要努力避免错误，要如古代哲人所谓“临事而惧，好谋而成”（这所谓“临事而惧”的“惧”字，不是害怕的意思，而是敬谨的意思）。这样，奋斗就更有把握，而群众就会因此进一步地信仰自己的事业。

这就是关于态度方面，我们所要讲的几点。态度的好坏，有些人觉得似乎是无足轻重的，因而不予注意。其实这是大错特错的。态度的好坏，同革命工作的开展与否，有很大的关系。普通的人常常不注意你所讲的道理是否正确而首先看你的态度；如果你的态度不好，你的话就是说得很好，他也不愿意听的。态度是一种表现的形式。它同数千年来中国社会的民族传统，有着最深切的关系，是最容易为人们所了解的东西。我们如果抛弃这些东西，人们就会把我们看作不懂人情世故的小孩子，把我们看作是外国来的洋货，把我们看作不能亲近的、可怕的怪物，我们有些同志过去因为在这方面的疏忽，曾经吃过了不少的亏，受了许多冤枉。我们现在必须坚决地注意这个问题。

要适当地对付坏人

在待人接物方面最后一个要求，就是要适当地对付坏人。没有这一条，我们所说的待人接物问题是不完全的。所谓适当地对付坏人，这是什么意思呢？

这就是说，应该区别不同种类的坏人，决不要以为既然是坏人，那就是“天下乌鸦一般黑”了。不是的，坏人也有各种各样的，即拿今天的汉奸来说吧，有大汉奸、中汉奸、小汉奸之别，有死心塌地忠实于日寇的汉奸，有动摇不定的汉奸，有一时受欺骗的汉奸，有临时被迫的汉奸。就是那些今天破坏抗战，破坏民族统一战线的顽固分子，其中也有大小不同：有的就是汉奸；有的主观上虽还想抗战，而所做的工作却有利于日寇；有的为了保持个人或派别的特权地位与利益，而反对一切进步设施；有的为了“反共”，而逻辑地走到同日寇、敌探、汉奸、托派结成“统一战线”而破坏抗战；还有一些守旧分子，一时被利用受蒙蔽的分子。即拿贪官污吏来说，也有各种不同的种类，也不能一概而论。同时这些坏分子中，有的是完全孤立的，有的是还能蒙蔽一部分群众，在群众中还有影响的；有的是在野的，有的则是在朝的，等等。

这就是说，对于不同种类的坏人应该采取各种不同的对付方法，决不要以简单的敌对的态度去对付一切坏人，或打倒一切坏人。这实际上只是一种幼稚病者的空想，而且这种打倒一切、反对一切的态度，客观上只能促进坏人内部的团结，帮助少数最坏的分子增强他们反对我们的力量。相反地，在目前抗日民族统一战线的时代，我们的方针是使坏分子内部发生分化，使极少数最坏的分子陷于孤立，使最大多数的坏分子“回心改意”，转变到坚决抗战方面来，这是必要的。因为这样可以使反对抗战的分子减少到最低限度，而使绝大多数的人都团结在抗战一方面。这也是可能的。因为今天真正死心塌地愿意效忠于日寇的人，究竟是少数中的少数。至于如何实现这个方针，那就要依照各种不同的对象而采取各种不同的方法，决不能有任何的公式主义。

这就是说，我们应该首先学会以光明正大、仁至义尽的态度去劝导坏人走向正路，要他们“改邪归正”。这种方法有下列好处：第一，可以使广大的人民看到我们的立场是光明正大的，一切都是从国家民族的利益出发的，而引起他们对于我们的同情；第二，可以使坏人们看到我们对于他们的劝告是出于至诚的，他们自己的确是不对的，而使一切可能挽救的人都能为之感动而幡然改悔；第三，可以使不可救药的坏人失去任何欺骗与蒙蔽他们影响下的群众的口实（如说“他们不要我，不是我不愿意”等等），而使他们内部发生分化，使少数最不可救药的分子陷于孤立，而便利于我们的肃清工作。

这就是说，我们应该坚持站在拥护领袖、拥护政府的抗战国策、拥护“抗战建国纲领”及一切有利抗战的法令的立场上，用适当的方法同坏人进行斗争。我们应该学会用最明显的不能否认的事实，去证明坏人们的非法行动，去揭破他们的阴谋诡计。今天是民族抗战的时代，坏人们的一切活动，都是对于民族抗战不利的，都是为全国最大多数的人民所反对的，因此他们的活动总是怕公开，带有阴谋性与特务性的。而我们的任务，正在把他们的一切破坏捣乱下流无耻的事实，公开地揭发出来，使他们在光天化日之下，受到全国人民的审判。如果这些坏分子还有一点“羞恶之心”“是非之心”，经过这种揭发之后，他们一定会反躬自省，知所改悔，这对于抗战是有利的。如果这些坏分子在事情被揭发之后，不但不知改悔，而且变本加厉，那只有为人们所不齿，使自己陷于孤立而已。须知今天已经不是过去的时代了，今天的时代潮流，对于坏人是不利的，而对于全国人民却是有利的。

这就是说，不要随便相信坏人的话。对坏人要有“害人之心不可有，防人之心不可无”的戒心。坏人中有一些往往因中毒过深，不易转变。当他们处于某种不利的情况下，常常善于改变表面态度，表示他们是一个十足的好人，以便在这种外表的掩盖之下，取得我们的信任，以便利于他们将来在内部进行破坏工作。所以对于坏人表示的转变，我们一方面应该表示欢迎，另一方面决不要以他们的几句好话为满足，相信他们所讲的几句空话。我们要求他们不但在言论上，而且在行动上来表现他们对于革命的忠实。而且要把他们放在这样的地位，即使在他们反叛的情况下，也不至于严重危害到革命事业。对于一切坏人的活动，我们要有很高的警觉性，要老练，不要上他们“花言巧语”的当。我们要站稳自己的立场，紧靠住坚定的力量保证自己不致为坏人所暗算。在这方面我们革命者与革命政党吃的亏着实不少，以后要真正注意才好。

最后，这就是说，应该使反对坏人的斗争变为大多数人对于最少数人的斗争。这首先就是应该同坏人中的最坏的分子进行斗争，使别的坏人改邪归正。同时要使人人懂得，这不是我们内部的私斗或派别斗争，而是原则的斗争，为国家民族利益的斗争。我们一切反对坏分子的话，也均应由此出发，丝毫不应夹杂意气的谩骂或个人的攻击。我们讲话的态度，应该是向着广大的民众，使他们在具体事实上了解坏人的真面目。只有这样，反对坏人的斗争才能成为最大多数民众反对最少数坏人的斗争，成为有力的群众斗争，以至使坏人们不能立足。但是，因为今天的政府已经是抗战的革命的政府，它也有责任制裁违反“抗战建国纲领”等等的坏分子，所以我们除动员群众与坏分子斗争外，向政府控告，也是必要的。

关于坏人们的结合，欧阳修在《朋党论》中说得很好：“小人所好者，利禄也；所贪者，货财也。当其同利之时，暂相党引以为朋者，伪也。及其见利而争先，或利尽而交疏，则反相贼害，虽其兄弟亲戚不能相保。”他的意思就是说：小人都是以利禄、货财相结合的，他们都是人情隔薄，不断互相争权夺利的，因此他们也绝不能有真正牢固的结合。关于这点，他是观察得很对的。所以坏人并不是怎样难对付的。根据上面所指出的一切说来，我们对付坏人，就要善于分散他们的力量，使他们彼此隔离起来，使好人的势力可以增长起来，并且使那些真正最坏的完全不可救药的坏人，容易被好人所收拾。

同志们，这就是我所要说的关于待人接物问题的几点意见。这些意见，我知道是很不完备的，只希望以此作为同志们出去工作时的一种参考。

图书在版编目(CIP)数据

为自由而战 / 陈独秀等著. — 北京 ：中国文史出版社，2019.12
（民国演讲 ；第三编）
ISBN 978 - 7 - 5205 - 1293 - 0

Ⅰ. ①为… Ⅱ. ①陈… Ⅲ. ①演讲 - 中国 - 民国 - 选集 Ⅳ. ①I266

中国版本图书馆 CIP 数据核字(2019)第 193269 号

责任编辑：薛媛媛

出版发行：中国文史出版社
社　　址：北京市海淀区西八里庄 69 号院　邮编：100142
电　　话：010 - 81136606　81136602　81136603（发行部）
传　　真：010 - 81136655
印　　装：北京新华印刷有限公司
经　　销：全国新华书店
开　　本：720 × 1020　1/16
印　　张：19.25　　字数：216 千字
版　　次：2019 年 12 月第 1 版
印　　次：2019 年 12 月第 1 次印刷
定　　价：65.50 元